*El cerebro musical*

# El cerebro musical

## CÉSAR AIRA

**LITERATURA RANDOM HOUSE**

El cerebro musical

Primera edición en España: enero, 2016
Primera edición en México: agosto, 2017

D. R. © 1996-2011, César Aira

D. R. © 2016, de la presente edición en castellano para todo el mundo:
Penguin Random House Grupo Editorial, S. A. U.
Travessera de Gràcia, 47-49, 08021, Barcelona

D. R. © 2017, derechos de edición mundiales en lengua castellana:
Penguin Random House Grupo Editorial, S. A. de C. V.
Blvd. Miguel de Cervantes Saavedra núm. 301, 1er piso,
colonia Granada, delegación Miguel Hidalgo, C. P. 11520,
Ciudad de México

www.megustaleer.com.mx

ISBN: 978-607-315-614-1

Impreso en México – *Printed in Mexico*

El papel utilizado para la impresión de este libro ha sido fabricado a partir de madera procedente
de bosques y plantaciones gestionadas con los más altos estándares ambientales, garantizando
una explotación de los recursos sostenible con el medio ambiente y beneficiosa para las personas.

Penguin
Random House
Grupo Editorial

# ÍNDICE

# A BRICK WALL

De chico, en Pringles, yo iba mucho al cine. No todos los días, pero nunca veía menos de cuatro o cinco películas por semana. Cuatro o seis, debería decir, porque eran funciones dobles, nadie pagaba la entrada por ver una sola película. Los domingos iba toda la familia, a las cinco de la tarde, a la función llamada «ronda». Había dos cines para elegir, con programas diferentes. Daban, como digo, dos películas, una importante (el «estreno», aunque no sé por qué se la llamaba así, ya que todas eran estrenos para nosotros), precedida por otra de relleno. Pero yo a veces, o casi siempre, iba también a la función *matinée*, los domingos a la una, también dos películas, para el público infantil, pero en aquel entonces no había un género infantil específico en cine, así que eran películas comunes, westerns, aventuras, ese tipo de cosas (y alcancé a ver algunos seriales, como Fu Manchú o El Zorro, de los que recuerdo). Un poco mayor, a los doce años, empecé a ir de noche también, los sábados (programa distinto) o los viernes (el mismo programa del domingo «ronda», pero como había dos cines…), o incluso noches de semana. Y a partir de cierto momento en uno de los cines empezaron a dar continuados de cine nacional los martes, toda la tarde. ¿Cuántas películas habré visto? No es serio hacer cuentas, pero a cuatro películas por semana son doscientas al año, como mínimo, y si ese régimen lo mantuve desde los ocho a los dieciocho años, suman dos mil películas. Menos serio que hacer una cuenta de ese tipo es seguir haciéndola hasta las últimas consecuencias: dos mil películas de hora y media suman tres mil horas, o sea ciento veinticinco días, cuatro meses largos de cine ininterrumpido. Cuatro meses. Esto puede dar una imagen más concreta que el número desnudo; aunque tiene el inconveniente de hacer pensar en una sola larguísima y torturante película, cuando fueron dos mil, todas distintas, intercaladas en una larga infancia, ansiosamente esperadas, y después criticadas, comparadas, contadas, recordadas. Sobre todo recordadas; almacenadas como el variado tesoro que eran. De eso puedo dar fe. Esas dos mil películas siguen vivas en mí, vivas con una vida extraña, de resurrecciones, de apariciones, como una historia de fantasmas.

Muchas veces me han elogiado la memoria, o se han pasmado del detalle con que recuerdo conversaciones o hechos o libros (o películas) de cuarenta o cincuenta años atrás. Pero lo que admiren o critiquen otros no cuenta, porque lo que uno recuerda, y cómo lo recuerda, uno mismo es el único que lo sabe.

Justamente por eso (porque si no lo escribo yo no lo va a escribir nadie), no tanto por combatir «el fastidio de la vida de hotel», empecé a escribir esto, para dar cuenta de la curiosa circunstancia que se dio anoche con una película. Debo aclarar que estoy en Pringles, y en un hotel; es la primera vez que me alojo en un hotel en mi pueblo natal; sucede que volví para ver a mi madre que está prostrada por una caída, y me alojé en el Avenida porque su pequeño departamento está ocupado por las acompañantes que la atienden. Anoche, cambiando de canales en el televisor, caí sobre una película vieja, en blanco y negro, inglesa (el volante de los autos estaba a la derecha), ya empezada pero en sus preliminares –un aficionado experimentado reconoce los comienzos de película con sólo ver un par de tomas– algo me olió conocido, y a los pocos segundos, al ver a George Sanders, confirmé mi sospecha: era *El pueblo de los malditos*, *Village of the Damned*, que yo había visto cincuenta años atrás, en el mismo Pringles donde estaba ahora, a doscientos metros del hotel, en el cine San Martín, que ya no existe. Desde entonces nunca la había vuelto a ver, pero la tenía muy presente. Verla ahora, de pronto, sin aviso, era un oportuno regalo del azar. No era la primera vez que volvía a ver una película que recordaba de la infancia, en la televisión o en video. Pero ésta tuvo algo especial, quizás porque la estaba viendo en Pringles.

La película, como lo sabe cualquier cinéfilo (es un clásico menor), trata de un pueblito al que una fuerza desconocida paraliza un día, sus habitantes se duermen, cuando se despiertan las mujeres están embarazadas, y nueve meses después dan a luz. Pasan unos diez años, y esos niños empiezan a mostrar sus terribles poderes. Son todos muy parecidos: rubios, aplomados, fríos, se visten de modo muy formal, andan siempre en grupo y no se juntan con otros chicos. Su poder consiste en dominar la voluntad del hombre o mujer que enfocan con los ojos que se encienden como lamparitas eléctricas. No vacilan en poner en práctica este dominio, del modo más drástico. A un hombre que los acecha con una escopeta, lo obligan por telepatía a meterse el caño de la escopeta en la boca y volarse los sesos.

George Sanders, que es el «padre» de uno de estos niños, se hace cargo, los estudia, y llega a la conclusión de que no hay más remedio que eliminarlos. Ellos, por su parte, no ocultan que su propósito es adueñarse del mundo y aniquilar a la humanidad. Sus poderes aumentan a medida que crecen. Pronto serán invulnerables; ya casi lo son, porque pueden leer el pensamiento y anticiparse a cualquier ataque. (En Rusia ha habido un caso semejante, que las autoridades soviéticas resolvieron a su manera: mediante un bombardeo de saturación mataron a los niños malditos junto al resto de los habitantes del pueblo afectado.)

El protagonista, en su casa, se pregunta qué hacer. O, mejor dicho, cómo hacerlo. Sabe que cualquier plan de acción que emprenda tendrá que estar en su mente, lo que lo hará legible para los niños no bien se les acerque. Se dice a sí mismo que tendría que interponer entre él y ellos un muro sólido… Se lo dice mirando la pared del living de su casa, al costado de la chimenea, decorada con falsos ladrillos, y murmura: «Una pared de ladrillos…». *A brick wall…*

En ese momento la cámara sigue su mirada, y enfoca durante un momento la pared de ladrillos. Esa toma fija de una pared de ladrillos, mientras la voz decía, justamente, «una pared de ladrillos», fue lo que me cautivó. En el cine que yo veía entonces, en Pringles, cada imagen, cada palabra, cada gesto, tenía sentido. Una mirada, un silencio, una demora casi imperceptible, anunciaba la traición o el amor o la existencia de un secreto. Una tos bastaba para que ese personaje muriera o quedara al borde de la muerte, aunque hasta entonces hubiera mostrado una salud perfecta. Mis amigos y yo nos habíamos hecho expertos en descifrar esa perfecta economía de signos. Al menos a nosotros nos parecía perfecta, en contraste con el caos indistinto de signos y significados que era la realidad. Todo era indicio, pista. Las películas, fueran del género que fueran, eran novelas policiales. Salvo que en las novelas policiales, como yo lo aprendería más o menos por la misma época, las pistas genuinas estaban disimuladas en medio de las falsas, y estas pistas falsas, necesarias para despistar al lector, eran informaciones gratuitas, sin consecuencias. Mientras que en el cine todo tenía valor de sentido, en un compacto que nos encantaba. Nos parecía una súper-realidad, o, al revés, la realidad nos parecía difusa, desordenada, desprovista de esa rara elegancia de concisión que era el secreto del cine.

De modo que esa «pared de ladrillos» anticipaba la idea con la que el mundo lograría librarse de la amenaza. Pero por el momento no se sabía cuál era esa idea, y era imposible saberlo. No era fácil de decodificar como la tos o la mirada de soslayo en primer plano. En realidad, ni el mismo personaje lo sabía: la idea, para él, todavía estaba en la etapa de metáfora: para poder atacar eficazmente a los niños diabólicos debería interponer entre él y ellos una barrera impenetrable a la telepatía, y la imagen que le venía a la cabeza para representar esta barrera era «una pared de ladrillos». La metáfora podría haber sido otra: «una plancha de acero», «una roca», «la Muralla China»... Seguramente se le había ocurrido ésta y no otra por la simple razón de que tenía frente a sus ojos una pared de ladrillos. Pero, en toda su visible materialidad, seguía siendo una metáfora. Los niños, seguramente, podían leer la mente a través de las paredes, así que no se trataba de una pared literal. Él se refería a otra cosa, lo que le daba a la toma esa negatividad inquietante que me la hizo inolvidable.

*A brick wall...* La frase quedaba resonando.

No soy el único admirador de esta película, ni mucho menos su descubridor como clásico de la Clase B y «objeto de culto». En todo caso, puedo reivindicar cierta prioridad, ya que la vi en ocasión de su estreno (con dos o tres años de atraso como correspondía a Pringles, pero de todos modos cuando la película era un «estreno»), y la vi entonces como la clase de público al que estaba dirigida, sin la distancia de la cinefilia o de la contextualización histórica. Nosotros mismos éramos la cinefilia y el contexto histórico. Después, con el correr de los años, yo recuperé ambas cosas en el sentido intelectual.

Y había algo más: yo era un chico de la edad de los niños de la película; no me extrañaría recordar que había intentado encender mis ojos con aquel brillo eléctrico, a ver si le leía el pensamiento a la gente. Y Pringles era un pueblo chico, no tan chico como el de la película, pero lo bastante como para sufrir una «maldición» de ese tipo. Por ejemplo, la misteriosa parálisis de las primeras escenas: era una experiencia cotidiana ver el pueblo vacío y silencioso como si todos hubieran muerto o emigrado, a la hora de la siesta, o un domingo, o en realidad cualquier día a cualquier hora.

Pero no creo que ninguno de los espectadores que llenaron el cine San Martín aquel lejano domingo haya hecho la relación de pueblo a pueblo y de maldición a maldición. No porque entre mis conciudadanos de entonces no hubiera gente inteligente y culta, sino por una cierta digna reserva, la digna reserva del pasado, que mantenía a la gente lejos de significados e interpretaciones. El cine era una gratuita y refinada fantasía artística, nada más que eso. No quiero decir que fuéramos unos consumados estetas; no era necesario.

La prioridad a la que me referí está, más que en esas coincidencias casuales, en el hecho de que entre mis primera y segunda visión de la película acompañé todo su proceso de transformación de producto comercial para todo público (es decir, para el público) a objeto de culto, para élites ilustradas. Y lo acompañé en sentido pleno: yo mismo pasé de ser público a ser élite ilustrada. Mi vida y *El pueblo de los malditos* hicieron el mismo camino de transformación sutil, de cambiar sin haber cambiado.

Con las dos mil películas que vi entonces pasó lo mismo, supongo. Buenas, malas, olvidadas, recuperadas. Tiene que haber pasado incluso con los clásicos, las grandes películas, las que se ponen en las listas de «las diez mejores». Todas pasaron de lo directo a lo indirecto, o crearon una distancia, lo que es lógico y no podría ser de otro modo, dado el tiempo. Un caso a propósito es el de *North by Northwest*, de Hitchcock, que también vi en el cine San Martín, calculo que en el sesenta o sesenta y uno (la película es de 1959). En la Argentina se llamó *Intriga internacional*, y debo de haber tardado veinte años en saber cuál era su nombre en inglés, cuando empecé a considerar la obra de Hitchcock a la luz de mis intereses intelectuales, y a leer libros sobre él. Quizás por lo abstracto del título, o por los ecos que me despierta la traducción, sigo pensándola como *Intriga internacional*, aun cuando reconozco que es un tanto absurdo; las traducciones de los títulos de películas antes solían ser ridículamente inadecuadas, y se han prestado a bromas.

Pocas películas como ésta, o ninguna, nos impresionaron tanto a Miguel y a mí. Miguel López fue mi gran amigo de la primera infancia, y, también por rara coincidencia, ésta mucho menos feliz, murió ayer. Dieron la noticia por la radio local, y si lo supe fue porque estoy en Pringles, de otro modo podría haber tardado meses o años en enterarme, o no lo habría sabido nunca. Nadie habría pensado en decírmelo: hacía décadas que no nos veíamos, quedaban pocos que supieran que habíamos sido amigos de chicos, y en el pueblo las noticias de inmediato se dan por sabidas, y se da por supuesto que a los que vienen de afuera no les interesan.

Y sin embargo, fuimos inseparables hasta los once o doce años. Fue mi primer amigo, casi el hermano mayor que no tuve; me llevaba dos años, era hijo único, vivía enfrente de casa, y como en aquel entonces jugábamos en la calle, o en los baldíos entre las casas, supongo que desde el primer momento en que tuve un mínimo de autonomía, a los tres o cuatro años, empezaron nuestras correrías. Desde muy chico nos revelamos como auténticos fanáticos del cine. Todos los otros chicos que conocíamos lo eran también, inevitablemente porque el cine era la gran diversión, la gran salida, el lujo que teníamos. Pero nosotros dos íbamos más lejos porque jugábamos al cine, «actuábamos» películas enteras, las inventábamos, creábamos juegos en base a películas. Yo era el cerebro, de más está decirlo, pero Miguel me seguía y me azuzaba, me pedía más cerebro; él era de tipo físico, histriónico, necesitaba guiones. Yo bebía con avidez la inspiración que me daba cada película. *Intriga internacional* fue una gran inspiración, y más que eso. Casi podría decir que con esa película creamos algo que cubrió toda nuestra infancia, o lo que quedaba de ella.

No podría decir qué fue lo que nos impresionó a tal punto en *Intriga internacional*. Era un entusiasmo puro y duro, sin mezcla de esnobismo o admiración previa: no debíamos de saber siquiera quién era Hitchcock (quizás sí, pero da lo mismo), y no pudo ser sólo porque fuera una película de espionaje y aventuras, porque era lo que veíamos todos los domingos. Cualquier hipótesis que arriesgue ahora estaría contaminada por lo mucho que he leído sobre Hitchcock y por las ideas que me he hecho sobre su obra. Hace poco alguien me estaba interrogando sobre mis gustos y preferencias, y cuando llegó al rubro cine, y a mi director favorito, se adelantó a mi respuesta: ¿Hitchcock? Asentí. No era muy difícil. (Soy de los que no conciben que el director de cine favorito de alguien pueda no ser Hitchcock.) Le dije que yo encontraría más mérito en su perspicacia si adivinaba (o deducía) cuál era mi película favorita de Hitchcock. Lo pensó un momento y propuso, con decisión: *North by Northwest*. Me dejó pensando qué afinidad visible habría entre *North by Northwest* y yo. Es una película famosamente vacía, un ejercicio virtuoso en el vaciado de todos los elementos de contenido del cine de espionaje y la aventura. En una conspiración sin objeto, unos malhechores sumamente ineptos involucran por equivocación a un hombre que no tiene nada que ver y que se limita a sobrevivir a lo largo de toda la acción sin entender qué pasa. La forma que envuelve a este vacío no podría ser más perfecta, porque no es más que forma, es decir que no tiene que compartir su calidad con ningún contenido.

Debió de ser eso lo que nos fascinó. La elegancia. La ironía. Sin saberlo, claro está. ¿Qué necesidad teníamos de saberlo?

Mi primer recuerdo de Miguel data de mis seis años. Exactamente, de una semana o dos después de haber cumplido los seis años. Puedo fecharlo con tanta precisión porque cumplo años a fines de febrero, y las clases en la escuela empiezan los primeros días de marzo. Y esto sucedió el primer día de clases. Yo iniciaba mi escolaridad (entonces no había jardín de infantes en Pringles), y mis padres se lo habían tomado muy en serio. La maestra había dado tarea, seguramente palotes o algo así. Después de clase, o quizás a la mañana siguiente, me sentaron a un escritorio que había en un cuarto que daba a la calle, con el cuaderno y el lápiz… En ese momento apareció la cara de Miguel en la ventana, como hacía siempre cuando venía a buscarme para salir a jugar. Era una ventana bastante alta, pero él se subía de un salto que tenía bien estudiado; era muy ágil, tenía algo felino, y muy fuerte, y alto para su edad. Mi padre fue hacia la ventana y lo echó con cajas destempladas: yo tenía trabajo que hacer, tenía responsabilidades, se habían terminado los días de salir a jugar a cualquier hora… No dijo tanto, pero era lo que quería decir. Y hasta había algo más por debajo, o por arriba: yo iniciaba mi proceso de clase media, de profesional, y se terminaba mi confraternidad indiscriminada con los chicos de la calle (Miguel era pobrísimo, vivía con los padres en una pieza de una especie de conventillo). En eso profetizaba errado, porque seguimos siendo inseparables durante todos mis años de escuela, que no me restaron horas de juego porque, brillante como fui, hacía los deberes en un momento y no necesitaba estudiar las lecciones.

Nadie tiene que decirme que todo recuerdo es encubridor. Quién sabe qué encubre éste, que es de los más viejos recuerdos de mi vida. Lo he tenido conmigo, perfectamente vívido, estos cincuenta y seis años, y en él la cara redonda y sonriente de Miguel tras el vidrio. No se ofendió por la brusquedad de mi padre, simplemente se descolgó de la ventana, yo tampoco me preocupé, seguramente interesado en la novedad del cuaderno y el lápiz, quizás feliz de la importancia que se me daba en la casa, y en el fondo convencido de que iba a seguir jugando en la calle todo lo que quisiera; porque, tímido y apocado como soy, siempre he terminado saliéndome con la mía.

Es curioso; en estos días que siguieron a la muerte de Miguel, sentí que esa visión fugaz de su cara en la ventana fue la última, la despedida. Curioso, porque no fue la última sino la primera. Aunque no la primera: sólo la primera que recuerdo. A eso iba cuando empecé a contar este recuerdo. Si yo y mis padres interpretamos tan de inmediato su presencia fue porque era cosa de todos los días que él viniera a buscarme para jugar. Ese primer recuerdo, sin dejar de ser el primero, es un recuerdo de lo que pasó antes, de lo olvidado. El olvido se extiende, antes y después; ese recuerdo del primer día de clase es una isla, pequeñísima y solitaria. Hay otros recuerdos de infancia, pocos, sueltos y puntuales ellos también, caprichosos, inexplicables. Los atesoro, de todos modos, y agradezco el mecanismo de encubrimiento que me los ha preservado. Todo lo demás se ha perdido. Este fenómeno, la llamada «amnesia infantil», el olvido total en que caen los primeros años de vida, es un fenómeno llamativo, que ha sido objeto de distintas explicaciones e interpretaciones. Por mi parte, suscribo la del doctor Shachtel, que resumo a continuación:

Los niños pequeños carecen de moldes lingüísticos o culturales en los que acomodar sus percepciones. La realidad entra en ellos torrencialmente, sin pasar por los filtros esquematizantes que son las palabras y los conceptos. Poco a poco van incorporando los moldes, y la realidad que experimentan se va estereotipando consiguientemente, se va haciendo lingüística, y en la misma medida recordable, en tanto se ha amoldado al registro consciente. Toda esa primera etapa de realidad en bruto se pierde, pues las cosas y las sensaciones no tenían límites ni formatos establecidos. La absorción inmediata de la realidad, que buscan en vano místicos y poetas, es la actividad cotidiana del niño. Todo lo que viene después es su inevitable empobrecimiento. Una cosa se paga con la otra. Necesitamos empobrecer y esquematizar para poder conservar el registro, de otro modo viviríamos en un perpetuo presente sumamente ineficaz. Aun así, es triste ver todo lo que se ha perdido: por un lado, la capacidad de absorber el mundo en su plenitud, con todas sus riquezas y matices; por otro, la materia absorbida entonces, tesoro perdido por no haberse acumulado en marcos recuperables.

El libro del doctor Shachtel, en su seca elocuencia científica, tan convincente, evita una poesía que aquí no podría ser sino falsa poesía. También evita dar ejemplos, que lo llevarían inevitablemente a la falsificación poética. La poesía está hecha de palabras, y cada palabra es un ejemplo de esa misma palabra en su función utilitaria. Para dar un ejemplo cabal, cada palabra debería estar acompañada de la enumeración caótica que abarcara, o al menos sugiriera, el universo. Un adulto ve un pájaro volando, y su mente al punto dice «pájaro». El niño en cambio ve algo que no sólo no tiene nombre sino que ni siquiera es una cosa sin nombre: es (y aun este verbo habría que usarlo con cautela) un continuo sin límites que participa del aire, de los árboles, de la hora, del movimiento, de la temperatura, de la voz de su madre, del color del cielo, de casi todo. Y lo mismo con todas las cosas y hechos, es decir, con lo que nosotros llamamos cosas y hechos. Es casi un programa artístico, o algo así como el modelo o matriz de todo programa artístico. Más aún: el pensamiento, cuando se esfuerza por investigar sus raíces, puede estar tratando, aun sin saberlo, de volver a su inexistencia, o al menos tratando de desarmar las piezas que lo componen para ver qué riquezas hay detrás.

Esto le daría un sentido distinto a la nostalgia de los «verdes paraísos» de la infancia: no sería tanto (o no sería en absoluto) añoranza de una inocente naturalidad, sino de una vida intelectual incomparablemente más rica, más sutil, más evolucionada.

Yo creo que todo lo que olvidé de mis primeros años quedó registrado en las dos mil películas que vi entonces. Trataré de explicar la naturaleza de ese gran archivo, a partir de una invención de Miguel y mía. Dije que *North by Northwest*, para nosotros *Intriga internacional*, nos había impresionado, quizás no más que tantas otras películas que veíamos, pero de un modo especial. Al día siguiente de verla decidimos crear una sociedad secreta dedicada a las intrigas internacionales. Ahora que lo pienso, pudo ser el sonido de estas dos palabras lo que decidió la iniciativa: la intriga, intrigante de por sí, de significado tan amplio como uno quisiera, y lo internacional como marca de importancia, de lo extrapringlense. Y, por supuesto, el secreto, sin el cual nada valía la pena. El secreto estaba en el centro.

Teníamos a nuestra disposición el modo más fácil y seguro de preservar el secreto, cual es el de ser un niño y dejar que los adultos piensen, con razón, que los juegos de los niños tienen lugar en una esfera ajena a sus realidades, y por lo tanto no se molestan en averiguar. Debíamos de saber, cómo no saberlo, que todo lo que pudiéramos hacer no despertaría el menor interés en el mundo adulto. Eso devaluaba el secreto. Un secreto, para serlo, tiene que ser secreto para alguien. Nosotros no nos teníamos más que a nosotros mismos, así que sería un secreto para nosotros. Tendríamos que desdoblarnos de algún modo, pero eso en el juego no era imposible.

Le pusimos de nombre, a nuestra sociedad, «la ISI» (siglas de Intriga Secreta Internacional), y comenzó a funcionar de inmediato. La regla principal, ya lo dije, era el secreto. No podíamos hablar entre nosotros dos de la ISI, yo no debía enterarme de que Miguel era miembro, ni él de que yo lo era. La comunicación se haría por escrito, por mensajes anónimos depositados en un «buzón» a convenir. Convenimos que fuera una de las grietas en la madera de la puerta de una casa abandonada en la esquina. Una vez puestos de acuerdo en estas reglas de acción, simulamos haber olvidado todo y nos pusimos a jugar a otra cosa, aunque la cabeza nos hervía de proyectos de conspiraciones, investigaciones, revelaciones portentosas, en una redacción anticipada. Ardíamos de impaciencia por ir cada uno a su casa a escribir el primer mensaje, pero teníamos que disimular, así que seguimos jugando, cada vez más distraídos a medida que los textos iban tomando forma en la mente, hasta la noche. Sólo entonces, y con alguna excusa plausible («Tengo que hacer los deberes», «Me tengo que bañar»), nos separamos.

Como se ve, las reglas eran puramente formales. Por el contenido no nos preocupamos: se haría solo. Y efectivamente, no faltó material. Lejos de faltar, sobraba. Los papeles se llenaban con escritura y dibujo, a veces necesitábamos dos hojas, y el plegado quedaba tan grueso que era difícil meterlo en la grieta de la puerta. Usábamos hojas arrancadas de los cuadernos de la escuela, el único papel del que disponíamos, que en aquellas épocas de abundancia se hacía grueso y duro para que aguantara el maltrato de la goma de borrar. Aprendíamos el arte de plegar, y es posible que hayamos descubierto por nuestra cuenta que un papel no se puede plegar más de nueve veces.

¿Qué escribíamos? No recuerdo cómo empezamos, seguramente inventando algún peligro inminente, o dándonos instrucciones para salvar al mundo, o dando la localización de los enemigos. Ganó en emoción cuando empezamos a acusarnos entre nosotros de traiciones, delaciones, ineptitudes, o directamente de ser peligrosos agentes enemigos infiltrados en la ISI. Menudeaban las amenazas y las condenas a muerte. A todo esto, seguíamos jugando juntos, yendo al cine, construyendo casas en los árboles, organizando batallas a pedradas en el baldío frente a la escuela (un peligroso juego favorito de los chicos del barrio), practicando con la honda. Por supuesto, jamás hacíamos mención de la ISI. Eran vidas paralelas. Y no teníamos que simular, era algo que salía naturalmente. Nos habíamos desdoblado.

Los chicos se cansan pronto de un juego, y nosotros no éramos excepción. Hasta los que más nos entusiasmaban eran abandonados a los pocos días. La ISI persistió, por su formato tan especial, no sé si por el desdoblamiento o por el secreto. Quiero decir, entró en las generales de la ley, y el frenesí inicial se enfrió en una semana o dos. Pero el sistema de comunicación por escrito aseguraba una continuidad en cierto modo independiente de nosotros.

Empezamos a olvidarnos de ir a la vieja puerta roja a ver si había un mensaje, y si por casualidad yo pasaba por ahí y veía el papel blanco doblado y metido a presión en la grieta, y lo sacaba, las más de las veces descubría que era el último mensaje que yo mismo había escrito y puesto ahí tiempo atrás, tanto tiempo que ya no recordaba lo que decía, y lo leía con interés antes de volverlo a colocar. O bien ese antiguo mensaje podía ser del otro. Sea como fuera, toda la mecánica del asunto volvía en cascada a la conciencia, y se despertaba en mí, o en él, un genuino entusiasmo, mezcla de responsabilidad, de lealtad, y de admiración por la mente (¿qué mente?) inventora de una diversión tan genial. A esa edad los chicos evolucionan rápido; aunque seguíamos siendo niños veíamos a los ya lejanos creadores de la ISI como infantes de precarios medios intelectuales, y nos maravillábamos de su precocidad; a nosotros, grandes y formados, no se nos habría ocurrido. No lo podíamos creer, tan lejanos y primitivos nos veíamos en nuestro pasado... Pero nos apresurábamos a redactar una respuesta, cómo no, felices de poder demostrar lo que habíamos aprendido en el intervalo. Lo metíamos en la ranura y durante un día o dos íbamos cada media hora a ver si había respuesta, sin pensar que el otro estaba a mil leguas de recordar a la ISI, como lo habíamos estado nosotros antes de ese hallazgo fortuito. Hasta que, muy pronto, otros intereses desplazaban a ése y volvía a establecerse el olvido.

No exagero si digo que esas interrupciones se hicieron larguísimas. Era como si se sucedieran distintas etapas de la vida, como si todas las células del cuerpo ya se hubieran remplazado, hasta que uno de los dos, un día, pasando frente a la puerta carcomida y descascarada, notaba la presencia de una delgada línea blanca en una de sus grietas, y se preguntaba qué sería. Por pura ociosa curiosidad, y sólo por no estar apurado, lo extraía, con dificultad porque el tiempo y las lluvias lo habían incrustado a fondo. Era un papel doblado, estropeado, amarillento. Al desplegarlo se resquebrajaba en los dobleces. Tenía algo escrito, la tinta estaba empalidecida y borroneada pero el mensaje todavía era legible, la letra infantil, intercalada de mapas y dibujos, y advertencias en severa imprenta, con subrayados y signos de exclamación. Por un momento, y no sin cierto latido de excitación, flotaba la posibilidad de que se tratara de algo serio: un secuestro, una denuncia… En ese caso, habría que llevarlo a la policía. Pero no, era demasiado absurdo. Y de pronto volvía, como de muy lejos: ¡la ISI! La vieja y querida ISI… Aquel juego que habíamos inventado… ¡Cuántos recuerdos, cuánta nostalgia! Pero entonces… había que responder, ¡qué sorpresa se llevaría el otro cuando viera que seguíamos atentos y en carrera!

¿Será cierto, como creo recordar, que eso mismo pasó muchas veces? Quizás me engaño. Si fuera realmente así, mi infancia, y la de Miguel, habría durado miles de años, y hoy estaríamos vivos.

*22 de enero de 2011*

# PICASSO

Todo empezó el día en que el genio salido de una botella de leche mágica me preguntó qué prefería: tener un Picasso, o ser Picasso. Podía concederme cualquiera de las dos cosas, pero, me advirtió, sólo una de las dos. Tuve que pensarlo un buen rato; o mejor dicho, me obligué a pensarlo. El folklore y la literatura están llenos de cuentos de codiciosos atolondrados castigados por su precipitación, tanto que es como para pensar que esa oferta de dones siempre esconde una trampa. No hay bibliografía ni antecedentes serios en los que basarse para decidir, porque esas cosas sólo pasan en cuentos o chistes, no en la realidad, de ahí que nunca nadie lo haya pensado seriamente; y en los cuentos siempre hay trampa, de otro modo no tendría gracia y no habría cuento. Todo el mundo debe de haberlo pensado alguna vez, pero en secreto. Yo mismo lo tenía bien meditado, pero en el formato de «los tres deseos», que es el clásico. Esta alternativa ante la que me ponía el genio era tan insólita, y uno de sus lados tan definitivo, que lo menos que podía hacer era sopesarla.

Extraña, pero no intempestiva; al contrario, muy oportuna. Yo salía del Museo Picasso, en plena euforia de una admiración desorbitada, y en ese momento no se me podía haber ofrecido otra cosa, otras dos cosas, que me tentaran tanto. De hecho, todavía no había salido. Estaba en el jardín del museo, y me había sentado en una de las mesitas al aire libre, después de comprar en el bar una botellita plástica de esa Magic Milk que veía consumir a los turistas por todas partes. Era (es) una tarde perfecta de otoño, de luz suave, aire templado, todavía lejos del crepúsculo. Había sacado del bolsillo mi libreta y la lapicera, para tomar algunas notas, pero en definitiva no escribí nada.

Trataba de ordenar mis ideas. Me repetía en silencio las palabras del genio: ser Picasso, o tener un Picasso. ¿A quién no le gustaría tener un Picasso? ¿Quién rechazaría un regalo así? Y por otro lado, ¿quién no habría querido ser Picasso? ¿Qué otro destino individual, en la historia moderna, era tan deseable? Ni siquiera los privilegios del mayor poder temporal podían comparársele, porque éstos estaban amenazados por la política o la guerra, mientras que el poder de Picasso, sublimando el de cualquier presidente o rey, estaba libre de problemas. Cualquiera en mi lugar se inclinaría por esta segunda alternativa, que incluía a la primera; la incluía no sólo porque Picasso podía pintar todos los Picassos que quisiera sino también porque es bien sabido que él había conservado muchos de sus cuadros, y de los mejores (el museo que acababa de recorrer se había formado con su colección personal de su propia obra), y hasta había vuelto a comprar en su madurez cuadros que había vendido de joven.

Claro que esta inclusión no agotaba, ni de lejos, las ventajas de una transformación en el artista: el «ser» iba mucho más allá del «tener», se extendía sobre las dichas proteicas de la creación, hasta un horizonte inimaginable. Porque «ser Picasso», después y más allá de lo que hubiera sido el verdadero Picasso, era ser un Superpicasso, un Picasso elevado a la potencia de la magia o el milagro. Pero yo conocía a mis genios (*je m'y connaissais en fait de génies*) y pude adivinar perfectamente que no era tan simple. Había motivos para vacilar, y hasta para retroceder horrorizado. Para ser otro hay que dejar de ser uno mismo, y nadie consiente de buena gana a esta renuncia. No es que yo considerara más valiosa mi persona que la de Picasso, ni más sana o más capaz de enfrentar la vida. Sabía, por las biografías, que él había sido bastante perturbado; yo lo era más, así que cambiándome a él ganaría un margen de salud mental.

Pero un largo trabajo de toda mi vida me había llevado al punto de hacer las paces con mis neurosis, miedos, angustias y otros impedimentos, o al menos tenerlos a raya, y nadie me aseguraba que esa cura a medias serviría con los problemas de Picasso. Ése más o menos fue el razonamiento que hice, no con palabras sino a golpes de intuición.

En el fondo, la situación era un caso extremo de la problemática de la identificación, que va más allá del maestro de Málaga ya que se plantea ante cada artista admirado o venerado o estudiado. Va más allá, pero al mismo tiempo se queda en Picasso. La identificación es una de esas cosas que no se pueden generalizar. No hay identificación en general, como concepto, sino que la hay en particular con esta o aquella figura. Y si esa figura es Picasso, como lo es, entonces no hay ninguna otra. El concepto se invierte sobre sí mismo, como si dijéramos (pero es una manera burda de decirlo) que no se trata de «la identificación con Picasso» sino de «el Picasso de la identificación».

De pocos hombres se ha escrito tanto; todos los que tuvieron algún contacto con él dejaron testimonios, anécdotas, retratos. Es casi inevitable encontrar ahí algún rasgo que coincida. Por ejemplo, cuentan que tenía problemas con la acción. Veía un papel tirado en el piso de su estudio, y le molestaba, pero no lo recogía, y el papel podía quedar meses tirado en ese sitio. A mí me pasa exactamente lo mismo. Son como pequeños tabúes incomprensibles, parálisis de la voluntad, que me impiden hacer algo que quiero hacer, y me lo siguen impidiendo indefinidamente. La sobrecompensación correspondiente es la producción frenética de obra, como si pintando cuadro tras cuadro ese papel fuera a levantarse solo.

Sea como sea, de lo que no podía dudar era de la continuidad de la producción, a través de todas las transmigraciones. Picasso no era Picasso sino en tanto pintor, de modo que siendo Picasso yo podía pintar todos los Picassos que quisiera, y venderlos y ser rico, y eventualmente (dado que los ricos hoy día lo pueden todo) dejar de ser Picasso si me sentía aprisionado en una vida que descubría que no me gustaba. Por eso dije que el don de «ser» incluía el de «tener».

Picasso (el histórico) dijo una vez: «Querría ser rico, para vivir tranquilo, como los pobres». Aun dejando de lado la ilusión de que los pobres no tienen problemas, en la frase hay algo extraño: él ya era rico, y muy rico. Pero no tanto como lo habría sido hoy, treinta años después de su muerte, con la valorización de sus cuadros. Es sabido que los pintores tienen que morirse, dejar de producir, para que sus cuadros se hagan realmente valiosos. De modo que entre «ser Picasso» y «tener un Picasso» había un abismo económico, como lo había entre la vida y la muerte. Habría que interpretar esa frase, más allá de su ingenio facilongo, como una profecía de la situación en la que me ponía el genio, como un mensaje de ultratumba que me dirigía desde el pasado, sabiendo que mi máxima aspiración era una vida realmente tranquila, sin problemas.

Pero, con los precios actuales, y con la relativa modestia de mis ambiciones, con un solo cuadro me bastaba para ser rico y vivir en paz, dedicado a la creación novelesca, al ocio, a la lectura… Mi decisión estaba tomada. Quería un Picasso.

No bien lo hube pensado, el cuadro apareció sobre la mesa, sin llamar la atención de nadie porque en ese momento los ocupantes de las mesas vecinas se habían levantado y se alejaban, y los demás me daban la espalda, lo mismo que las chicas del bar. Contuve la respiración, pensando: Es mío.

Era espléndido, un óleo de los años treinta, de tamaño mediano. Me sumí en su contemplación, largo rato. A primera vista era un caos de figuras dislocadas, en una superposición de líneas y colores salvajes pero intrínsecamente armónicos. Lo primero que aprecié fueron las bellas asimetrías que saltaban al encuentro de la mirada, se escondían, volvían a aparecer desplazadas, volvían a ocultarse. El empaste, la pincelada (estaba pintado *alla prima*) exhibían con imperioso desenfado esa seguridad que sólo un virtuosismo olvidado de sí mismo puede alcanzar. Pero los valores formales no hacían más que invitar a una exploración del contenido narrativo, y éste empezó a revelarse poco a poco, como jeroglíficos. El primero fue una flor, una rosa carmesí, asomando de la multiplicación de sus propios planos cubistas, que eran los pétalos; enfrentado, en espejo, un jazmín en blancos virginales, renacentista salvo por las volutas en ángulos rectos de sus zarcillos. En la habitual colisión picassiana de figura y fondo, hombrecitos moluscos y hombrecitos chivos llenaban el espacio, con sombreros emplumados, jubones, calzas, o bien armaduras, gorros de cascabeles de bufón, también alguno desnudo, enanos y barbudos; era una escena de corte, y la figura que la presidía tenía que ser la reina, a juzgar por la corona, la reina monstruosa y desvencijada como un juguete roto; pocas veces la torsión del cuerpo femenino, uno de los rasgos más característicos de Picasso, había sido llevada a semejante extremo. Piernas y brazos le salían por cualquier parte, el ombligo y la nariz se perseguían por la espalda, los rasos multicolores del vestido se le incrustaban en el molinete del torso, un pie calzado en un zapatón de taco saltaba al cielo…

El argumento se me apareció de pronto. Estaba ante la ilustración de una historia tradicional española, menos una historia que un chiste, y de los más primitivos y pueriles; al artista debió de volverle desde el fondo de la infancia. Se trataba de una reina coja, que no sabía que lo era, y a la que sus súbditos no se atrevían a decírselo. El ministro del Interior ideó al fin una estratagema para enterarla con delicadeza. Organizó un certamen de flores, en el que competían con sus mejores ejemplares todos los jardineros del reino. Cumplido por los jurados especializados el trabajo de selección, quedaron como finalistas una rosa y un jazmín; la decisión final, de la que saldría la flor ganadora, sería de la reina. En una ceremonia de gran aparato, con toda la corte presente, el ministro colocó las dos flores frente al trono, y dirigiéndose a su soberana con voz clara y potente le dijo: «Su Majestad, escoja».

El tono humorístico de la conseja se traducía en el abigarrado tejido de cortesanos boquiabiertos, el achaparrado ministro con el dedo índice (más grande que él) levantado, y sobre todo la reina, hecha de la intersección de tantos planos que parecía sacada de una baraja doblada cien veces, desmintiendo la probada verdad de que un papel no puede plegarse sobre sí mismo más de nueve veces.

Algunos puntos eran intrigantes, y le daban espesor a la iniciativa picassiana de llevar la historia a la imagen. El primero de ellos era el hecho de que la protagonista fuera renga y no lo supiera. Uno puede ignorar muchas cosas de sí mismo, por ejemplo, sin ir más lejos, puede ignorar que es un genio, pero es difícil concebir que no advierta un defecto físico tan patente. La explicación puede estar en la condición de reina de la protagonista, es decir su condición de Única, que le impediría usar los paradigmas físicos de la normalidad para juzgarse.

Única, como había sido único Picasso. Había algo autobiográfico en el cuadro, como lo había, antes, en la elección de un chiste infantil que seguramente había oído de boca de sus padres o de sus condiscípulos en la escuela; y antes aún, estaba el uso de su lengua materna, fuera de la cual el chiste no tenía gracia ni sentido. Para la fecha del cuadro Picasso llevaba treinta años en Francia, a cuya cultura y lengua ya estaba completamente asimilado; que recurriera al castellano para dar la clave sin la cual una obra suya se hacía incomprensible era, por lo menos, curioso. Quizás la Guerra Civil española había reactivado en él una célula nacional, y este cuadro era una suerte de homenaje secreto a su patria desgarrada por el conflicto; quizás, hipótesis que no excluía la anterior, un recuerdo infantil, en la forma de una deuda a pagar cuando su arte hubiera llegado al estado de poder y libertad que lo hiciera posible, estaba en el origen de la obra. Después de todo, para esa época Picasso se había coronado como el pintor por excelencia de las mujeres asimétricas; introducir el rodeo lingüístico para la lectura de un cuadro era una torsión más a que las sometía, y lo hacía con una reina para certificar la importancia capital que le daba a la maniobra.

Una tercera hipótesis, que estaba en otro plano respecto de las anteriores, debía tomar en cuenta la procedencia sobrenatural del cuadro. Nadie había sabido de él (hasta hoy) y su naturaleza de enigma y secreto se había mantenido intacta hasta materializarse ante mí, un hispanoparlante, escritor argentino adicto a Duchamp y Roussel.

Fuera como fuera, se trataba de una pieza única, singular aun dentro de la producción de un artista en el que la singularidad era la regla; no podía menos que aspirar a un precio récord. Antes de internarme en una de mis habituales ensoñaciones sobre la prosperidad futura, me deleité un poco más en la contemplación de la obra maestra. Lo hice con una sonrisa. Esa reinita chueca, que había que rearmar a partir de un remolino de miembros entremezclados, era conmovedora, con su cara de galleta, una vez que uno le encontraba la cara, con su corona de papel dorado de chocolatín y sus manos de títere. Ella era el centro, aunque de un espacio en el que no había centro. La ronda de cortesanos, una verdadera corte de los milagros pictóricos, estaba pendiente de su elección; la fugacidad de las flores recordaba el tiempo, que para ella no era tiempo extenso sino el instante de comprender, de hacerse cargo al fin, después de toda una vida de ilusión. Una versión más cruel del mismo chiste podía decir que la reina siempre había sabido que era coja (¿cómo iba a ignorarlo?), pero la buena educación había impedido que nadie hablara de lo que ella prefería no hablar; y entonces sus ministros habían hecho una apuesta, que ganaría quien se atreviera a decírselo en la cara. Era una versión más realista, pero no la que había quedado registrada en la pintura. A esta reina nadie la haría objeto de una broma, nadie se burlaría de ella. La querían, y querían que supiera. Era ella la que debía oír y entender el mensaje oculto («es coja») bajo el visible («escoja»), y entonces, en una iluminación, entendería de pronto por qué el mundo se balanceaba cuando ella caminaba, por qué el ruedo de sus vestidos era en diagonal, por qué el gran chambelán se apresuraba a darle el brazo cada vez que tenía que bajar una escalera. Habían recurrido al lenguaje de las flores, eterno vehículo de los mensajes de amor. Porque ella debía elegir la flor más bella del reino, exactamente como yo había debido elegir entre los dones que me ofrecía el genio…

En ese momento yo también tuve mi iluminación, y la sonrisa se me congeló en la cara. No pude explicarme cómo no se me había ocurrido antes, pero no tenía importancia: se me ocurría ahora, y con eso bastaba. La angustia de un problema sin solución me envolvió, como sucede en las pesadillas. Seguía dentro del museo; tarde o temprano tendría que irme; mi vida de rico no podía empezar sino afuera. ¿Y cómo salir del Museo Picasso con un Picasso bajo el brazo?

*13 de noviembre de 2006*

## LA REVISTA *ATENEA*

A los veinte años Arturito y yo creamos una revista literaria, *Atenea*. Con el entusiasmo de la edad, y de nuestras ardientes vocaciones, nos dedicamos en cuerpo y alma al trabajo de escribirla, diseñarla, imprimirla, distribuirla... Todo esto, o casi todo, en términos de planificación y cálculo, preparando afanosamente su realización. No sabíamos nada del negocio editorial. Así como creíamos saberlo todo de la literatura, confesábamos nuestra casi total ignorancia de los mecanismos concretos por medio de los cuales la literatura llegaba a los lectores. Nunca habíamos pisado una imprenta, y no teníamos un conocimiento ni siquiera aproximado de lo que venía antes y después de la imprenta. Pero preguntamos, y aprendimos. Hubo mucha gente que nos dio consejos valiosos, advertencias, guía. Poetas veteranos en la autoedición, ex directores de diez efímeras revistas sucesivas, libreros, editores, todos se hacían tiempo para explicarnos cómo eran las cosas. Supongo que nos veían tan jóvenes, tan niños, tan ansiosos por saber y por hacer, que no podían contener sus sentimientos paternales, o la esperanza de que sus propios fracasos se trasmutaran, por la alquimia de nuestra ingenuidad, en ese triunfo tan postergado de la poesía, el amor y la revolución.

Claro que cuando tuvimos todos los datos que necesitábamos, y nos pusimos a hacer cuentas con ellos, vimos que no sería tan fácil. El obstáculo era económico. Lo demás podía arreglarse de un modo u otro, no nos faltaba confianza en nosotros mismos, pero la plata había que tenerla. Y nadie nos la daría porque sí; los pocos y tímidos intentos que hicimos en ese sentido chocaron con una barrera inexpugnable. En aquel entonces no existían como ahora instituciones benévolas a las que recurrir por subsidios. En compensación, teníamos familias acomodadas y generosas (hasta cierto punto) con nuestros caprichos. Y teníamos otra ventaja, que era la juventud, la juventud sin cargas ni obligaciones, despreocupada del lejano mañana, temeraria. Si era necesario poner el total de nuestro haber en la apuesta, lo pondríamos sin vacilar; de hecho, era lo que hacíamos todo el tiempo, porque vivíamos al día.

Con algún esfuerzo, reunimos los fondos para pagar el primer número. O previmos que lo tendríamos en el momento de retirar los ejemplares de la imprenta. No era demasiado difícil, si realmente nos lo proponíamos. Tranquilizados en ese punto, nos dedicamos a recopilar el material, ordenarlo, evaluarlo. Como nuestras ideas y gustos coincidían, no hubo discusiones. Dejábamos volar la imaginación, inventábamos nuevas provocaciones, descubríamos autores nuevos, reivindicábamos a los olvidados, traducíamos a nuestros poetas favoritos, redactábamos nuestros manifiestos...

La absorción intensa en el aspecto intelectual de la empresa no era tanta como para hacernos olvidar la economía. Ni por un momento. No habríamos podido olvidarla porque de ella dependía todo; no sólo la existencia de la revista sino su aspecto físico, su extensión, las ilustraciones que tendría o no (en aquellos años para todo lo que no fuera tipografía había que hacer unos costosos clichés metálicos); sobre todo la extensión, que era esencial para cualquier cálculo. En la imprenta nos habían hecho una «lista de precios», tentativa, que contemplaba tamaños y cantidad de páginas, en distintas combinaciones; la calidad del papel, en cambio, no hacía casi diferencia. Las páginas podían ser treinta y dos, sesenta y cuatro... Se calculaba por «pliegos», cosa que nunca terminamos de entender. Piadosos, los imprenteros nos habían simplificado las alternativas. Nosotros nos ocupamos de complicarlas.

Tuvimos muchas cavilaciones sobre la periodicidad que le daríamos: ¿mensual, bimestral, trimestral? Si hubiera sido por nosotros, por nuestro fervor, la habríamos hecho quincenal, semanal... Material no nos faltaría, y ganas tampoco. Pero el dinero mandaba. Al fin nos acomodamos al parecer de uno de nuestros asesores de buena voluntad, Sigfrido Radaelli: las revistas literarias «salían cuando podían»: eso lo aceptaba todo el mundo, era lo normal. Al aceptarlo nosotros, nos dimos cuenta de que la aperiodicidad no nos obligaba a renunciar a nuestra idea de vender suscripciones. Bastaba con no hacerlas en términos de lapso de tiempo («suscripción por un año») sino de números («suscripción por seis números»).

Todas estas cosas, que contadas ahora suenan cómicamente pueriles, eran parte de un aprendizaje, y quizás están repitiéndose hoy, *mutatis mutandis*, en otros jóvenes, en el eterno renacimiento del amor a la poesía y al saber. La perspectiva de los suscriptores, y más en general el deseo de hacer bien las cosas, nos llevó a un terreno más complejo. Hago la salvedad de la generalización porque pensamos que, fueran suscriptores o no, los lectores de *Atenea* debían tener derecho a un producto sostenido en el tiempo. Por supuesto, los suscriptores tendrían más derecho, porque habrían pagado por anticipado. Además, estábamos nosotros mismos. La mera idea de que nuestra revista decayera y se adelgazara con el correr de las entregas nos deprimía. Pero no teníamos modo de asegurarnos. Al contrario: nada nos garantizaba que pudiéramos reunir por segunda vez el dinero para imprimir otro número. Con encomiable realismo, no contábamos con las ventas. Con más realismo todavía, contábamos con una disminución de nuestra energía para ir a pedirle plata a la familia y a los amigos... La cuestión se resumía así: ¿podríamos sacar un Número Dos de *Atenea*? ¿Y un Tres? ¿Y todos los que siguieran, como para hacer una historia? La respuesta era afirmativa. Así como podíamos sacar el primer número, podríamos sacar los que vinieran después.

No sé si nos hipnotizamos mutuamente, o nuestro compromiso vital con la literatura nos hizo creer lo que queríamos creer; lo cierto es que nos convencimos. Una vez seguros de la continuidad de nuestra empresa, nos dimos permiso para afinar algunos detalles. El principal era, podría decirse, de simetría. Todos los números de la revista debían ser iguales, en cantidad de páginas, en cantidad de material, en «peso específico» literario. ¿Cómo asegurarnos de esto? La solución que se nos ocurrió no pudo ser más curiosa.

Habíamos notado la frecuencia con que las revistas literarias sacaban «números dobles», por ejemplo después del 5 sacaban el 6-7, con el doble de páginas; por lo general lo hacían cuando se atrasaban, lo que no sería nuestro caso porque ya habíamos decidido ser aperiódicos. Pero nos dio una idea. ¿Por qué no hacerlo al revés? Es decir, empezar por un número doble, el 1-2, pero no con el doble de páginas sino sólo con las treinta y seis por las que ya nos habíamos decidido. De ese modo, quedábamos cubiertos, y si el segundo número lo teníamos que hacer más delgado, era número «simple», el 3 a secas. Si en cambio nos manteníamos a la misma altura, lo hacíamos otra vez número doble, 3-4, y así podíamos seguir mientras siguiera nuestra prosperidad, conservando la tranquilizadora posibilidad de achicarnos en cualquier momento sin perder el honor.

A alguno de los dos debe de habérsele ocurrido que «doble» no era un límite infranqueable; también podía ser «triple» (1-2-3), «cuádruple» (1-2-3-4), o cualquier otra cantidad que quisiéramos. Había antecedentes de números triples, es cierto que raros, pero los había. Más allá no, que supiéramos, pero la falta de antecedentes no tenía por qué detenernos, al contrario: todo nuestro programa, como lo pedía la época, apuntaba a la innovación radical, a lo insólito y nunca visto. Y había motivos prácticos para no conformarnos, sin más, con el mero «doble». En estricta lógica, nadie podía decir que si teníamos que reducirnos fuéramos a reducirnos exactamente a la mitad. De hecho, habría sido rarísimo. La pobreza, la inflación, el cansancio, cualquier accidente que disminuyera nuestra capacidad de editores, eran imprevisibles no sólo en su advenimiento sino en su magnitud, de modo que bien podíamos tener que reducirnos a menos de la mitad... o a más de la mitad. De ahí que el número triple para la primera entrega (1-2-3) nos diera más posibilidades; podíamos reducirnos en un tercio, o en dos tercios; si lo primero, la segunda entrega sería un número solamente doble (4-5), si lo segundo sería simple (4). O bien, si manteníamos el nivel, que era lo deseable, la segunda entrega volvería a ser un número triple (4-5-6). En esta especulación, tan luminosa y, dentro de sus premisas, indiscutible, había algo que nos exaltaba y arrastraba, tanto o más que los buenos momentos de creación literaria.

Queríamos hacer las cosas bien. No éramos tan delirantes como puede parecer. Después de todo, editar una revista literaria, en los términos en que lo hacíamos nosotros, era una tarea gratuita, con algo de las volátiles inspiraciones del arte y algo de juego, haciendo de puente con la infancia que acabábamos de abandonar. Que no la habíamos abandonado del todo lo probaban estos perfeccionismos sin objeto, tan característicos del juego de los niños. Veamos si no:

El Número Triple nos quitaba la posibilidad de reducirnos exactamente a la mitad. Ya habíamos decidido que esa posibilidad, en su simetría estricta, era rarísimo que se diera en la realidad, pero aun así habríamos lamentado privarnos de ella. Sobre todo porque no había necesidad de privarse de nada: con lanzarnos con un Número Cuádruple (1-2-3-4) manteníamos abierta la posibilidad de reducirnos a la mitad (con lo que la entrega siguiente sería la 5-6), o, si la pobreza no era para tanto, reducirnos sólo un cuarto (y dar continuidad a la primera entrega cuádruple con una segunda triple, 5-6-7), mientras que si nuestra imprevisión o pereza o circunstancias ajenas a nuestra voluntad nos obligaban a apretarnos seriamente el cinturón, la segunda entrega sería un número simple, el 5. Si en cambio la prosperidad nos sonreía, volvíamos a sacar un número normal, es decir cuádruple, el 5-6-7-8.

No es que pensáramos, ni por un instante, en presentarnos con una primera entrega tres o cuatro veces más voluminosa que lo que habíamos previsto. Esas previsiones se mantenían intactas, y eran muy modestas y razonables. Nunca pensamos en agrandarnos; nuestro primer número, con sus treinta y seis páginas, nos parecía perfecto tal como lo teníamos armado: los textos ya estaban casi listos, prolijamente pasados a máquina; apenas si había algunas dudas sobre el orden (poner juntos los poemas por un lado, los ensayos por otro, o intercalarlos), sobre la conveniencia de incluir o no un breve relato, o agregar o sacar un poema… Nimiedades, que confiábamos en que se resolverían solas. Tampoco nos preocupaban mucho: queríamos darle a *Atenea* un aire un poco desprolijo, improvisado, *under*. Y como nadie nos apuraba, nos hacíamos tiempo para seguir calculando a futuro.

La gratuidad misma nos dio alas para ir más lejos, es decir, para empezar a especular libremente. Fue como descubrir una libertad que no sabíamos que existía. Quizás la libertad siempre era eso: un descubrimiento, o una invención. En efecto, ¿qué nos impedía ir más allá del Número Cuádruple y hacerlo Quíntuple, Séxtuple…? Más allá no conocíamos los nombres (¿los había?), pero eso mismo nos confirmaba que estábamos en un terreno no hollado por la literatura, lo que era la meta final de nuestro programa. Nos internábamos en la gran aventura vanguardista.

Si presentábamos el primer número de *Atenea* como número «décuple», es decir 1-2-3-4-5-6-7-8-9-10, atesorábamos de un golpe una fantástica flexibilidad de reducción para los números siguientes, quedábamos a cubierto de cualquier eventualidad y podríamos achicarnos en la medida justa de nuestras dificultades, sin resignarnos a aproximaciones o redondeos. Si el costo del primer número era de mil pesos (cifra imaginaria, sólo a efectos de la demostración), y lo hacíamos Número Décuple, y para el segundo número nos quedábamos cortos y sólo alcanzábamos a reunir setecientos pesos, ese segundo número lo publicábamos como número «séptuple» (sería el 11-12-13-14-15-16-17); si no íbamos más allá de los quinientos pesos, era número quíntuple (11-12-13-14-15);

si volvíamos a reunir los mil pesos, era otro Número Décuple (11-12-13-14-15-16-17-18-19-20); si, en el colmo de la desidia, no llegábamos a pasar de los cien pesos, hacíamos un número simple, el 11. El número «simple», el de un solo número, era el mínimo al que podíamos llegar. El número que eligiéramos para la primera entrega sería el «normal».

Dije que estas fantasías nos exaltaban, y es cierto. Aún hoy, tantos años después, al escribir estas páginas, siento un eco de aquella exaltación, y puedo explicármela con los mismos argumentos con que nos la explicábamos entonces, era un mundo al revés, al que nos asomábamos con el júbilo que la juventud le pone a todo lo que le pasa. ¿Acaso la literatura no era el mundo al revés? Al menos la literatura como nos la representábamos y la queríamos: vanguardista, utópica, revolucionaria. Nos encantaba ir contra la corriente: los sueños son casi siempre sueños de grandeza, los nuestros lo eran de pequeñez, y eran sueños de una nueva especie, sueños de precisión, de cálculo, verdaderas ecuaciones en las que la poesía adoptaba un formato nuevo, nunca visto. Nos hacía pensar en las pinturas maquinísticas de Picabia, que tanto admirábamos, transpuestas por primera vez a la literatura.

Por esta vía, y con estos estímulos que nos dábamos, seguimos avanzando. El diez no podía ser un límite. Lo era, quizás, en términos prácticos concretos. En la medida en que establecía un mínimo de páginas para el caso de que tuviéramos que economizar a fondo: tres. Una revista de menos de tres páginas (que era lo que sería si sacábamos en algún momento, obligados por imperiosas razones económicas, un número simple) no sería una revista. Un límite práctico y concreto no iba a detenernos, pero por el momento nos atuvimos a él, perfeccionándolo. Encontramos dos lunares en el razonamiento esquematizado en este párrafo. En primer lugar, sí podía haber una revista de menos de tres páginas. Podía tener una sola página. Y, más importante, la décima parte de nuestro número décuple no eran tres páginas, sino 3,6 páginas, ya que el Número Décuple, o sea la primera entrega de *Atenea*, tendría la extensión que nos había dictado la imprenta y nosotros habíamos adoptado como normal: treinta y seis páginas.

De modo que, estaba cantado, empezamos a pensar en un primer número que fuera «trigesimoséxtuple», si es que la palabra existía. Un número que fuera el «1-2-3-4-5-6-7-8-9-10-11-12-13-14-15-16-17-18-19-20-21-22-23-24-25-26-27-28-29-30-31-32-33-34-35-36». Eso nos daba una flexibilidad casi total de cara al futuro… ¿Cómo no lo habíamos pensado antes? ¿Cómo habíamos podido perder el tiempo en «triples» o «cuádruples» o «décuples», cuando teníamos algo tan obvio bajo las narices? El «pliego» debería habernos indicado la solución desde el primer momento, desde que en la imprenta nos descubrieron su existencia, el famoso «pliego» que ahora al fin se desplegaba, como una rosa de tiempo, ante nuestros ojos.

El problema que se nos presentaba era cómo poner esa cantidad de números en la tapa. Debajo del nombre de la revista, al lado de la fecha, ¿podíamos poner esa cantidad de números, del uno al treinta y seis, separados por guiones? ¿No era un poco ridículo? Estaba la posibilidad de poner un austero «n.º 1-36», pero por algún motivo no nos convencía. Nos decidimos por lo contrario, como gesto desafiante: llenar toda la tapa con los números, bien grandes, en nueve renglones de cuatro números cada uno. Sin ninguna explicación; porque nunca habíamos pensado en darle ninguna explicación de este mecanismo de garantía a los lectores.

Esto último nos hizo conscientes de una objeción grave: no importaba que no diéramos explicaciones, las buscarían igual; la mente humana estaba hecha así. Y el treinta y seis sugería una explicación en la que todos creerían: que el número de la revista tenía algo que ver con la cantidad de páginas… Realmente tenía algo que ver, pero por otro lado del que se veía como obvio. Esa conexión nos estropeó todo el placer de la idea, y la descartamos sin más. Creo que en ese momento sentíamos que el treinta y seis nunca nos había convencido.

Liberarnos de esa mala idea fue liberarnos del todo. Saltamos a números altos de verdad, primero el mil, después el diez mil, este último prestigiado por sus sugerencias chinas. La China, en plena Revolución cultural por esos años, estaba muy de moda.

Se necesitaba algo tan exorbitante para dejarnos satisfechos. Diez mil. Pero nada más que diez mil. Podíamos haber delirado, ir a millones, a billones: si no lo hicimos fue porque no estábamos embarcados en un delirio sino en una empresa tan definida y concreta como la producción de una revista. No pensábamos en renunciar al realismo, pero nunca había estado en nuestro horizonte mental un realismo chato, de tenderos. El diez mil nos garantizaba una total originalidad, sin caer en el disparate irrealizable. De esto último nos aseguramos lápiz en mano, poniéndolo en negro sobre blanco.

Hacer un número de una revista que fuera diez mil números juntos significaba que el número «simple» sería un 0,0036 de página. No éramos ases de las matemáticas. Estos cálculos teníamos que hacerlos paso a paso, visualizando. Eso les daba infinitamente más interés, los volvía aventuras de imágenes extrañas, nunca vistas. ¿Cómo llegábamos al 0,0036? Simplemente así: si nos reducíamos diez veces, la revista tendría 3,6 páginas; si nos reducíamos cien veces, tendría 0,36 páginas, o sea poco más de un tercio de página, o tres décimos de página; si nos reducíamos mil veces, tendría 0,036 páginas, o sea poco más de tres centésimos de página; y si nos reducíamos diez mil veces, llegando de ese modo a la entrega «simple» de la revista, ésta constaría de 0,0036 páginas, que equivalía a poco más de tres milésimas y media de página. Esto también necesitábamos visualizarlo, para hacernos una idea concreta. Recurriendo al presupuesto que nos habían preparado en la imprenta, vimos que las medidas por las que nos habíamos decidido de acuerdo con nuestras posibilidades, para el primer número, que sería el 1-10.000, eran de veinte por quince centímetros. Lo que daba una superficie de trescientos centímetros cuadrados. Dividida por diez mil, esta superficie se reducía a 0,03 centímetros cuadrados, cifra que debía multiplicarse por 3,6 (número correspondiente a la cantidad de diezmilésimos del resultado anterior). Daba 0,098 centímetros cuadrados; casi un milímetro cuadrado. ¿Redondeábamos? No. La exactitud era la clave, o una de las claves, del hechizo que nos transportaba. Y una superficie de 0,098 centímetros cuadrados, o lo que es lo mismo, de 0,98 milímetros cuadrados, si no nos equivocábamos (llenamos mucho papel con cuentas) daba unas medias, de alto y ancho respectivamente, de 0,45 por 0,24 milímetros. Ahí ya no resultaba tan fácil visualizar. Era vano el esfuerzo por ver con la imaginación, vuelta microscopio, esa molécula, esa mota suspendida en un rato de sol (porque no creíamos que tuviera peso suficiente para posarse). Habíamos dado un salto más allá de la intuición sensible, a la ciencia pura, y sin embargo, suprema paradoja, era allí donde encontrábamos a la verdadera Atenea real, en su «número simple», naciendo de nuestras cabezas como lo había hecho de la de su padre la diosa que nos prestaba su nombre.

*21 de mayo de 2007*

# EL PERRO

Yo iba en el colectivo, sentado junto a la ventanilla, mirando la calle. De pronto un perro empezó a ladrar muy fuerte, cerca de donde pasábamos. Lo busqué con la vista. Otros pasajeros hicieron lo mismo. El colectivo no iba muy lleno: todos los asientos ocupados, y unos pocos de pie; estos últimos eran los que más posibilidades tenían de verlo, por tener una perspectiva más alta y poder mirar por los dos lados. Aun sentado como iba yo, en el colectivo se dispone de una visión alta, la *perspective cavalière*, lo que veían nuestros ancestros montados a caballo; es por eso que prefiero el colectivo al auto, en el que uno va hundido pegado al piso. Los ladridos venían de mi lado, el lado de la vereda, lo que era lógico. Aun así, no lo vi, y como íbamos rápido me hice a la idea de no verlo; ya habría quedado atrás. La módica curiosidad que había despertado era la que despertaba siempre la ocasión de un incidente o accidente, pero en este caso, salvo el volumen de los ladridos, no había grandes posibilidades de que hubiera pasado nada: los perros que la gente saca a pasear en la ciudad rara vez le ladran a nada que no sea otro perro. Así que la atención general dentro del colectivo ya se dispersaba… cuando volvió a encenderse, porque los ladridos seguían a más y mejor. Entonces lo vi. El perro corría por la vereda y le ladraba a nuestro colectivo, lo seguía, aceleraba para no quedarse atrás. Eso sí era rarísimo. Antes, en los pueblos, en las afueras de la ciudad, los perros corrían a los autos ladrándoles a las ruedas, yo lo recordaba bien de mi infancia en Pringles. Pero eso había quedado atrás, se diría que los perros habían evolucionado, se habían habituado a la presencia de los autos. Además, este perro no les ladraba a las ruedas del colectivo sino al vehículo entero, levantaba la cabeza hacia las ventanillas. Arriba, todos miraban. ¿Acaso el dueño había subido al colectivo, olvidándose a su perro o dejándolo abandonado? ¿O habría subido alguien que había robado o agredido al dueño del perro? No. No había habido una parada reciente. El vehículo venía avanzando sin detenciones por la avenida Directorio desde hacía unas cuantas cuadras, y sólo en la que estábamos recorriendo el perro había iniciado la persecución. Hipótesis más barrocas, como que el colectivo hubiera atropellado a su dueño o dueña, o a un congénere, podíamos descartarlas porque nada de eso había pasado. Las calles despejadas de un domingo a la tarde no habrían hecho pasar desapercibido un accidente.

Era un perro bastante grande, gris oscuro, hocico en punta, a medio camino entre perro de raza y perro de la calle, aunque hoy día ya no hay perros de la calle en Buenos Aires, por lo menos en los barrios por los que transitábamos. No era tan grande como para meter miedo de entrada, pero sí lo bastante como para resultar amenazante si se enojaba. Y éste parecía enojado, o más bien, quizás por el momento, desesperado, urgente. No era el impulso de agresión el que lo movía (por el momento, quizás) sino el apuro por alcanzar al colectivo, por hacerlo detener, o quién sabe qué.

La carrera seguía, junto con los ladridos. El colectivo, que en la esquina anterior había tenido que esperar un semáforo en rojo, aceleraba. Iba cerca de la vereda, por la que corría el perro; pero lo dejaba atrás. Ya estábamos casi en la otra bocacalle, y parecía inminente que la persecución cesara. Sin embargo, para nuestra sorpresa, al llegar a la esquina el perro cruzó y siguió por la vereda de la cuadra siguiente, acelerando él también, sin dejar de ladrar. No había mucha gente en la vereda, de otro modo el animal los habría llevado por delante, tan ciego iba, la mirada fija en las ventanillas del colectivo, los ladridos más y más fuertes, ensordecedores, cubrían el ruido del motor del colectivo, llenaban el mundo. Se hacía evidente algo que debería haber sido evidente desde el primer momento: el perro había visto (u olido) a alguien que viajaba en el colectivo, y era tras él que corría. Un pasajero, uno de nosotros… No sólo a mí se me había ocurrido esa explicación, porque los demás empezaron a mirarse, a dirigirse gestos de interrogación. ¿Alguno lo conocía? ¿Alguien sabía de qué se trataba? Un antiguo dueño, un ex conocido… Yo también miraba a mi alrededor, yo también me lo preguntaba. ¿Quién sería? En esos casos, en el último en que uno piensa es en uno mismo. Yo tardé bastante en caer. Fue indirecto. De pronto, llevado por un presentimiento todavía sin forma, miré adelante, por el parabrisas. Vi que la ruta estaba despejada: delante de nosotros se extendía casi hasta el horizonte una fila de luces verdes que prometían una marcha rápida sin interrupciones. Pero recordé, con una alarma que empezaba a encenderse, que no estaba en un taxi: el colectivo tenía paradas fijas cada cuatro o cinco cuadras; es cierto que si no había nadie en la parada, o nadie tocaba el timbre para bajar, no se detenía. Nadie se había acercado a la puerta trasera, por ahora. Y con suerte no habría nadie en la próxima parada. Todas estas reflexiones las hacía simultáneamente. La alarma dentro de mí seguía creciendo; ya estaba a punto de encontrar sus palabras y revelarse. La demoraba la urgencia misma de la situación. ¿El azar nos permitiría seguir sin detenernos hasta que el perro hubiera renunciado a su persecución? Volví a mirarlo; había apartado la vista de él apenas por una fracción de segundo. Seguía corriendo a la par, seguía ladrando como un poseído… y él también me miraba. Ahora yo lo sabía: era a mí al que le ladraba, a mí al que corría. El terror de las catástrofes más impensadas se apoderó de mí. Ese perro me había reconocido y venía por mí. Y aunque, en la presión del instante, ya me estaba jurando a mí mismo negarlo, negar todo, no admitir nada, en el fondo de mi conciencia sabía que él tenía razón y yo no. Porque una vez, en el pasado, yo me había portado mal con ese perro, lo había hecho objeto de una infamia realmente incalificable. Debo reconocer que nunca tuve principios morales muy sólidos. No voy a justificarme, pero hay alguna explicación en el combate incesante que debí librar para sobrevivir, desde mi más tierna edad. Esa lucha fue embotando los escrúpulos. Me he permitido acciones que no se permitiría ningún hombre decente. O quizás sí. Todos tienen sus secretos. Además, lo mío nunca fue tan grave. Nunca llegué al crimen. Y en realidad no olvidaba lo hecho, como haría un canalla auténtico. Vagamente, me prometía pagar de algún modo, nunca me había puesto a pensar cómo. Este reconocimiento del que yo era objeto, tan bizarro, este regreso de un pasado si no olvidado lo bastante sumergido como para parecerlo, era lo que menos había esperado. Había contado, me daba cuenta, con una cierta impunidad. Había dado por sentado, y quizás en mi lugar todos lo habrían hecho, que un perro tenía poco de individuo y casi todo de especie, y a ella se reintegraría por entero, hasta desaparecer. Y con esa desaparición se desvanecía mi culpa. La execrable traición que había ejercido sobre él lo había individualizado por un momento, sólo por un momento. Que ese momento persistiera, después de tantos años, me parecía sobrenatural y me espantaba. Al pensar en el tiempo que había pasado, asomó una esperanza, a la que me aferré: era demasiado. Un perro no vive tanto. Había que multiplicar por siete… Los pensamientos se agolpaban en mi cabeza, entrechocándose con los ladridos sordos que seguían y seguían creciendo. No, el tiempo transcurrido no era demasiado, no valía la pena que hiciera la cuenta y siguiera engañándome. Cualquier esperanza sólo podía venir de esa típica reacción psíquica de negación ante algo que nos afecta demasiado: «No puede ser, no puede estar pasando, lo estoy soñando, me equivoqué en la interpretación de los datos». Esta vez no era la reacción psíquica: era la realidad. Tanto, que ahora evitaba mirarlo; le temía a su expresividad. Pero estaba demasiado nervioso para hacerme el indiferente. Miré hacia delante; debí de ser el único en hacerlo, porque todos los demás pasajeros iban pendientes de la carrera del perro. Hasta el chofer, que volvía la cabeza para mirar, o miraba por el espejo, y hacía un comentario risueño con los pasajeros de delante; lo odié, porque con esas distracciones aminoraba la velocidad; de otro modo no podía explicarse que el perro siguiera a la par, ya llegando a la segunda bocacalle. Pero ¿qué importaba que siguiera a la par? ¿Qué podía hacer, más que ladrar? No iba a subirse al colectivo. Después del primer shock, yo empezaba a evaluar la situación más racionalmente. Ya había decidido negar que conocía a ese perro, y seguía firme en la decisión. Un ataque, que creía improbable («Perro que ladra no muerde»), me pondría en el papel de víctima y merecería la intervención de los testigos en mi favor, de la fuerza pública si era necesario. Pero, por supuesto, no le daría la ocasión. No pensaba bajar del colectivo hasta que no se hubiera perdido de vista, cosa que tendría que suceder tarde o temprano. El 126 va lejos, hasta Retiro, por un camino que al salir de la avenida San Juan se hace sinuoso, y era impensable que un perro pudiera seguir todo el trayecto. Me atreví a mirarlo, pero aparté la vista de inmediato. Nuestras miradas se habían cruzado, y en la de él no vi la furia que esperaba sino una angustia sin límite, un dolor que no era humano, porque un hombre no lo soportaría. ¿Tan grave era lo que yo le había hecho? No era momento de entrar en análisis. Y no valía la pena porque la conclusión siempre sería la misma. El colectivo seguía acelerando, cruzábamos la segunda bocacalle, y el perro, que se había retrasado, cruzaba también, pasando frente a un auto detenido por el semáforo; si ese auto hubiera venido en marcha habría cruzado igual, tan enceguecido iba. Me avergüenza decirlo, pero le deseé la muerte. No sería algo sin antecedentes; había una escena en una película en la que un judío en Nueva York reconocía, cuarenta años después, a un kapo de un campo de concentración, salía persiguiéndolo por la calle y lo mataba un auto. El recuerdo, al revés del efecto de alivio que suelen producir los antecedentes, me deprimió, porque aquello era una ficción, y hacía resaltar por contraste la calidad de real de lo mío. No quería volver a mirarlo, pero el sonido de los ladridos me indicó que se estaba quedando atrás. El colectivero, seguramente harto de la broma, estaba apretando a fondo el acelerador. Me atreví a volver la cabeza y mirar; no iba a llamar la atención porque todos en el colectivo estaban mirando; al contrario, si yo era el único en no mirar podía hacerme sospechoso. Además, pensé, quizás era mi última oportunidad de verlo; semejante casualidad no podía darse dos veces. Sí, se quedaba atrás, decididamente. Me pareció más pequeño, más patético, casi ridículo. Los otros pasajeros empezaron a reírse. Era un perro viejo, gastado, quizás al borde de la muerte. Los años de rencor y amargura que este estallido dejaba adivinar habían dejado su huella. La carrera debía de estar matándolo. Pero no podía evitarlo, si había pasado tanto tiempo esperando el momento. Y efectivamente, no aflojaba. Aun sabiendo perdida la partida seguía adelante, corriendo y ladrando, ladrando y corriendo. Quizás, cuando perdiera de vista a lo lejos al colectivo, seguiría corriendo y ladrando, porque ya no podría hacer otra cosa, para siempre. Tuve una visión fugaz de su figura, en un paisaje abstracto (el infinito) y sentí pena, pero una pena tranquila, casi estética, como si la pena me viera a mí desde tan lejos como yo creía estar viendo al perro. ¿Por qué dirán que el pasado no vuelve? Todo había sucedido tan rápido que no me había dado tiempo a pensar. Yo siempre había vivido en el presente porque apenas si me daban las energías del cuerpo y la mente para asimilarlo y reaccionar, sólo me alcanzaba para lo inmediato, y apenas. Siempre sentí que estaban sucediendo demasiadas cosas todas juntas, que precisaba un esfuerzo sobrehumano, más fuerzas de las que tenía, para hacerme cargo del instante. De ahí que no me anduviera con remilgos éticos cuando debía sacarme algo de encima, así fuera por las malas. Debía desalojar lo que no fuera estrictamente necesario para mi supervivencia, conseguir algo de espacio, o de paz, a cualquier precio. Las heridas que eso pudiera provocar en otros no me preocupaban, porque sus consecuencias quedaban fuera del presente, es decir, de mi vista. Ahora, una vez más, el presente se desembarazaba de un invitado molesto. El incidente me dejaba un sabor agridulce en la boca, por un lado el alivio de haber escapado por tan poco, por otro una comprensible amargura. Qué triste era ser un perro. Vivir con la muerte tan cerca, tan inexorable. Y más triste todavía ser este perro, que había salido de la resignada fatalidad del destino de la especie sólo para mostrar que la herida que había recibido una vez seguía sangrando. Su figura recortada en la luz del domingo porteño, agitándose sin cesar en su carrera y sus ladridos, había hecho el papel del fantasma, volviendo de la muerte, o más bien del dolor de la vida, para reclamar… ¿qué? ¿Una reparación? ¿Una disculpa? ¿Una caricia? ¿Qué otra cosa podía pretender? No podía querer vengarse, pues la experiencia debía de haberle enseñado de sobra que no podía nada contra el inexpugnable mundo humano. Sólo podía expresarse; lo había hecho, y no le había servido de nada, como no fuera extenuar su viejo corazón cansado. Lo había derrotado la expresión muda, metálica, de un colectivo en marcha alejándose, y una cara que lo miraba desde el otro lado del vidrio de una ventanilla. ¿Cómo me había reconocido? Porque yo también debía de haber cambiado mucho. Por lo visto me tenía muy presente, quizás mi imagen no se había borrado de su mente un solo instante todos esos años. Nadie sabe en realidad cómo opera el psiquismo de un perro. No había que descartar que hubiera sido el olor, en ese rubro se cuentan cosas increíbles de los animales. Por ejemplo una mariposa macho que huele a la hembra a kilómetros de distancia, atravesando los miles de olores que hay entre él y ella. Me dejaba ir a consideraciones ya desinteresadas, intelectuales. Los ladridos eran un eco, que modulaba, más alto, más bajo, como si viniera de otra dimensión. De pronto me sacó de mis pensamientos una intuición que sentí en todo el cuerpo. Me di cuenta de que me había apurado a cantar victoria. La acelerada del colectivo, que acababa de cesar, era la que daban siempre los choferes cuando tenían en vista una parada en la que debían detenerse. Aceleraban, calculando la distancia, y después levantaban el pie y dejaban que por inercia el colectivo llegara a la parada. Y en efecto, ya la velocidad disminuía, acercándose a la vereda. Me enderecé para mirar. En la parada había una señora mayor con un niño. El volumen de los ladridos volvía a crecer. ¿Era posible que el perro siguiera corriendo, que no hubiera renunciado? No miré, pero debía de estar muy cerca. Nosotros ya estábamos detenidos. El niño subió de un salto, pero la señora se tomaba su tiempo; el estribo alto de los colectivos les causaba problemas a las damas de su edad. Yo gritaba interiormente: ¡Apurate, vieja de mierda!, y seguía su maniobra con ansiedad. No era mi estilo de hablar ni de pensar; me salía así por la nerviosidad, pero me corregí de inmediato. En realidad, no tenía por qué preocuparme. Todo lo que podía pasar era que el perro recuperara terreno, para después volver a perderlo. Lo peor que yo podía temer era que se pusiera a ladrar frente a mi ventanilla de un modo muy ostensible, y los otros pasajeros vieran que era a mí al que perseguía. Pero yo no tenía más que negar todo conocimiento de ese animal, y nadie me desmentiría. Bendije a las palabras, y a su superioridad sobre los ladridos. La vieja estaba subiendo el segundo pie al estribo, ya casi estaba arriba. Un vendaval de ladridos me aturdió. Miré al costado. Llegaba, veloz como el rayo, desmelenado, siempre sonoro. Era increíble su resistencia. A su edad, ¿era posible que no tuviera artrosis, como todos los perros viejos? Quizás estaba quemando sus últimos cartuchos; no debía de tener nada que ahorrar; encontrarme a mí, después de tantos años, expresarme su resentimiento, cerraba el círculo de su destino. Al principio (todo esto sucedía en una fragmentación loca de segundos) no entendí lo que pasaba, sólo capté una extrañeza. La localicé enseguida: no se había detenido frente a mi ventanilla, había seguido de largo. ¿Qué se proponía…? ¿Era posible que…? Ya había llegado a la altura de la puerta delantera y con la agilidad de una anguila giraba, saltaba, se escurría… ¡Estaba subiendo al colectivo! O mejor dicho, ya había subido, y sin necesidad de voltear a la vieja, que apenas había sentido un roce en las piernas, ya volvía a girar y casi sin disminuir la velocidad ni dejar de ladrar enfilaba por el pasillo… Ni el chofer ni los pasajeros habían tenido tiempo de reaccionar, los gritos ya se formaban en sus gargantas pero todavía no salían. Yo habría tenido que decirles: No se asusten, no es con ustedes la cosa, es conmigo… Pero yo tampoco había tenido tiempo de reaccionar, salvo para paralizarme y endurecerme en el espanto. Sí tuve tiempo para verlo, precipitándose hacia mí, y ya no pude ver otra cosa. De cerca, y de frente, su aspecto había cambiado. Era como si antes, desde la ventanilla, lo hubiera visto a través del recuerdo o de la idea que me hacía del daño que le había causado, mientras que allí dentro del colectivo, ya al alcance de la mano, veía su realidad. Lo veía joven, vigoroso, elástico, más joven que yo, más vital (en mí la vida había ido desagotándose todos estos años, como el agua de una bañadera), sus ladridos retumbaban en el interior con una fuerza intacta, los dientes blanquísimos en las fauces que ya se cerraban sobre mi carne, los ojos brillantes que no habían dejado por un instante de estar fijos en los míos.

*16 de marzo de 2008*

## EN EL CAFÉ

Una niñita graciosa de tres o cuatro años correteaba entre las mesas, se reía, jugaba sola, se escondía de su madre, que charlaba con una amiga, respondía con sonrisas y nuevas carreras a los saludos de los parroquianos. Una pareja mayor la llamó, ella fue, el señor había hecho un barquito con una servilleta de papel y se lo regaló. Ella corrió a mostrárselo a su mamá, que lo admiró y le preguntó si le había dicho «gracias» al señor tan amable. La niñita corrió a hacerlo, y jugó con el barquito, muy precario dada la delgadez del papel, y pronto se le deshizo en las manos. Pero para entonces ya otro señor en otra mesa, éste solitario (estaba leyendo la sección de fútbol del *Clarín*), la había llamado y le entregó un avioncito también hecho con una servilleta de papel. Igual que antes, la niña corrió a mostrárselo a su madre, y además corrió a mostrárselo al señor que antes le había hecho el barquito, y sus gorjeos de regocijo hicieron volver los rostros sonrientes desde otras varias mesas. Qué poco se necesita para hacer feliz a un niño. Poco, pero mucho a la vez, porque esa pequeñez que lo llena de inocente felicidad le dura lo que un suspiro y debe ser remplazada por otra. Quizás adivinándolo un tercer parroquiano había empezado a plegar una servilleta, con los ojos entrecerrados y un gesto de gran concentración. Se trataba de un hombre de edad, francamente anciano, y la concentración debía de obedecer a un esfuerzo de la memoria; seguramente había hecho esto para sus nietos muchos años atrás, y ya no lo había vuelto a hacer para sus biznietos, intimidado ante la preferencia de la nueva generación por los juegos de imágenes electrónicas; en el café, al que acudía para matar el tiempo, de pronto encontraba, «servida en bandeja» podía decirse para hacer honor al sitio, la ocasión de volver a hacer feliz a una criatura con la modesta habilidad aprendida tantos años atrás. Por un momento temió que hubieran sido demasiados años, y el olvido hubiera ganado la partida, como ya la había ganado en tantos sectores de su cerebro desconectados por la edad. Sumado a lo cual estaba la creciente rigidez de las manos, la pérdida de coordinación en los dedos, cuyos pobres doloridos huesos se torcían en direcciones poco elegantes. Pero la memoria, tenaz, encontraba un camino a través de las ruinas de la vejez, y el hombre veía aparecer ante él, temblorosa, una muñequita de papel delgado y casi transparente, ondulando en su esencial desarticulación. Nada de esto le importaba a la niña, contenta con que le hicieran un regalo, al que había acudido como guiada por un sentido especial. La muñeca de papel, una silueta con tutú, producida a puro pliegue, sin cortes, se pretendía articulada de brazos y piernas, aunque la confección defectuosa, embarazada por olvidos y pentimentos, y el papel inadecuado por exceso de delgadez, la volvían un pelele blando. Aun así, su figura fue reconocida; en un gesto espontáneo que arrancó sonrisas a los que contemplaban la escena de cerca y de lejos, la acunó en brazos cantándole «noni-noni», y así la llevó entre las mesas hasta la que ocupaban su madre y la amiga de ésta. El anciano quedó impregnado de dulzura, pero el éxito que había tenido su creación debió de ser sospechado, en parte por demagógico y fácil en su sexismo primitivo (una muñeca para las niñas, una pelota para los varones), en parte por el escaso honor que semejante harapo de papel le hacía al venerable arte del plegado figurativo. En una mesa ocupada por un hombre maduro y dos jóvenes, varón y mujer, ya se estaba preparando la réplica. No daba la edad para que fueran un padre con sus hijos; parecían más bien un profesor con sus alumnos, o un patrón y sus dos jóvenes empleados; tenían la mesa cubierta de papeles, que podían ser apuntes, o planillas, remitos, facturas, o prints de computadora, pero ahora prestaban atención a la delgada servilleta de papel en la que se afanaba el joven, bajo la mirada de la chica y la del hombre, que hacía observaciones con solvencia, marcando con gestos su autoridad, más por edad que por *know-how*, porque era evidente que el que sabía era el chico. En las manos de éste el rectángulo de papel, a fuerza de pliegues y despliegues, se volvió una gallina, redonda en su forma maternal, con una media luna de crestas plumosas triangulares por cola y la cabeza erguida con el pico abierto. Un alegre cocorocó de su creador atrajo a la niñita, que a su vez atraía las miradas dispersas del café, curiosas de la nueva dispensa que, en la amplitud de posibles que ofrecía la materia, podía ser cualquier cosa. La muñequita ya estaba por el piso, lo que hacía perentorio renovar esta diversión improvisada; claro que la suerte de la anterior hacía prever la de la siguiente, y se planteaba, siquiera como especulación, si no sería trabajo perdido. Aun sin necesidad de enunciar lo de «Nada se pierde, todo se transforma», reinaba repentinamente un clima de ganancia, no de pérdida. Se aceptaba como natural, y hasta como euforizante, el consumo rápido que hacía la chicuela de las novedades. Así debería ser con todo, estaban filosofando algunos: tomar y perder, gozar y dejar ir. Todo pasa, y es por eso que estamos aquí. La eternidad, o sus simulacros más o menos logrados, no pertenecen a la vida. A la niña, que era vida en estado puro, la gallina la llenó de gozo, y le sirvió de justificativo para renovar sus carreras, llevándola en alto como si hiciera volar un pájaro, o más bien una mariposa, por las sacudidas imprevistas que le imprimían sus pasos de principiante, siempre al borde de la caída, siempre evitándola. Por lo visto no tomaba en cuenta el hecho de que las gallinas no volaban, o no lo hacían de ese modo. La zoología de los niños es simple, acumula en una misma figura animal especies, geografías y épocas; y hasta el día y la noche, porque la gallinita voladora volaba también como un murciélago, y la ambigüedad propia de toda figura de bulto podría haber habilitado en esta ocasión al murciélago, si no hubiera estado demasiado fuera de lugar en las manos del candor; a propósito de lo cual, el color conspiraba asimismo: el blanco de las servilletas de papel era irreversible. Como sea, tanto vuelo, y la presión errática de los deditos rosados, se hicieron sobremanera destructivos: el círculo de la gallina se volvía pirámide en ruinas, los triángulos orgullosos de la cola perdieron la alineación, y para cuando su pequeño piloto de pruebas se acordó de ir a mostrársela a la mamá (ceremonia a la que parecía darle el peso de una certificación) ya era un guiñapo. Pero estaba visto que se lo perdonaban todo, y además querían seguir dándole el gusto. Dos muchachas que charlaban animadamente y que hasta ese momento no habían parecido estar prestando atención a lo que ocurría agitaron algo blanco, que atrajo a la interesada como el trapo rojo al toro: era un payaso formado con habilísimos pliegues en la servilletita de papel. De modo que la desatención a las correrías de la niña se debía, podría deducirse, a la atención que prestaban a la pequeña obra. Ésta era de fuste, un salto cualitativo respecto de lo visto hasta entonces: el payaso lucía sombrero redondo, una protuberancia desmesurada en el medio del círculo que hacía de cara, representando la nariz de goma, levitón de faldones colgantes, pantalones abolsados, y los típicos zapatos largos hasta la casa del vecino. Ni a la que ahora se lo estaba ofreciendo a la ávida receptora, ni a su compañera de mesa, se les habría dado crédito de la capacidad para semejante proeza, por el aspecto de chicas inútiles, sólo aptas para la charla vacía (que era lo que estaban practicando, al menos vistas desde fuera del radio de audición). La única explicación que conjugaba los opuestos era que fueran, o que lo fuera una de ellas, maestra jardinera, y entre las materias que hubiera debido cursar para ejercer la profesión estuviera (ya como obligatoria, ya como optativa) este tipo de construcciones en papel. ¡Un payaso! El mejor amigo de los niños, el que los acompañaba cuando ellos cerraban los ojos en sus camitas, y tan fieles eran que no los abandonaban ni en sus peores pesadillas; al contrario, ahí tomaban el papel protagónico, para que otros, los monstruos por ejemplo, no lo hicieran. De su contacto onírico con los monstruos este payasito inofensivo de un papel que se rompía con sólo mirarlo había retenido algo. ¿Qué? Se lo sentía de modo subliminal, y así se lo siguió sintiendo, porque el movimiento que le imprimió su dueña, las carreras, las presentaciones precipitadas, impidieron una observación en detalle. De lo que se trataba en realidad era de que el payasito de papel tenía una mancha. Su blanco no era inmaculado como el de las figuras anteriores. Era una mancha poco notable, apenas un roce de un marrón sucio, formando un dibujo informe, que además cruzaba, debido a los pliegues, partes incompatibles del cuerpo. Un rastro de café, frotado de los labios de una de las chicas que habían hecho el payaso. O sea que lo habían hecho con una servilleta usada. Eso era extraño. ¿Qué explicación tenía que una labor delicada y difícil se hiciera con un material fallado de origen, disponiendo de otro bueno? Quizás habían empezado a plegar, por prueba (¿se podrá hacer con esta clase de papel?, ¿con un papel de este tamaño?), con la servilletita más a mano, y una vez comprobado, ya el trabajo estaba lo bastante avanzado como para no justificar sacar una servilleta nueva y empezar de cero. Si eran realmente maestras jardineras, como lo indicaba su aspecto, su voz chillona, sus teñidos, la improvisación, llenar las expectativas infantiles con lo primero a mano, eran rutina. Aquí sería hora de decir una palabra sobre las servilletas que estaban sirviendo para fabricar los regalos a la niña. No había café en Buenos Aires que no tuviera en cada mesa un servilletero bien provisto. Con el tiempo las clásicas servilletas rectangulares, alargadas, en el también clásico servilletero de lata con resorte para mantenerlas arriba, habían sido remplazadas por otras cuadradas, de papel un poco más resistente, y con el nombre, logo y dirección del café impreso en ellas. (También las había triangulares, pero eran más raras.) Y el servilletero era alguna especie de soporte de acrílico o madera. El café donde tenían lugar los hechos aquí relatados no se había modernizado en este aspecto: conservaba el viejo sistema del servilletero de lata con sus servilletitas alargadas, con dos dobleces, sostenidas desde abajo por una placa metálica con un resorte, sistema a esa altura de la historia de la ciudad ya relegado a establecimientos de ínfima categoría. Era una excepción, y una excepción llamativa, ya que se trataba de un café recientemente remodelado, con pretensiones de elegancia y modernidad. O bien los dueños, que disponían de una buena cantidad de viejos servilleteros en buen estado, habían querido ahorrarse el gasto extra de comprar nuevos, o bien, más probablemente, no lo pensaron y el detalle se les escapó. Las dos alternativas no eran excluyentes, y se les agregaba, sin excluirlas, una tercera que las incluía: que consideraran mejores los viejos servilleteros, mejores no sólo en términos prácticos sino por ese vago cariño inconsciente que suscitaban los objetos con los que se había convivido mucho tiempo, o siempre. Las remodelaciones de los viejos cafés, necesarias para mantener la clientela afectada por la renovación generacional, y la emulación con los nuevos cafés, contribuían a la perenne transformación de la ciudad y la anulación consiguiente de los recuerdos. Conservar algo dentro del cambio era un reflejo de supervivencia o continuidad, que se practicaba en lo más pequeño para que irradiara sobre el todo. Pero en este caso había algo más, y era que este gran café remodelado se encontraba en un punto de una invisible frontera urbana; de un lado la zona comercial del barrio, y cerca de sus cines, del otro un área de población transeúnte de índole popular, como que a escasos doscientos metros estaba la estación Flores del ferrocarril, medio de transporte de los obreros y personal de servicio que volvía a sus domicilios en los suburbios humildes del Oeste. Los viejos servilleteros de lata hacían de punto de anclaje no sólo del presente y el pasado sino también de los estratos sociales coexistentes; dos aspectos que tampoco eran excluyentes, ya que la pobreza era una cosa del pasado. De cualquier modo, la división de la población de una ciudad en clases socioeconómicas era una grosera simplificación, ya que cada persona tenía su estrato propio, y había tantos como individuos. Uno de ellos, un señor de gran prestancia sartoril, aspecto de ejecutivo, estaba sentado a una de las mesas sobre la que había abierto carpetas de negocios, en cuyas páginas puntuaba y anotaba con un elegante bolígrafo, el celular entre los papeles, el portafolios abierto en la silla de al lado; debía de estar preparándose para una importante reunión, absorto en sus números y argumentos, pero no tanto a juzgar por lo que pasó entonces. Con un gesto maquinal, sin mirar, arrancó una servilletita de la caja metálica. Fue un movimiento que hablaba de una larga familiaridad con el implemento (la sacó de un limpio chasquido del pulgar y el índice, sin arrugarla en lo más mínimo), y por ende una vida de cafés: quizás había sido corredor, o visitador médico, o vendedor ambulante, de los que hacían un alto en el café que quedaba a la mitad de su recorrido cotidiano para descansar los pies y hacer las cuentas; si era así, había progresado, y como en todo progreso, y como la función más propia del progreso, conservaba los tics del mundo que se abandonaba. Había dejado de lado el bolígrafo, ya no leía sus documentos, y en los escasos segundos que le llevó a la niña destrozar, sin intención, el payasito, armó con inteligentes pliegues el próximo regalo. Éste fue, ¡sorpresa!, un pocillo de café con su platito. Constituía un salto cualitativo respecto de los plegados hechos hasta ese momento; y como entre éstos ya se había producido un salto cualitativo, éste era un salto cualitativo respecto del salto cualitativo. En su simplicidad de Bauhaus era simplemente perfecto, y un alarde de virtuosismo por sus líneas curvas, logradas sin violentar la regla básica de crear las formas con el exclusivo recurso de plegar y desplegar. Otro alarde era el de haber podido hacer en una pieza lo que en el objeto real eran dos: pocillo y platito, aquí indisolublemente unidos por el papel. La niñita, que aún no había aprendido la timidez, acudió feliz, sin necesidad de que la llamaran, a este nuevo don de homenaje a su gracia y belleza. Otro exvoto a su inocencia. Lo tomó con sus manitos torpes, y con risas triunfales corrió a mostrárselo a su mamá, salvo que esta vez se detuvo en cada mesa que había en el camino, y lo posaba, en lo posible junto a un pocillo de verdad, estirándose, en puntas de pie, para llegar, y que todos vieran el parecido. Debía de haber parroquianos, muchos, seguramente todos, que podían apreciar en todo su mérito y dificultad la pieza; ella no, para ella era tan natural y dado como una flor o una piedra, era algo que le había dado un señor amable en señal de admiración; ella no necesitaba admirar. Cuando llegó a la madre, el pocillo ya estaba a medio camino de revertir a servilleta. La madre seguía charlando con su amiga, y le prestaba una atención apenas maquinal a la hija. Inmediatamente después de la primera figurita, del primer caso de lo que empezaba a parecer una serie infinita, se había desentendido, como suelen hacerlo los adultos de los juegos de los niños con los que conviven. Nadie sale perdiendo, porque los niños a partir de ese momento entran en una dimensión propia, hecha de repeticiones e intensidades. Algo de esto había sucedido en el café. La niña había alcanzado una invisibilidad en la que se movía como pez en el agua. El movimiento del café seguía normalmente, los mozos, en número de seis, cada uno en el área de mesas que le correspondía, circulaban con bandejas, tomaban pedidos, servían, cobraban, la clientela se renovaba, entraban, salían, se saludaban, se despedían, el que llegaba retrasado a la cita se disculpaba echándole la culpa al tránsito. Y hasta los que le hacían a la niñita la ofrenda de la famosa servilleta plegada, una vez que la habían hecho se desentendían y seguían en lo suyo. Pero la serie, si es que era una serie, no se interrumpía, como si el carácter exigente de la infancia prevaleciera sobre el fluir del tiempo común. Una señora pelirroja (teñida) que tomaba un té, vestida con un equipo de gimnasia violeta y amarillo atrajo a la niña con una sonrisa y le entregó la construcción que había hecho con una servilletita. Se trataba esta vez de una creación magistral, de concurso, que hacía avanzar el salto cualitativo a un nuevo escalón de sí mismo. Era un ramo de flores, abundante en mínimas rosas, calas, gladiolos, margaritas, claveles, un crisantemo coronándolo y helechos de relleno. Todo brotado de media docena de dobleces secretos en la miserable servilletita, y un ahuecado con pericia al desplegarlos. Las flores, casi microscópicas en sus detalles, eran todas reconocibles; lo único que les faltaba eran los colores, el blanco del papel las afantasmaba. Las necesidades del salto cualitativo, si bien éste en sí no era necesario pues a la niña no le interesaba más que la prosecución, sin crescendos ni decrescendos, llevaban a la sutileza, y en razón de ésta había que mirar dos veces, o tres, el ramo, para discernir las flores, de otro modo se lo veía apenas como un bollo de papel arrugado. Esa escalada era inevitable; en otro registro, el de los regalos de cumpleaños o de bodas, o el de las ofrendas a una deidad benévola, los objetos del don podían tomar el camino sutil, y al llegar a la cima haber tomado la apariencia y consistencia de una fruslería, o de nada. Era entonces cuando se decía, con una sonrisa condescendiente: «Lo que cuenta es la intención». Y realmente contaba, tanto que había desaparecido en el regalo, como una cantidad inferior, por ejemplo el 843, había desaparecido dentro de una superior, la 1.000, y en ésta quedaba escondida y era dificilísimo encontrarla, tan difícil como acertar a la lotería. Blandiendo el ramo de flores de papel la niña partió haciendo volteretas de abeja, como si en una lengua cifrada les estuviera transmitiendo a todas las niñas del mundo la dirección del jardín. El natural efímero de las flores se acentuó en sus manos: no había terminado de pasar el mensaje cuando ya el delicado ramillete, sujeto a los vaivenes locos de sus saltos, se había vuelto informe. Si había alguien que lamentaba la destrucción acelerada de estos juguetes pasajeros, no era ella. Estaba montada en la sucesión de las novedades, que por serlo estaban, a su vez, montadas en el tiempo, del que se desprendían como chispas la velocidad, en una dirección, y lo imprevisible en otra. El ramo difunto quedó en el suelo, donde lo pisaría un sinnúmero de zapatos, mientras ella reclamaba, con su sonrisa encantadora, lo que ya le estaban dando desde una mesa ocupada por cuatro hombres, jóvenes pero no tanto, «jóvenes todavía», rockeros o motoqueros, uno de los cuales había plegado y replegado una servilleta de papel para hacer (quién sabe dónde y cómo lo había aprendido) una trémula réplica miniatura del Museo Guggenheim de Bilbao, todos sus audaces planos entrelazados sin que faltara uno solo. Gorjeos, risas, chillidos de bestezuela contenta por parte de la receptora: le había encantado, aun sin saber qué era, y quizás, seguramente, por eso mismo. Los niños tenían una relación muy particular de amor por lo incomprensible; era tanto lo que ignoraban, en la tierna edad, que no tenían más remedio que amarlo, amarlo a oscuras, como enigma, y también como mundo. Aprendían con ello lo que era el amor. Dibujaba en hueco la forma de sus vidas, anunciaba la maravillosa variedad de las formas. Los objetos incomprensibles eran la cifra de la palabra incomprensible; por eso les gustaba tanto esa palabra, promesa de un objeto que sería preciso abrir, y entrar en él. En esa correspondencia vivían, provisoriamente. Con la flexibilidad de la imaginación que le daba la edad, la niña entraba al museo, se paseaba por sus salas entre las obras de arte contemporáneo, esas obras supremamente extrañas que eran, para los no iniciados, el reino de lo incomprensible. Objetos gratuitos, complicaciones excesivas, se entregaban invirtiéndose a la inocencia. Pero tan liviano era el papel casi transparente de la servilletita con el que estaba hecho, tan momentáneo el equilibrio de sus tensiones constructivas, que ya se deshacía bajo la presión torpe de los deditos, sus prestigiosos planos curvos se replegaban con una plasticidad que ningún arquitecto, Frank Gehry menos que cualquier otro, habría previsto. En el espacio abstracto de un punto geométrico se acumulaban el plegar, el replegar, y el desplegar. Una pregunta legítima se formulaba sola en este punto, a saber, cómo era posible que tanta gente, reunida casualmente a esa hora de la tarde en un café cualquiera de la multitudinaria superficie de la ciudad, coincidiera en dominar el arte del plegado del papel, y que lo hicieran con tanta propiedad. ¿Casualidad cuasi milagrosa? ¿Conspiración sin objeto? ¿Inspiración del momento? Hacer figuras reconocibles plegando papeles no era algo cuyo dominio exigiera largos estudios ni viajes de especialización al Lejano Oriente. Lo que sí habría merecido una genuina mueca de asombro habría sido que en un café, a una hora cualquiera, hubieran coincidido sin saberlo, sentados solos, en parejas o pequeños grupos en todas las mesas, veinte podólogos, o veinte sociolingüistas, que no se conocieran entre sí y hubieran entrado en ese café a esa hora por veinte motivos diferentes. El plegado figurativo de papeles era, hasta cierto punto, una actividad con un costado de natural y espontánea; pero sólo hasta cierto punto, el punto de partida, el del barquito o el avioncito. Salvo que entre los trabajos del ocio, por una inercia de profundización, y esos excesos de tiempo que suelen darse en retrospectiva, se hubiera producido una escalada de transformaciones. Y ahí, justamente, despuntaba la solución. La respuesta a la pregunta de marras, efectivamente, no podía estar en una comparación o interpolación con otras actividades, ni en la reunión casual de cosas o gentes. Estaba en la razón de ser de la actividad del plegado, que era originalmente el plegado de las coordenadas espaciotemporales en las que se producían las coincidencias. Éstas, las coincidencias, daban lugar a muchos malentendidos y polémicas, en las que nadie terminaba de ponerse de acuerdo. ¿Eran coincidencias, o eran la realidad? Dos pensamientos incompatibles chocaban aquí: el estadístico y el histórico. La figura representativa hecha plegando un papel debió de nacer por primera vez cuando alguien descubrió que un papel, por más esfuerzos que se hagan (y por grande o delgado que sea el papel), no puede doblarse sobre sí mismo más de nueve veces. Ante ese límite, lo que era sólo un papel plegándose floreció en algo que se parecía a algo del mundo. Es decir, el trabajo de plegar rebotó en la muralla de lo incomprensible y se abrió en lo figurativo. El descubrimiento de ese límite de las nueve veces había tenido lugar en una legendaria antigüedad de los orígenes. Había que pensar en el alba de la Humanidad, no podía ser menos tratándose de un absoluto matemático. Pero sucedía que el papel se había inventado en un momento tardío de la Historia, antes del cual el papel tampoco podía doblarse más de nueve veces, pero sin papel. El modo en que esto afectaba a la Humanidad era lo que hacía que las ingeniosas y divertidas figuras logradas mediante el plegado estuvieran, para usar la expresión corriente, «al alcance de todos». Disipada entonces la duda, la serie seguía, alzando el vuelo por encima de lo simple y lo trillado. Así fue que el siguiente regalo que recibió la niña, de manos de un señor bajito con un impresionante jopo negro peinado con brillantina, que comía un sándwich acompañado de una cerveza, llevaba las posibilidades de una servilletita de papel a su más elaborada expresión. Se trataba de un barco, como había sido el primero, pero en este caso no un barco esquemático sino un elegante velero embanderado, y una extensión de los plegados había hecho bajo su quilla la superficie ondulada del agua de un río, y las orillas de éste a los dos costados, y en las orillas casas, tiendas, una iglesia, jardines, y gente que apiñada en las calles costaneras saludaba el paso de la embarcación. En ésta la marinería se ocupaba de las maniobras de navegación mientras el pasaje admiraba la vista y devolvía los saludos de los locales. Se trataba de un conglomerado de personajes de obvia importancia, en atuendos dieciochescos, pelucas, armiños, galones, y entre ellos se destacaba, majestuosa, la rotunda figura de una reina, *bigger than reality*, obviamente al mando. Un tanto apartado del grupo, un hombre, tan destacado como la reina, apuesto y dominante en su traje de militar cortesano, el sombrero emplumado, la capa de pieles, la espada pendiente de la cintura. Un pliegue casi microscópico de la torturada servilletita que había servido para construir el panorama indicaba que era tuerto. El detalle bastaba para identificarlo, y para situar la escena. Porque en efecto, se trataba de la ilustración de un hecho histórico muy preciso. En 1786 Potemkin, príncipe de Tauris, favorito de la emperatriz Catalina, llamada la Grande, había completado la conquista y pacificación de la Crimea, y organizó en la primavera del año siguiente una visita de la soberana a la península y la Ucrania anexadas a su reino. El viaje se hizo en gran estilo, con toda la corte, el cuerpo diplomático en pleno, y centenares de criados, cocineros, músicos, actores, teatro y salones portátiles, bibliotecas y mascotas. Cada etapa del trayecto se celebraba con grandes fiestas en castillos al paso, con la asistencia de la nobleza y los notables locales. En Kiev quedaron coches, berlinas, carros y trineos, y el viaje siguió por agua: ochenta navíos lujosamente aparejados comenzaron a surcar el Dniéper, y éste era el momento que había fijado la servilletita: la emperatriz en la galera insignia, los embajadores de todas las potencias europeas rodeándola, y Potemkin en la proa controlando que el gran espectáculo que había montado se desarrollara según lo planeado. (Había perdido un ojo en una riña con los hermanos Ostrov, también amantes de Catalina.) Pues todo era creación suya: las prósperas ciudades que veían en las riberas las había creado él entre gallos y medianoche para lucirlas ante los viajeros, los ganados gordos y abundantes habían sido traídos especialmente, los campesinos satisfechos que vivaban a la zarina eran extras cuidadosamente instruidos. En los informes diplomáticos que se enviaron después a distintas cortes quedó claro que ninguno de los embajadores creyó del todo en la comedia, pero ninguno dejó de admirar la industriosidad del favorito al crear de la nada, en unos pocos meses, todo un país de cartón pintado. De la legendaria zarina a la niñita encantadora se había dado un salto que atravesaba todas las representaciones. El minúsculo diorama, tratado con displicencia regia, comenzó a desplegarse no bien lo tocó, y al llegar a la mesa de la madre, después de dar toda clase de vueltas innecesarias y rodeos vagabundos luciendo su nuevo tesoro, la destrucción era casi completa: la reina se hundía en las ondas del río, los cortesanos y embajadores se desplomaban unos sobre otros en una orgía involuntaria, Potemkin estaba parado de cabeza sobre el campanario de una iglesia, y el barco parecía una bicicleta. La ruina, que volvía a ser una servilletita arrugada, se hundió en un charco de Coca-Cola y la niña ya corría al otro extremo del café. Un joven de anteojos había dejado por un momento de lado su netbook para plegarse él también al juego del plegado, y le estaba ofreciendo un *Pensador* de Rodin de papel, si es que merecía el nombre de papel la materia casi impalpable de las baratas servilletas extraídas de su cajuela de lata. Fue saludado con los trinos y risas con que ella recibía todo, aunque era el juguete menos adecuado para una criatura de su edad. Probablemente el joven que lo había hecho no había aprendido a hacer otra cosa plegando papel. O quizás había hecho otras cosas, pero ésta había sido la que le salió mejor, y en adelante fue la única que hizo. O bien, como lo indicaba su uso de la computadora, estaba comprometido con el ahorro de papel y consiguiente población de los bosques del planeta. Si había hecho una excepción en este momento era por la emulación, por no quedarse atrás en la carrera en la que estaba participando todo el café, y porque además ahorrar una minúscula servilleta del papel más liviano habría sido una patente exageración de fanático, de las que desacreditan una buena causa. Pero había algo más, que tenía que ver con el *Pensador*, justamente. El único ahorro de papel que tenía sentido era el que se hacía con el trabajo mental, con la concentración (que la obra maestra de Rodin tan bien representaba) capaz de quemar etapas de razonamiento, sin el exorbitante gasto de papel en esos borradores que eran las obras de todos los filósofos. Ajena a filosofías y concentraciones, la niña reconoció sólo la figura humana, y lo acunó en sus brazos cantándole un simplificado arrorró, entre las sonrisas de las mesas por las que pasaba. En esas sonrisas podía haber, y casi con seguridad había, un elemento revanchista, de parte de quienes *in pectore* habían censurado lo inadecuado del don, producto de un exhibicionismo cultural desubicado en ese ambiente. El siguiente plegado que le hicieron a la niña (se lo hizo un cura en un entreacto de la discusión que sostenía en una mesa con dos contratistas de la ampliación del comedor comunitario de la parroquia) pareció hecho adrede para confrontar con la anterior inadecuación. Lo hacía mediante su clara proveniencia de la zoología infantil, de ilustración de cuento, y hasta su calidad de juguete móvil. Sin apartarse del material obligado (la ser-

villetita de papel), el cura, mediante una decena de hábiles pliegues, había compuesto un canguro. En realidad una mamá canguro, pues del pliegue ventral salía la cabeza de un cangurito
bebé. Antes de entregárselo le dio las instrucciones, que eran
una sola y muy simple y no necesitaba de palabras sino de una
demostración práctica: tirando de la cola larga y curvada de
la cangura el cangurito en la bolsa se asomaba y volvía a ocultarse. La mano blanca del cura no debía de ser la primera vez
que tiraba de la cola del canguro; la aparición tímida del hiji-
to encantó a la niña, que salió corriendo de inmediato a mostrárselo a la madre. El origen sacerdotal del ingenioso plegado
se perdió en el trayecto, al tiempo que el mecanismo, tan frá-
gil, se descomponía por los tirones torpes de su dueña. Pero
¿no había ahí una alusión a una Maternidad superior, al Niño
que aparecía y desaparecía en los bordes milagrosos del mundo? Ese cura había practicado con las hostias, tan parecidas en
textura y liviandad a la servilletita. En realidad nadie sabía qué
aspecto tenía una hostia antes de que llegara a la ceremonia de
la que era protagonista. Muchas leyendas rodeaban su origen.
Por ejemplo la leyenda del décimo pliegue. No hubo tiempo de reparar la cola palanca, porque la madre se había puesto
de pie, igual que su amiga, y buscaba a la niña con la vista (no
se daba cuenta de que la tenía al lado) y la tomaba de la mano
para irse. De pronto estaba apuradísima: tanta charla, tanto tenían que decirse, que el tiempo había volado y le cerraban la
peluquería. A último momento la niñita le soltó la mano y
corrió unos pasos a tomar algo que le tendían. La madre, que
la llamó con impaciencia sosteniendo abierta la puerta del café,
sólo cuando estaban en la vereda vio que su hija traía un poliedro armado plegando una servilletita de papel.

*13 de junio de 2011*

# EL TÉ DE DIOS

## I

Por una vieja e inmutable tradición del universo, Dios festeja Su cumpleaños con un suntuoso y bien provisto Té al que acuden como únicos invitados los monos. Nadie sabe, ni podría saberlo en esas regiones intemporales, cuándo nació esta costumbre, pero se ha vuelto una efeméride en el gran año del Todo, se la espera como a una fatalidad, parece que no va a llegar nunca, pero llega, puntual, y el Té tiene lugar. Se dice, y es bastante verosímil, que originalmente su razón fue negativa: no se habría tratado tanto de invitar a los monos en tanto monos, sino de no invitar a los hombres. Los monos son un sarcasmo, una especie de desaire del Señor, deliberado y rencoroso (en el mejor de los casos: irónico), a una humanidad que Lo defraudó. Es muy probable. Pero una vez que empezó a funcionar de esa manera quedó aceptado al modo de una tradición ancestral, sin un sentido claro pero con el absurdo diluido o asimilado en la contundencia del hecho.

Las tradiciones no pueden extraerse de las sociedades que las crearon. El complejo de tradiciones de una comunidad funciona como su Gran Simpático. Suelen ser bastante irracionales, porque los elementos históricos que las constituyeron se repliegan en el tiempo a una red de causas muy intrincadas, que ni la más atenta reflexión alcanza a desentrañar. En el caso del Té de Dios debería ser más fácil, porque se trata de una tradición del Universo, es decir que no hubo nada particular o histórico en su origen, no hubo un entramado casual sino el mero gong del absoluto. Pero, fácil o difícil, su origen y razón de ser siguen en la sombra, quizás simplemente porque los teólogos no se lo tomaron en serio, o temieron perder credibilidad ocupándose de semejante frivolidad grotesca.

Cabe una aclaración, con todo: no es un hecho natural, como el deshielo o el eclipse o la migración de los patos. Es un acontecimiento social. Podría no suceder, si al Dueño de casa se Le antojara no dar el Té la próxima vez. Hasta ahora, la costumbre sigue vigente, y lo más probable es que persista por toda la eternidad. Hasta Él respeta las viejas tradiciones establecidas, quizás por inercia nada más.

Como toda ocasión social, ésta tiene sus formalidades. La primera, un verdadero *sine qua non*, es el envío y reparto de las invitaciones. (Esto también podría ser distinto. Alguna vez, en una hipotética sentencia de absolución o conmutación de penas, los invitados podrían ser los hombres.) Van cursadas «a la evolución», y llegan automáticamente al instinto de los monos, como un timbrazo. Las manda todas juntas, en bloque, y no sería imposible que la maniobra se limite a la emisión divina de la palabra «monos». Con eso basta para que todos los interesados sepan que ha llegado la fecha.

Pero ¿qué fecha es ésa? ¿Cuándo cumple años el Creador increado? En cualquier momento. Podría ser hoy. Salvo que «hoy» podría ser un lapso de innumerables eones o una porción de microsegundo, según el plano en que se encuentre, pues Su universo es un rompecabezas de días, horas, meses, siglos, todos de distinta forma y tamaño, encajados en un poliedro que no se termina nunca, y en sus caras conviven auroras, medianoches, vacíos, llenos, fines y principios. Claro que Quien creó el tiempo tiene derecho a festejar la llegada de Su aniversario, si se Le antoja. Aun así, «el cumpleaños de Dios» suena raro, y la ligera extrañeza que produce al oírlo es la responsable de lo raro del asunto.

Más que raro, imposible: el desarrollo imposible de un *five o'clock tea* que sucede fuera del tiempo, en una pura invención fabulosa. Si hubiera un testigo, vería un puro frenesí de movimiento insensato. Los monos no pueden estarse quietos. Se agitan como poseídos, en sus sillas y en las ajenas. Cambian de lugar todo el tiempo, no se quedan en su sitio más que un instante y ya los atrae el siguiente, se meten donde hay un hueco, y siempre lo hay porque los otros también se desplazan. Están poseídos, realmente, poseídos por un entusiasmo sin objeto, como si entendieran que por un rato disponen de la eternidad para hacer de las suyas, y no quisieran desaprovechar la oportunidad. Saltan sobre la mesa, en diagonales vertiginosas, vuelcan las tazas, hacen saltar cucharitas y tenedores, sus pisotones dispersan las masitas, las colas barren la crema de las tortas y quedan manchadas. ¡Qué les importa! Las caras, las manos, el pecho, están pegoteados de dulce, té, migas, chocolate. Las tacitas de porcelana en sus dedos torpes estallan y el té los quema, cosa que remedian echándose encima la leche fría. Las peleas son constantes, siempre encuentran un motivo y si no lo encuentran les da lo mismo y combaten igual. Por momentos parece un campo de batalla: se bombardean con los cubitos de azúcar, se escupen la mermelada, se tiran a la cabeza la bandeja de escones. Siempre hay uno que se pone a salvo colgándose de la araña, hasta que se distrae y se suelta y entonces se estrella en medio de la mesa con gran destrozo de vajilla y dispersión de golosinas. ¡Y cómo chillan! La disonancia es tan ensordecedora que no dejaría oír a una sirena de bomberos.

Haciendo uso de Su omnipotencia, Dios sirve el té en todas las tazas al mismo tiempo. Ya que está, reintegra algunas de las cosas rotas. Por supuesto, en semejante circo Sus buenas intenciones resultan en un estímulo adicional al caos, le dan una velocidad que no tendría en el decurso natural de las causas y los efectos. El cataclismo se hace tan inextricable como un hilo de un millón de años luz de largo completamente enredado.

Y sin embargo, es como si hubiera un orden porque en cada Té que da Dios pasa lo mismo. Cada brinco, cada mancha en el mantel, cada trayectoria de rebanada de tarta de frutilla arrojada de una punta de la mesa a la otra, se repite exactamente como fue la vez anterior y como será la siguiente. Es una identidad. No habría que asombrarse porque, al fin de cuentas, todo hecho es idéntico a sí mismo.

Esta identidad explica que el festejo siga repitiéndose. Sin ella, es dudoso que Dios hubiera vuelto a invitar a los monos a su Té después de comprobar la primera vez el desastre que podían hacer y lo mal que se podían portar. Pero cediendo la iniciativa al automatismo de lo igual, la repetición pierde todo riesgo. Los malos modales de los invitados se vuelven una configuración dada de la realidad, como un paisaje. Habría que preguntarse, empero, si los modales están sujetos a la evolución. Desprendidos uno a uno del bloque apocalíptico en el que se manifiestan durante el Té de Dios, aislados como signos, quizás podrían embarcarse en una historia, y al cabo de una cantidad de siglos o milenios llegaríamos a ese espectáculo inaudito, divino, de una asamblea de monos sentaditos alrededor de una mesa levantando la taza con una mano, el meñique apuntando a la nada que los rodea, limpiándose la comisura de los labios con la servilleta, modosos, formales.


III


El problema del mal comportamiento puede deberse al hecho de que Dios no preside la mesa. Mejor dicho, preside y no preside. Como bien sabemos, Dios está en todas partes, lo que Le resulta muy práctico a los efectos de Su función, pero tiene el inconveniente de impedirle estar visible y manifiesto en un lugar determinado, por ejemplo sentado a la cabecera, imponiendo orden. Su ausencia (si Su presencia fuera una ausencia) podría ser considerada una descortesía que daría licencia a todas las descortesías subsiguientes de sus invitados; en efecto, un anfitrión impuntual que no asiste a su propia fiesta está autorizando a sus huéspedes a comportarse como les dé la gana (versión doméstica del famoso «Si Dios no existe, todo me está permitido»). Una perspectiva más ecuánime debería hacernos entender que lo suyo es una forma trascendental de la actitud solícita del perfecto dueño de casa, que «está en todo» para asegurar el bienestar de sus invitados: que platos, tazas y copas estén siempre provistos, que las vituallas sean de la mejor calidad, que se equilibren salados y dulces, fríos y calientes, que la iluminación y la temperatura sean los correctos, que el mantel esté bien planchado y sin olor a naftalina, que la conversación no decaiga ni se susciten temas inconvenientes. ¡Hay tantos detalles que tener en cuenta! Sólo Dios podría.

Con un acto de presencia Él podría poner coto a la barahúnda, pero si estuviera en un lugar dejaría de estar en otros y traicionaría Su esencia. Así que uno de los monos asume Su figura visible. Es el Rey de los Monos, personaje legendario en cuya existencia real nadie cree, y con buenas razones: sólo existe mientras dura el Té de Dios. Hace lo que haría Dios si se encarnara, pero lo hace como la caricatura deformada que es. Parado en la silla a la cabecera de la mesa, gesticulador y chillón, infatuado con una majestad impaciente y fantástica, reparte trompadas y patadas, se desgañita, arroja todo lo que tiene a mano, y en su afán de poner orden termina siendo el más alborotador de todos. A veces la energía lo enajena tanto que es él quien empieza una nueva pelea o promueve una nueva oleada de destrozos, que después se empeña en castigar con más violencia. Su autoridad no es cuestionada por sus congéneres (lo que no significa que produzca mucho efecto) por un atavismo que se diría imbuido en la luz de la razón divina. En efecto, podría aducirse que si el Comando Supremo está difundido en todo, también lo está en el Rey de los Monos, y hasta podría sostenerse que en él está más que en otras partes, sin afectar la igualdad del reparto. La personificación de Dios, por causal y automática que sea, pone en movimiento una Voluntad, y la Voluntad queda fuera de todo cálculo y especulación.

Es el que más grita, y el que grita más alto. Se anticipa a la invención del altoparlante. Querría tener mil brazos, para abofetear a todos los comensales al mismo tiempo; con los dos que tiene se las arregla bastante bien, a fuerza de saltos sorpresivos y una movilidad incesante. Supera sus propios límites físicos, aunque los monos naturalmente son de una agilidad extrema. Es como si fuera pura mente, y su mente es retorcida y perversa, resentida y sádica, enferma de la enfermedad del poder. Como tantos, «se cree Dios». Se encarniza con los monos más tontos e indefensos, con los tímidos sobre todo, que son los menos: les asperja los ojos con limón, les hace meter la punta de los dedos en el té hirviendo, les tapona las orejas con confites, la nariz con mermelada, les mete cucharitas de plata en el ano… En las pausas, traga litros de té, para alimentar su furia sin causa. Ese té debe de tener algo.

## IV

Una vez irrumpió en el famoso Té de Dios un ser extraño. En general, cuando alguien se introduce de contrabando en una reunión a la que nadie lo invitó trata de pasar inadvertido, de no llamar la atención, de hacerse pequeño o mimetizarse. Es la lógica de los colados. No siempre funciona, y hay quienes adoptan la actitud opuesta, en la convicción de que los descubrirán de todos modos, y entonces vale más adelantarse y justificar su presencia siendo «el alma de la fiesta».

En este caso el intruso pareció adoptar la primera estrategia, para la que estaba inmejorablemente dotado por sus características naturales. Por lo pronto, más pequeño no podía ser porque era una partícula subatómica. Uno de esos fragmentos de partes de átomos que sobraron cuando se formó el Universo y quedaron sueltos y a la deriva. Recorría la nada y el todo por igual, en caída libre, sin oficio ni beneficio.

Millones de galaxias la habían visto pasar; o no la habían visto, pero ella había pasado igual. Alguien bien informado habría podido ver en ella un resto arqueológico de las dimensiones que habían dejado de existir, o un mojón errante del tiempo, o un mensajero del origen. En su cuerpecito huidizo, sobre el que no se habría podido escribir una letra ni con el pincel más fino, debía de haber sin embargo una larga historia. Se habrían necesitado los mejores ciclotrones para descifrar el diminuto jeroglífico, pero esos aparatos carísimos y los eminentes científicos que los manejaban estaban ocupados en investigaciones más importantes y de más provecho. De cualquier modo, les habría resultado difícil aprisionarla, y hasta localizarla, porque no había mapas que indicaran su trayectoria, y ella por su parte no se hacía notar. Discreta hasta lo furtivo, se escurría en silencio, se había ido antes de terminar de llegar: estaba y no estaba.

Lo mismo su itinerario: no podía decirse que fuera caprichoso, porque todas las cosas obedecen a las leyes con las que fueron creadas, pero cuando son tan pequeñas como era ella, cuando son literalmente más pequeñas que lo pequeño (es decir, están en un plano anterior al de la medida), no se puede prever por dónde van a transcurrir, ni cuándo. Para dar una idea de su tamaño, aunque es una idea que no puede pensarse, digamos que si se aglutinaran tantas de esas partículas como átomos tiene el Universo, aun así no llegarían a formar un volumen equivalente a un solo átomo.

Esta exacerbada enanez le daba una cualidad que en seres normales habría resultado insólita: no necesitaba desviarse ni chocaba con nada, porque atravesaba cualquier cosa que se interpusiera en su camino. No hay que hacer una analogía con una bala, porque no hacía agujeros para pasar; no lo necesitaba. Desde su punto de vista los cuerpos sólidos no eran sólidos. Los átomos de una piedra, que a nosotros nos parecen tan apretados, para ella estaban tan separados como el sol de la luna. De modo que fluía a través de un meteorito de acero y níquel como un pájaro cruza el cielo celeste de una mañana de primavera. Atravesaba un planeta y ni se enteraba. Con la misma fluidez impasible atravesaba un átomo. O un papel, una flor, un barco, un perro, un cerebro, un pelo.

No había puerta que estuviera cerrada para la partícula. Así que no podía sorprender que apareciera (es un decir) en una fiesta a la que no había sido invitada, o a todas las fiestas. Era el prototipo del colado. Y en sus irrupciones era infalible, imparable, elegantísima. ¡Cuántos habrían podido envidiarla! Todos los marginados, resentidos, paranoicos, devorados por la envidia en la soledad de sus casas mientras los demás se juntan y disfrutan en otra parte, en los salones iluminados del Universo. Claro que tendrían que pensar en el precio que pagaba la partícula: la disminución, la insignificancia. ¿Valía la pena, en esas condiciones?

## V

Aun así, aun admitiendo que ningún ámbito escapaba a la intrusión de la pequeña vagabunda, se hace un poco difícil aceptar que también se colara en la más exclusiva de las reuniones: el Té de Dios, el legendario Té con el que Dios festejaba Su cumpleaños. Hasta para ella era un poco demasiado. No sólo porque la exclusión era la razón de ser del ágape sino porque lo regía un absoluto. Es decir, era una especie de ficción, de construcción artística, y en consecuencia cada uno de sus detalles, no importaba si grandes o chicos, sutiles o groseros, debían responder a un sentido o una intención. Y la partícula no era un detalle en un relato, no le agregaba información ni hacía avanzar el argumento: era un accidente sin contrapartida.

Pero, por otro lado, era inevitable. Porque la partícula era una entre una cantidad innumerable de partículas cayendo por el Universo. Son tantas que se suele hablar de una «lluvia de partículas», y aunque la analogía es incorrecta (esta «lluvia» sucede en todas direcciones, no tiene fin, y no moja) sirve al menos para desalentar una esperanza de control demasiado puntual en los detalles, porque nadie puede contar las gotas ni siquiera del chaparrón más localizado, ni ponerles nombre y apellido. Pues bien, siendo tantas las partículas, y tan entrometidas, ¿qué tiene de raro que una de ellas pasara también por este suceso?

Quizás no era una excepción. Nadie ha hecho un estudio sistemático del tema, porque a nadie se le ocurrió la idea, pero es muy posible que las partículas sean atraídas por las fiestas, ¿qué tendría de raro? Dicho al revés: no es imposible que las fiestas sean el cedazo natural de las partículas. (No en vano en inglés «fiesta» se dice *party*.)

Su identificación con el punto geométrico, que era la coquetería de la partícula, hacía que su manifestación en la realidad fuera una línea, porque un punto en el tiempo siempre será una línea. Y como por una línea pasan infinitos planos en distinto grado de inclinación, a la entrada de ésta en el Té de Dios se formaba una especie de molino de biombos delgadísimos en ángulos distintos y cambiantes, por los que resbalaban los monos, caían dando vueltas carnero, se levantaban, se encontraban donde no estaban, remontaban una pendiente sólo para darse cuenta de que estaban bajando, o resbalaban por un tobogán que, para su sorpresa, subía. Al ser tantos los planos, casi nunca dos monos quedaban en el mismo, lo que no impedía las peleas, al contrario. Sus brincos se hacían multidimensionales, como si quisieran atravesar espacios que no estaban en el espacio. De pronto descubrían que el suelo que pisaban sus pies peludos era el mismo que estaba pisando otro mono en el reverso, haciendo caso omiso de la ley de gravedad. O el espacio por el que estiraban uno de sus larguísimos brazos en procura de un profiterol se estrechaba por el acercamiento de dos espacios planares vecinos, y su brazo se volvía una lámina ultradelgada. O el té que volcaban chorreaba hacia arriba, abajo, a los costados, adelante y atrás, como una estrella líquida de mil puntas. Cosas así multiplicaban su atolondramiento natural, los volvía locos, confundían el fenómeno con un parque de diversiones hecho a su medida, y entonces sí, el descontrol ganaba la partida. Se movilizaban como autómatas de funcionamiento defectuoso cargados con pólvora. Saltaban en todas direcciones, metían las patas en el té, la cola en los pompones de crema chantilly de las tortas, gritaban como en un concurso de ruido, se atragantaban, regurgitaban, se arrastraban por debajo del mantel con el imaginable desparramo de vajilla.

Era admirable que un ser tan pequeño como la partícula pudiera provocar efectos tan extensos. Daba la impresión de estar en todas partes a la vez. Por supuesto, no era así. Estaba en un solo lugar en cada momento, pero como causa, de modo que mientras ella estaba en un lugar sus efectos estaban en otros muchos, y no les daba tiempo a dejar de suceder cuando ya estaba generando nuevos planos y desparramando a los monos en nuevas configuraciones. En una causa, no importa el tamaño: causa es causa, ya sea grande, mediana o chica. Inclusive cuando se trata de la causa de la locura.


# VI


Se diría que el Té, en su barroca superposición de accidentes necesarios y necesidades accidentales, estaba completo como evento y como símbolo. El aniversario quedaba festejado, la fecha marcada (no pasaba inadvertida), si no con la pompa eclesiástica que habría podido esperarse, sí con la alegría y la energía animal, por no decir bestial, de lo primigenio y auténtico.

Pero un prurito de perfeccionismo, muy propio de Su estado y función, hacía que Dios quisiera dar una última puntada, coser un último botón, anudar la última punta del hilo. Y lo que faltaba era darle un origen a la partícula. Hacerla provenir de algo. O, para hablar con más propiedad, «haberla hecho provenir de algo». Porque era una tarea previa, lo que no debería sorprender ya que todas las tareas de Dios eran previas; la completud de Su mundo así lo requería. No representaba un problema para Él, dada Su probada desenvoltura con el tiempo y el espacio. El problema vino después, como veremos, y tampoco fue un problema (entre otras cosas, porque para Él no había antes ni después).

En efecto, el Té de Dios habría quedado incompleto sin la historia de la partícula. Porque el Té era una historia, y toda historia está hecha de historias, y si está hecha de otra cosa deja de ser una historia. Nunca se sabrá si era una debilidad de Dios, uno de esos pecadillos de vanidad que se perdonan, o si era una cuestión de lógica, pero Su anhelo era que el festejo del cumpleaños hiciera un buen relato, un «había una vez» del que todas las veces que se repetía eran ensayos de consumada perfección. No podía permitir que el anonimato de la furtiva colada se lo echara a perder.

La mitad del trabajo ya estaba hecho en la cosa: no podía ser difícil buscarle un origen a una partícula porque su nombre mismo indicaba que era una parte de algo. No había más que encontrar ese algo, o inventarlo. Dios había hecho hallazgos mucho más recónditos, en Su larga carrera. ¡Cuántas veces había encontrado una aguja en un pajar, sólo para satisfacer los gustos metafóricos o proverbiales de Sus criaturas!

En este caso, podía ser cualquier cosa, literalmente, y más que literalmente: la partícula podía haber salido no sólo de un objeto material sino de un hecho, un lapso, una intención, un pensamiento, una pasión, una onda, una forma… Su tamaño la ponía en la rotonda primordial donde se abrían los caminos de la masa y la energía, con sus correspondientes metamorfosis mutuas. Las partículas estaban en el corazón de la acción. Lo que no quería decir que hubiera que buscar su origen exclusivamente en el principio: podía haberse desprendido en cualquier estadio del Universo, hasta el más reciente. El parto infinitesimal de la bolita entrometida podía haber tenido lugar en una incandescencia de los anillos de Alfa del

Centauro, o en la sartén en la que un chino freía un huevo de paloma, en la lágrima de un niño o en la curvatura del espacio, en el hidrógeno, en el papel secante, en un deseo de venganza, en la raíz cuadrada, en Lord Cavendish, en un pelo, en el unicornio… El catálogo que Dios debía hojear, figurativamente, era por demás extenso. No era la primera vez que comprobaba que el límite de la omnipotencia era *l'embarras du choix*. Su única guía en esa gran enumeración caótica eran las palabras. En el fondo, era una cuestión de lengua. No había cosas en realidad, sino palabras, las palabras que recortaban trocitos de mundo y les hacían creer a los hombres que eran cosas. Dios no usaba palabras porque no las necesitaba, pero para sus maniobras de intervención, cuando, como en este caso, quería imponer algo a la memoria de la humanidad, no tenía más remedio que entrar en el juego lingüístico. Lo tomaba como un desafío. Para él era bastante más difícil que para un profesor de gramática, porque debía tomar en cuenta todas las lenguas, las existentes y las posibles (cada una hacía un recorte distinto, y sus coincidencias, divergencias y solapamientos, vistos desde arriba, formaban un patchwork complicadísimo).

En fin: tardamos más en plantear el problema que Él en resolverlo. Fue como apretar un botón, y la partícula ya tenía su partida de nacimiento, que servía a la vez de invitación al festejo, al que volvería yendo por primera vez. Y aquí, el Creador hizo una excepción: Él, que no tenía secretos, tuvo uno. No le dijo a nadie de dónde había hecho provenir a la partícula. Y desde entonces ése es el pequeño gran secreto que recorre el Té de Dios.

# EL CEREBRO MUSICAL

Yo era chico, tendría cuatro o cinco años. Era en mi pueblo, Coronel Pringles, a comienzos de la década de 1950. Una noche habíamos ido a cenar al hotel, debía de ser un sábado, no era frecuente que comiéramos afuera, vivíamos casi como pobres, sin serlo, por los hábitos austeros de mi padre y la invencible desconfianza de mi madre a cualquier comida que no hubiera hecho ella. Quién sabe qué circunstancias nos habían llevado esa noche al lujoso restaurante del hotel, a sentarnos alrededor de una mesa de mantel blanco, cubiertos de plata, copas altas, platos de porcelana con una guarda dorada, tiesos e incómodos: estábamos vestidos de punta en blanco, lo mismo que todos los demás comensales presentes. En aquel entonces había reglas bastante estrictas con la indumentaria.

Recuerdo que reinaba un movimiento incesante, porque todos se estaban levantando todo el tiempo para ir a una mesita como un altar que había al fondo del salón, llevando cajas con libros. Eran cajas chicas, la mayoría de cartón aunque también de madera, y algunas hasta de madera pintada y laqueada. Atrás de la mesita había sentada una mujer pequeña, de pelo blanco peinado en forma de huevo plumoso, el rostro empolvado, collar de perlas y un vestido celeste con reflejos. Era Sarita Subercaseaux, la que muchos años después, durante todos mis años de colegio, sería jefa de preceptores. Recibía las cajas, examinaba el contenido, tomaba notas en un cuaderno. Yo seguía todo este movimiento con la mayor atención. Algunas de las cajas iban tan llenas que la tapa no cerraba bien, otras medio vacías, con unos pocos libros que se sacudían adentro haciendo un ruido ominoso. Sin embargo, el valor no dependía tanto de la cantidad de libros que contenían (si bien la cantidad importaba) como de la variedad de títulos. Lo ideal habría sido que todos los libros dentro de una caja fueran distintos; lo peor, que fueran todos ejemplares del mismo libro; pero esto último era lo más frecuente. No sé quién me había explicado estas cosas, o si eran resultado de mis propias elucubraciones y fantasías; habría sido muy característico de mí, inventarlo todo, porque siempre estaba inventando historias y maquinaciones para lo que no entendía, y no entendía casi nada. ¿Quién iba a explicármelo? Mis padres no eran muy comunicativos, yo no sabía leer, en aquel entonces no existía la televisión, y mi banda de amiguitos del barrio eran tan ignorantes como yo.

Vista a la distancia, esa escena de las cajas de libros tiene algo de onírico, lo mismo que estar vestidos como para una foto. Pero estoy seguro de que pasó tal como lo cuento. De vez en cuando la recuerdo y he terminado por encontrarle una explicación razonable. En esos años debía de estar formándose la Biblioteca Pública de Pringles, y alguien habría organizado una velada de donación de libros, con el apoyo de los dueños del Hotel, quizás «Una cena por un libro» o algo por el estilo. Es verosímil. Va en su favor el hecho, que pude comprobar hace unos meses en mi última visita a Pringles, de que la fecha de la fundación de la biblioteca corresponde a esa época. Otro dato coincidente es que su primera directora fue Sarita Subercaseaux. Durante toda mi infancia y adolescencia fui cliente asiduo de la biblioteca, creo que el más asiduo de todos, un libro o dos por día. Y siempre fue Sarita la que llenó mi ficha. Lo cual tuvo su importancia cuando empecé el colegio secundario y ella era la jefa de preceptores y figura de gran predicamento en la sala de profesores. Ella difundió el dato de que pese a mi corta edad yo era el pringlense más lector, y eso me hizo fama de prodigio y me simplificó mucho las cosas: hice todo mi bachillerato sin estudiar, y con excelentes notas.

En mi visita al pueblo que mencioné, hace unos meses, quise terminar de confirmar mis recuerdos y le pregunté a mi madre si Sarita Subercaseaux vivía. Soltó la risa.

—¡Murió hace muchísimos años! Murió antes de que vos nacieras. Ya era vieja cuando yo era chica…

—¡No puede ser! —exclamé—. Me acuerdo perfectamente de ella. En la biblioteca, en el colegio…

—Sí, trabajó en la biblioteca y el colegio, pero cuando yo era soltera. Te debés de confundir con cosas que yo te habré contado.

Fue imposible sacarle nada más. Su seguridad me desconcertó, sobre todo porque nunca se equivoca, y yo sí. Cuando estamos en desacuerdo sobre algún punto del pasado, indefectiblemente ella tiene razón y yo no. Pero entonces, ¿cómo podía ser? Se me ocurrió que quizás Sarita Subercaseaux había tenido una hija, idéntica a ella y que había repetido su destino y profesión. Pero era imposible. Sarita había muerto soltera, y además era el prototipo de la mujer sola, la solterona clásica de Pringles, siempre meticulosamente arreglada, maquillada, peinada, fría, reticente, la imagen misma de la esterilidad. De eso sí me acordaba bien.

Volviendo a la escena del hotel: el ir y venir entre las mesas y la mesita altar en la que se acumulaban las cajas no sucedía sin interrupciones. Todos los presentes se conocían, porque en Pringles todos se conocían, y entonces los que se levantaban de su mesa para llevar su caja al fondo se detenían en otras mesas a intercambiar un saludo y un comentario con los conocidos. Éstos abreviaban los diálogos así entablados, creando el supuesto cortés de que el interlocutor de pie iba cargado con una caja de peso considerable (aunque en los hechos llevara una patética caja semivacía). A su vez el portador respondía con una cortesía mayor, cual era la de prolongar la conversación, dando a entender que el placer que le daba charlar con ese vecino compensaba con creces el esfuerzo de soportar el peso. Este tira y afloja, envuelto como estaba en la sincera curiosidad que sentían todos los pringlenses por la vida ajena, resultó rico en informaciones, y fue así como supimos que el Cerebro Musical se estaba exponiendo al lado, en el hall del Teatro Español. De otro modo, es probable que no nos hubiéramos enterado y nos habríamos ido a dormir sin más. La noticia sirvió de excusa para abreviar el trámite de la cena, que nos tenía fastidiados a todos.

El Cerebro Musical había aparecido en el pueblo tiempo atrás, y una asociación informal de vecinos se había hecho cargo. El plan original había sido darlo en préstamo a casas particulares, siguiendo la lista de pedidos, por períodos breves, más o menos como se había hecho otras veces con alguna imagen milagrosa de la Virgen. Salvo que los pedidos de albergar a ésta obedecían a enfermedades o problemas familiares, mientras que con este nuevo dispositivo mágico los motivos eran de pura curiosidad (si es que no intervenía una punta de superstición). Sin el respaldo de la religión, y sin una autoridad que formalizara la rotación, había sido imposible respetar los turnos: por un lado estaban los que querían sacárselo de encima el día siguiente de recibirlo, con el pretexto de que la música no los dejaba dormir; por otro, los que le habían construido elaborados nichos o pedestales y con el argumento de los gastos incurridos pretendían conservarlo indefinidamente. Al poco tiempo le habían perdido el rastro, y los que no lo habían visto, como era nuestro caso, terminaron por creer que era una patraña. De ahí la impaciencia que nos sobrevino cuando supimos que estaba visible a pocos pasos.

Papá pidió la cuenta y cuando se la trajeron sacó del bolsillo su famosa billetera, que yo admiraba más que ningún otro objeto en el mundo. Era muy grande, de cuero verde maravillosamente repujado en complejos arabescos, y con las dos caras externas cubiertas de sendas escenas coloridas, en mostacillas de cristal. Esa billetera había pertenecido a Pushkin, y según la leyenda la llevaba en el bolsillo el día que lo mataron. Un tío de mi padre había sido embajador en Rusia a principios de siglo, y había comprado muchas obras de arte, antigüedades y curiosidades, que a su muerte, como no había tenido hijos, la viuda repartió entre los sobrinos.

El Teatro Español, que era parte del complejo de la Sociedad Española de Socorros Mutuos, estaba pegado al hotel. Aun así, no fuimos directamente sino que cruzamos la calle hacia donde estaba estacionada la camioneta, le dimos la vuelta y volvimos a cruzar al Teatro. Este rodeo obedeció a un escrúpulo de mamá, que no quería que los comensales del hotel, en el remoto caso de que miraran por las ventanas y pudieran ver algo, creyeran que ella iba al teatro.

Entramos al hall, y ahí estaba, colocado sobre un cajón, un vulgar cajón de madera que Cereseto (el concesionario del teatro) había disimulado con tiritas de papel blanco, de las que se usan para embalaje de objetos frágiles; no quedaba mal, porque parecía un gran nido, y aludía doblemente a la fragilidad: por los objetos que se embalan con precauciones y por los huevos que se ponen en un nido. El famoso Cerebro Musical era de cartón, del tamaño de un baúl. Reproducía con bastante realismo la forma de un cerebro, pero no su color, porque estaba pintado de rosa fosforescente, recorrido de venas azules.

Nos habíamos quedado en silencio, formando un semicírculo. Era de esas cosas frente a las que no se sabe qué decir. La voz de mamá nos sacó del ensimismamiento.

—¿Y la música?

—¡Es cierto! —dijo papá—. La música… —Frunció el entrecejo y se inclinó.

—¿Estará apagado?

—No. No se apaga nunca, eso es lo que tiene de raro.

Se inclinó más, hasta que yo pensé que se caería sobre el Cerebro, y de pronto se detuvo y volvió la cara hacia nosotros con una sonrisa cómplice.

—Sí. Ahí está. ¿La oyen?

Mi hermana y yo nos acercamos. Mamá gritó.

—¡No lo toquen!

Yo tenía unas ganas inmoderadas de tocarlo, aunque más no fuera con la punta del dedo. En realidad habría podido hacerlo. Estábamos completamente solos en el hall. Hasta el boletero y el acomodador debían de estar en la sala, viendo la pieza que al parecer estaba a punto de terminar.

—¡Cómo se va a oír, con este barullo! —dijo mamá.

—Es apenas un susurro. ¡Y pensar que lo devuelven porque les molesta el ruido! Qué vergüenza.

Mamá asintió, pero estaban hablando de cosas diferentes. Papá, que era el único que había oído la música, seguía fascinado con el Cerebro Musical, mientras que mamá miraba a su alrededor y parecía más atenta a lo que sucedía adentro del teatro. De allí provenía un estruendo de risas que hacía temblar el edificio. Debía de haber un lleno completo. Se presentaba la compañía de Leonor Rinaldi y Tomás Simari, con una de esas comedias chabacanas y efectistas que recorrían durante años el interior del país y la gente no se cansaba de celebrar. La supuesta música que salía del Cerebro, trémula y secreta, no podía competir con las carcajadas y el pataleo.

Mi madre, orgullosa de su linaje familiar de melómanos refinados, recitadoras y trágicos, denostaba esas manifestaciones del gusto popular tipificadas por Leonor Rinaldi. Más que denostarlas, militaba contra ellas. El teatro sobre todo era su punto sensible, su campo de batalla, porque en él se libraba la guerra cultural de las clases sociales, al menos en Pringles. Un hermano de ella dirigía uno de los dos grupos filodramáticos del pueblo, el llamado Las Dos Carátulas, dedicado al teatro serio; el otro grupo, dirigido por Isolina Mariani, cultivaba el costumbrismo cómico. Esa noche los adictos a doña Isolina debían de estar todos en la platea, admirando el oficio demagógico de Leonor Rinaldi, aprendiendo de ella, bebiendo sus tics como un jarabe vigorizante.

A tal punto llegaba la aversión de mamá a ese tipo de teatro que más de una vez, cuando venía alguna compañía que lo practicaba, nos había hecho cenar temprano para ir a estacionarnos en el auto frente al teatro (pero a cierta distancia, disimulados en las sombras) a la hora del comienzo de la función, para registrar a los asistentes. Por lo general no había sorpresas, los que acudían eran gente humilde, de los barrios apartados, lo que ella llamaba «la negrada», y que le merecía apenas algún comentario despectivo, por ejemplo «qué esperar de estos ignorantes». Pero a veces se colaba alguien de la clase decente, y entonces sus críticas se hacían enérgicas, sentía que su espionaje valía la pena, y «ahora sabía a qué atenerse» respecto de ciertos hipócritas culturales. Una vez llegó a bajarse del auto a increpar a un culto odontólogo que subía las escalinatas del teatro en compañía de sus hijas. Le manifestó su decepción de verlo ahí. ¿No le daba vergüenza, alentar con su presencia esa vulgaridad? ¡Y con las hijas! ¿Ésa era su idea de la educación? Por suerte él no se lo tomó muy en serio. Le respondió sonriente que para él el teatro era sagrado, que todo teatro era teatro, aun en su versión más degradada, y sobre todo quería exponer a sus hijas a lo más crudo de la cultura popular, para darles perspectiva. De más está decir que sus argumentos no convencieron a mamá.

En fin. Para seguir con la velada memorable del Cerebro Musical: subimos a la camioneta y nos fuimos. Teníamos una Ika rastrojera amarilla, con la caja descubierta. Aunque cabíamos los cuatro en la cabina, lo habitual era que yo viajara atrás en la caja, al aire libre, en parte porque me gustaba, en parte para mantener la paz porque siempre estaba peleando ruidosamente con mi hermana; y en parte (principal) para hacerle compañía a mi gran amigo Geniol, que era el perro de la familia. Geniol era muy grande, blanco, de raza indefinida, cabezón (de ahí el nombre). No podíamos dejarlo solo en casa porque lloraba y hacía tal escándalo que los vecinos se quejaban. En cambio en la caja de la camioneta se portaba bien.

Otro motivo más recóndito por el que me gustaba ir en la caja era que, aislado de las voces de la cabina, no sabía adónde nos dirigíamos, y el trayecto tomaba un cariz imprevisible de aventura. Sabía adónde nos dirigíamos al partir, si es que había prestado atención, pero mamá, no bien subía a la camioneta, se sentía asaltada por las más diversas curiosidades y le pedía a papá que diera la vuelta por tal calle o tal otra para ver una casa o una tienda o un árbol o un cartel. Él estaba acostumbrado y le daba el gusto, a resultas de lo cual lo más frecuente era que para un viaje de quinientos metros que deberíamos haber hecho en línea recta recorriéramos un enrevesado laberinto de diez kilómetros. A su modo, era un recurso de mi madre, que nunca había salido de Pringles, de ampliar el pueblo desde adentro.

Esa noche, no teníamos más que doblar en la esquina y bajar tres calles hasta llegar a casa; sin embargo, doblamos para el lado opuesto, cosa que no me sorprendió. Hacía muchísimo frío, pero no soplaba el viento. Los faroles en las bocacalles colgaban inmóviles suspendidos de los cuatro cables en diagonal que partían de los postes de las esquinas. Y arriba la Vía Láctea estaba toda encendida, llena de parpadeos. Abracé a Geniol y lo acomodé sobre mis piernas, contra el pecho. Él se dejaba hacer. Su pelo blanco como la nieve reflejaba la luz de las estrellas. Seguimos adelante hasta la plaza, y ahí tomamos por el boulevard. Sentado con la espalda contra la cabina, yo veía alejarse la torre cuadrada del Palacio Municipal, y supuse que íbamos a la estación, por algún capricho de mamá. La estación se encontraba lejos, y la mera suposición de que íbamos allí me dio sueño. Geniol ya se había dormido. A las pocas cuadras por el boulevard la edificación empezaba a ralear, y se abrían grandes baldíos oscuros invadidos de malvas y cardos. Eran terrenos sin dueño, misteriosos. Mis ojos empezaron a cerrarse...

De pronto el perro se sacudió, saltó de mi regazo y gruñó asomándose a un costado de la caja. Su nerviosidad me asustó y desconcertó. Miré yo también, sacudiéndome la maraña de sueño que me envolvía, y entendí el motivo del rodeo, y de que ahora papá disminuyera la velocidad de la camioneta hasta casi quedar detenidos: pasábamos frente al circo. En la cabina habían bajado la ventanilla de ese lado y mi hermana se asomaba gritando en su media lengua: ¡César, el circo, el circo! Por supuesto, yo sabía que había llegado un circo al pueblo, había visto los desfiles publicitarios por la calle, y ya teníamos la promesa de que nos llevarían, al día siguiente. Lo miré arrobado. La carpa de lona, que me parecía grande como una montaña, dejaba pasar líneas y puntos de luz intensa, y toda ella parecía impregnada de la iluminación interior. Había función, y se oía música fortísima y los gritos del público. A Geniol lo había puesto nervioso el olor de las fieras. Atrás de la carpa, en la oscuridad, creí ver pasar entre los carromatos sombras de elefantes y camellos.

Muchos años después, yo me fui de Pringles, como se van de los pueblos tantos jóvenes con inquietudes artísticas o literarias, sedientos de la oferta cultural que me prometía la capital. Muchos años después de esa emigración, a su vez, llegué a preguntarme si no había obedecido a un espejismo. En efecto, los recuerdos me traen desde mi infancia noches pringlenses tan abigarradas que es como para preguntarse si no renuncié a la riqueza por la pobreza. Esa noche que estoy recuperando es un buen ejemplo: una velada de donación de libros, una función de teatro, un circo, todo al mismo tiempo. Había de dónde elegir, y además había que elegir. Aun así, en todas partes había llenos totales. El circo no era la excepción. Cuando estuvimos justo frente al eje de la entrada tuvimos una fugaz visión de los palcos atiborrados de familias numerosas y las gradas que se venían debajo de tan cargadas. En la pista, los payasos habían hecho una pirámide humana que se derrumbaba provocando un estallido de risas. Todo el pueblo estaba en el circo. Los pringlenses debían de haber pensado que era el sitio más seguro.

Esto necesita una explicación. El circo había llegado al pueblo tres días atrás, y casi de inmediato la compañía se había visto sacudida por un escándalo de proporciones. Entre sus atracciones contaba con la presencia de tres enanos. Dos de ellos eran varones, hermanos mellizos. La tercera era una mujer, casada con uno de los hermanos. Este triángulo peculiar tenía al parecer una rajadura que lo desequilibraba y que hizo crisis en Pringles: la Enana y su cuñado eran amantes, y por algún motivo eligieron nuestro pueblo para huir, llevándose los ahorros del marido engañado y abandonado. Los pringlenses no tendrían por qué haberse enterado de este grotesco enredo si no fuera porque a las pocas horas de constatado el hecho desapareció también el cornudo, llevándose la pistola nueve milímetros propiedad del dueño del circo, con la correspondiente caja de balas. Sus intenciones no podían ser más explícitas. Antes de que se produjera una desgracia se dio intervención a la policía. Los testigos (payasos, trapecistas y domadores) coincidieron en encarecer las manifestaciones de ira y resentimiento del enano por el engaño del que había sido víctima, y su firme decisión de hacer correr sangre. Le creían, porque era un hombrecito violento, con antecedentes de rabietas destructivas. El arma que había sustraído era letal de cerca y de lejos, y no era necesario saber manejarla para matar. La policía puso todos sus efectivos en acción; a pesar de los vehementes pedidos de discreción que hicieron las autoridades del circo, la noticia se difundió. No podía ser de otra manera, pues se necesitaba de la colaboración del público para dar con el paradero de los fugitivos, tanto el de los amantes como el de su perseguidor. En un primer momento pareció una tarea fácil: el pueblo era chico, la descripción de los buscados fácil y definitiva, como que se reducía a la palabra «enanos». Los uniformados acudieron a la estación, a la parada de ómnibus de larga distancia y a las dos rotondas que, en los extremos opuestos del pueblo, distribuían los caminos de salida, por entonces de tierra. Lo único que lograron establecer estos trámites fue que los enanos seguían en Pringles.

No se hablaba de otra cosa, y no era para menos. Entre chistes, apuestas, batidas colectivas a baldíos y casas vacías, reinaba una efervescencia risueña y un delicioso suspenso. Veinticuatro horas después, el ánimo había cambiado. Se colaba por un lado un vago temor supersticioso, por otro uno muy real. El primero respondía a la extrañeza que provocaba la falta de solución del caso. Los pringlenses vivían bajo el supuesto, ampliamente comprobado, de la transparencia social y catastral del pueblo. ¿Cómo podía ser que en esa diminuta caja de cristal pudiera seguir hurtándose a la mirada un objeto tan conspicuo como tres enanos? Con el agravante de que no eran un compacto sino una pareja que se escondía y un tercero que los buscaba y a la vez se escondía también. Un matiz de sobrenatural empezó a cubrir el episodio. Las dimensiones de un enano se revelaron problemáticas, al menos para la perturbada imaginación colectiva. ¿Había que mirar bajo las piedras, en el revés de las hojas, en los capullos de los bichos canasto? Por lo pronto, las madres miraban bajo las camitas de sus hijos, y los niños desarmábamos los juguetes para mirar adentro.

Pero había además un temor más real. O, si no real del todo, al menos proclamado como tal para racionalizar el otro miedo sin nombre. Había una mortífera pistola cargada, en manos de un desesperado. Que matara a sus víctimas no preocupaba a nadie (sin necesidad de acusarlos de racistas o discriminatorios, es explicable que los pringlenses, en la alarmada emergencia, tuvieran a los enanos por una especie aparte, cuya vida y muerte se jugaba entre ellos y no concernía a la existencia del pueblo), pero los tiros no siempre dan en el blanco, y cualquiera puede encontrarse en un momento dado en la intersección de la trayectoria de una bala. Cualquiera, realmente, porque no se sabía dónde estaban los enanos, y mucho menos dónde se produciría el encuentro. No se prejuzgaba tanto sobre la puntería del marido como sobre la huidiza pequeñez de los adúlteros. La misma fantasiosa miniaturización con la que se justificaba el fracaso de la busca inducía a visualizar como errados todos los disparos. ¿Cómo acertarle a un átomo oculto, o a dos? En cualquier sitio, en cualquier momento, podía haber una andanada de balas perdidas segando vidas, propias o de seres queridos.

Otras veinticuatro horas, y los dos miedos se habían entrelazado tan estrechamente que ya reinaba el más agudo delirio persecutorio. Las casas no parecían seguras, la calle menos. Las reuniones públicas, cuanto más multitudinarias mejor, tenían algo tranquilizante: los cuerpos de otros podían hacer de escudos humanos, y como en las situaciones de angustia se tiran por la ventana los escrúpulos altruistas, a nadie le importaba que murieran acribillados los otros. Ahí debió de estar el motivo de que esa noche fuéramos a cenar afuera, cosa que no hacíamos nunca. Y, remontándose a otro nivel de motivación, ya decididamente mágico, debió de ser la causa de que papá llevara en el bolsillo la billetera de Pushkin, que reservaba para las grandes ocasiones. Como se recordará, Pushkin murió de una bala en el corazón.

Cierro el paréntesis explicativo y vuelvo al relato. Pero al hacerlo advierto que he cometido un error. Porque la historia siguió en el hall del teatro, lo que significa que la excursión por el boulevard y la visión del circo debió de pasar antes, cuando íbamos camino al hotel. Y efectivamente, ahora que lo pienso mejor, me parecer ver que el cielo al fondo del palacio y encima de la carpa no estaba del todo oscuro: era la Hora Azul, todavía con restos del rosa del crepúsculo y una fosforescencia blanca recostada en el Occidente. Las estrellas en el negro profundo debieron de ser una interpolación de los escalofriantes sucesos posteriores en el techo del teatro. Me disculpa, parcialmente, la rareza misma de la historia; sus distintos episodios, si bien se encadenan en un orden bastante fatal, también se aíslan, como los astros en el firmamento que fueron los únicos testigos del desenlace, a tal punto que las figuras que conforman parecen deberle más a la fantasía que a la realidad.

Las cosas pasaron más o menos así: satisfecha la curiosidad por el Cerebro Musical, mis padres enfilaron hacia la calle, en parte porque no había nada más que ver, en parte para haberse marchado antes de que empezara a salir el público de la sala; la representación debía de haber terminado, los aplausos se prolongaban pero ya no podían durar mucho más, y mamá no quería que la vieran salir junto con «la negrada» y algún despistado pensara que ella se había degradado al gusto peronista.

Tan decidido fue su gesto de retirarse, de dar la espalda, que sentí llegado el momento de darme el gusto y tocar impunemente el gran objeto rosado. Sin pensarlo más, lo hice, con la punta del dedo. Apenas si por una fracción de segundo la yema del índice de mi mano derecha tocó la superficie del cerebro. Por los motivos que se verá, tuve motivos para no olvidar nunca ese contacto, y no lo he olvidado.

Mi travesura pasó ignorada por mis padres, que seguían caminando hacia las puertas de la calle. La que sí la vio fue mi hermana, que tenía dos o tres años y me imitaba en todo. Mi arrojo la envalentonó, y quiso tocar ella también. Pero en su torpeza de pequeño demonio no se anduvo con delicadezas. La punta del dedo no existía para ella. Desde su minúscula estatura, que apenas si alcanzaba el nivel del cajón pedestal, estiró los dos bracitos y se apoyó con todo su peso. Contuve el aliento al adivinar lo que se venía, y lo solté en forma de grito al ver que el Cerebro se desplazaba. Mis padres se volvieron, y se detuvieron, y creo que llegaron a dar un paso o dos hacia nosotros. Para mí, toda la escena había tomado una precisión fantasmagórica, como la milésima repetición de un drama. El Cerebro Musical resbaló pesadamente por el borde del cajón, cayó al suelo, y se rompió.

Mi hermana se había largado a llorar, más por la culpa y el temor al castigo que por lo que había aparecido ante nuestra vista, que debía de escapar a su comprensión. La mía en cambio estaba madura para adivinar, pero lo hizo a duras penas, en medio de una confusión horrorizada que mis padres seguramente compartían.

La corteza rosa del Cerebro Musical se había pulverizado al sufrir el impacto, señal de su fragilidad porque no había caído de más de medio metro de altura. El interior era un compacto hialino, como una gelatina bien moldeada por la cáscara. Cierto aplastamiento, y no sé si cierto temblor quizás imaginado, remanente del golpe, indicaba que no era sólido. El color no mentía: era sangre semicoagulada, y no costaba mucho decidir a quién, o mejor dicho a quiénes, había pertenecido. Porque en medio de esa masa flotaban muertos, en posición fetal mutuamente invertida, los dos enanos hombres, los mellizos. Era como dos láminas, vestidos con sus trajecitos negros, la cara y las manos blancas como la loza; ese contraste de colores los hacía visibles en el rojo oscuro de la sangre. Ésta había salido por sendas heridas en las gargantas, que eran como bocas abiertas gritando.

Dije que yo veía la escena con una nitidez sobrenatural, y así la sigo viendo. Veo más de lo que vi. Es como si viera la historia en sí misma; no como una película o una sucesión de imágenes sino como un solo cuadro que se transformara, no con movimientos sino con una fijeza repetida. Aunque movimientos hubo, y abundantes: fue un vértigo, un abismo de átomos irracionales.

Los gritos de mamá, que tenía una pronunciada tendencia a la histeria, se perdieron en un repentino clamor proveniente de la sala. Era algo no previsto. La rutinaria ovación a la gran Leonor Rinaldi había pasado, lo mismo que las siete salidas del elenco a saludar; los actores se estaban retirando del último saludo, y el público ya se levantaba de las butacas; en ese momento en que los personajes se desvanecían de la piel de los actores, todos juntos en hilera en el escenario, cada uno con su parte de la comedia en la cara y el cuerpo, pero ahora la comedia, la trama, sus sorpresas y equívocos, todo puesto en desorden en la hilera de las reverencias sonrientes, como para que en el momento de los aplausos los espectadores reconstruyeran, pasando revista, la historia, y la despidieran como la ficción que era, junto con ese living comedor de fantasía, con los sillones, la falsa escalera, las ventanas pintadas y las puertas que se abrían y cerraban en oleadas de revelaciones cómicas, y todo el resto de la utilería... en ese momento de fin de fiesta, se desprendió el gran medallón de yeso que ilustraba en el ápex de la boca del escenario la cara de Juan Pascual Pringles. Los rasgos del prócer estallaron como una nova de tiza y mostraron a los ojos atónitos del público el ser más extraño que haya producido nunca un *deus ex machina* teatral: la enana. Ése había sido su escondite, y nadie la habría encontrado jamás. Alguien pudo pensar que había sido un accidente, por ejemplo que las vibraciones de los aplausos y bravos de la sala llena habían aflojado las viejas moléculas del yeso del heroico granadero; pero tal suposición no resistió a la evidencia de los hechos: el estallido había obedecido a causas internas, que no eran otras que el aumento de volumen de la enana. Crisálida asesina, después de haberse hecho fecundar se había escondido en un refugio seguro para dejar que la Naturaleza (porque los monstruos también la tienen) hiciera su trabajo. Y quiso el azar que esta labor culminara en ese preciso instante: unos minutos más y habría asomado en el Teatro vacío y oscuro.

Tal como sucedieron las cosas, fue una especie de «bis» como no lo tuvo ni tendrá jamás ningún espectáculo. Dos mil pares de ojos vieron desprenderse de los bordes del nicho una gran cabeza sin ojos ni nariz ni boca pero con una enrulada cabellera rubia, y brazos gordezuelos terminados en garras, y un par de senos rosados exuberantes, con ojos en lugar de pezones... Seguía saliendo, horizontal, cerca del techo altísimo, como una gárgola... Hasta que unas sacudidas convulsivas liberaron dos alas, primero una, después la otra, enormes membranas irisadas que batieron con ruido de cartón, y ya estaba en el aire. La parte posterior del cuerpo era una gruesa bola cubierta de vello negro. Pareció que caía (lo habría hecho sobre el foso de la orquesta), pero un rápido batir de alas la estabilizó a media altura, e inició un vuelo errático.

Ahí se desató el terror. Un incendio no habría producido tanto pánico como verse encerrados con ese mutante volador del que no se sabía qué esperar. Los pasillos se atascaron, las salidas quedaron bloqueadas, la gente saltaba sobre las butacas, las madres buscaban a los hijos, los maridos a las esposas, todos gritaban. Asustada por el tumulto, la enana revoloteaba sin rumbo, ella también buscando una salida. Si perdía altura se intensificaban los gritos en la platea, y cuando remontaba hacia los palcos era allí donde vociferaban más los espectadores sitiados por el embotellamiento de las escaleras. En su desesperación, algunos treparon al escenario, del que ya habían desertado los actores. Algunos refugiados en los palcos *avant scéne* también se descolgaron más allá del semicírculo de las candilejas. Al verlos, otros, que empujaban por los pasillos pero reconocían la imposibilidad de atravesar la masa humana descontrolada, cruzaron toda la sala en carrera frenética y saltaron al escenario; era como quebrar un tabú, invadir el terreno de la ficción, cuando habían pagado para no hacerlo; pero el instinto de supervivencia era más fuerte.

Y la enana alada, la gran libélula, después de cruzar varias veces con su clap-clap aterrorizante, cada vez más rápido, el espacio aéreo del teatro y chocar repetidamente contra el techo y las paredes, también se precipitó a la boca del escenario, lo que dentro de todo era lo más razonable. La escenografía pequeñoburguesa de la compañía de Leonor Rinaldi se la tragó, y después hubo un derrumbe generalizado de bambalinas.

Mientras tanto, el teatro se había vaciado, pero por supuesto nadie se quería ir a su casa. La calle Stegman se había vuelto un maremágnum de gente excitada. Del restaurante del hotel salieron los comensales, algunos con la servilleta al cuello, no pocos con un tenedor en la mano. La noticia había corrido por todo el pueblo; un mensajero oficioso la había llevado al circo, y como su llegada coincidió con el fin de la función, el público se trasladó masivamente. Cuando llegó la policía, haciendo sonar las sirenas, tuvo dificultad para abrirse paso. Lo mismo los bomberos, autoconvocados, y la ambulancia del hospital.

Al salir el malón enloquecido por el hall del teatro, habían hecho rodar y pisoteado sin consideración el glóbulo de sangre. Cuando el dueño del circo quiso recuperar los cadáveres de los enanos, le dieron dos arrugadas siluetas, que los payasos se pasaron de mano en mano haciendo el reconocimiento. Los payasos, igual que el resto del personal del circo, habían acudido con su ropa de trabajo, por la urgencia. Ecuyeres, trapecistas, faquires, se codeaban con los actores de la compañía de Leonor Rinaldi, y con la propia Leonor Rinaldi y con Tomás Simari, y todos ellos con sus respectivos públicos y los públicos ajenos, además de curiosos, vecinos y trasnochados. Ni en el carnaval se había visto nunca algo así.

La primera exploración que hizo la policía, a punta de pistola, en las profundidades del Teatro (pero encabezada por Cereceto, que era el único que conocía todos sus vericuetos) no dio resultado. La enana había vuelto a desaparecer, con alas y todo. Corrió la voz de que había encontrado una salida y volado; la hipótesis, que debería haber causado alivio, provocó decepción. Todos se habían puesto en clave de espectáculo, y querían más. Pero un suceso inesperado renovó las esperanzas: de la masa imponente del Teatro surgieron despedidos en todas direcciones innumerables murciélagos y palomas. Las palomas sobre todo, que nunca vuelan de noche, le dieron a esa desbandada un sesgo fantástico. Evidentemente, estos animalitos habían percibido la presencia del monstruo, y desalojaban de prisa.

Siguió un momento de suspenso, hasta que un grito y una mano alzada hicieron echar atrás todas las cabezas y dirigir las miradas a la crestería seudogótica de la fachada del teatro. Allí estaba, agazapada entre dos torretas, la enana alada, las alas desplegadas pero en reposo, el cuerpo sometido a un temblor visible aun a la distancia. El potente haz del fanal del carro de bomberos la enfocó. En la calle, dos de los payasos, con sus trajes de colores y sus sonrisas pintadas, se subieron a las capotas de sendos autos y agitaron por encima de sus cabezas, como estandartes, los cadáveres de los dos enanos.

Si bien los pringlenses nunca habían visto antes un mutante de estas características, eran en su mayoría gente de campo, familiarizados con los fenómenos de la reproducción. Y no importa cuáles sean las formas bizarras que adopten los seres en la Naturaleza, los mecanismos básicos de la vida se repiten en todas. De modo que no tardó en reinar la certeza de que la enana estaba en trance de «poner». El proceso y los signos coincidían: la clausura para que se operara la metamorfosis, el episodio sexual que había tenido lugar antes, los crímenes, la enorme bolsa ventral, la elección de un lugar inaccesible, y ahora la posición reconcentrada y los temblores. Lo que nadie podía prever era si pondría uno o dos o varios huevos, o millones; esto último parecía lo más verosímil, pues las características formales del caso lo acercaban al mundo de los insectos. Pero cuando la seda velluda de la bolsa empezó a rasgarse, vieron que asomaba un solo huevo, blanco y puntudo, del tamaño de una sandía. Un vasto «Ooohhh…» de admiración recorrió a la multitud. Quizás por estar fijas todas las miradas en la lenta extracción de esa perla fantástica, resultó más sorprendente la aparición junto a la enana de otra figura, que entró lentamente en el círculo de luz y se hizo del todo visible sólo cuando el huevo hubo salido por completo y quedó parado en esa vertiginosa cornisa. Era Sarita Subercaseaux, con su prolijo peinado batido, su rostro rosa bien empolvado, su vestido celeste, sus zapatitos de taco chino. ¿Cómo había llegado ahí? ¿Qué se proponía? Estaba a centímetros de la enana, que terminada su faena levantó la cara hacia la de Sarita, como si la mirara sin ojos. Eran del mismo tamaño, las dos irradiaban la misma energía de decisión sobrenatural; un enfrentamiento parecía inevitable, quizás un combate. El pueblo contenía el aliento. Pero lo que pasó fue otra cosa. Con una sacudida, como si despertara de un sueño, la enana abrió las alas cuan largas eran, y de un solo clap se elevó varios metros; otro aleteo, y giraba, otro, y tomaba velocidad, y ya estaba volando, como un pterodáctilo, hacia las estrellas, que para la ocasión brillaban como locos diamantes. Se perdió entre las constelaciones, sin más. Sólo entonces la muchedumbre volvió a mirar el techo del teatro.

Sarita Subercaseaux no se había alterado con la parida de la Enana. Ella y el huevo estaban solos. Con movimientos muy lentos, apartó un brazo del cuerpo y lo levantó. Tenía algo en la mano. Un hacha. Surgieron gritos encontrados de la gente. ¡No! ¡No lo haga! ¡Sí! ¡Rómpalo! El sentimiento colectivo era inevitablemente ambiguo. Nadie quería que en el apacible pueblo pampeano se produjera un nacimiento monstruoso de consecuencias imprevisibles. Pero al mismo tiempo la ocasión de lo único encontraba posibilidades que era triste desperdiciar. Ya la misma fragilidad de un huevo tenía algo de precioso.

Pero el hacha, cuando el movimiento del brazo la puso a plena luz, resultó no ser un hacha sino un libro. Y la intención no era romper el huevo sino poner sobre él el libro en equilibrio, delicadamente. En la leyenda de Pringles, esa figura extraña se perpetuó como el símbolo de la fundación de la Biblioteca Municipal.

*26 de julio de 2004*

## MIL GOTAS

Un día desapareció la *Gioconda* del Louvre, para consternación de los turistas, escándalo nacional, revuelo mediático.
No era la primera vez, porque casi cien años antes, en 1911,
un joven inmigrante italiano, Vincenzo Peruggia, pintor de-
corador que había estado trabajando en el mantenimiento del
museo y por ello tenía la entrada franca, se la llevó bajo el
delantal de obrero. La tuvo escondida dos años en su bohardilla, y en 1913 fue con ella a Florencia, con la intención de
vendérsela a la galería de los Uffizi, y darle al robo una justificación patriótica de recuperación de un tesoro nacional. La
policía lo estaba esperando, y la *Gioconda* volvió al Louvre,
mientras el ladrón, que para entonces firmaba Leonardo Peruggia, iba preso unos pocos años (murió en 1947).

En esta ocasión fue peor porque lo que desapareció fue la
pintura, literalmente hablando, la delgada capa de pintura al
óleo que constituía la celebrada obra maestra. La tabla que era
el soporte seguía en su lugar, lo mismo que el marco: la tabla
en blanco, como antes de pintarla. La llevaron al laboratorio
y la sometieron a toda clase de exámenes: no mostraba signos
de haber sido raspada ni frotada con ningún ácido, ni nada,
estaba intacta. La pintura se había evaporado. La única señal
de violencia eran unos agujeritos perfectamente circulares, de
un milímetro de diámetro, en el vidrio blindado de la caja
que había separado el retrato de sus espectadores. Esos agujeritos también fueron estudiados, aunque no había nada que
estudiar; no mostraban rastros de ninguna sustancia y nadie

pudo explicarse con qué instrumento se los había podido hacer. De ahí salieron especulaciones periodísticas sobre extraterrestres, por ejemplo un ser gelatinoso que hubiera aplicado una ventosa con cilias horadantes, etcétera. ¡Qué crédulo es el público! Qué poco razonable. La explicación de lo que había pasado era perfectamente simple: la pintura había revertido al estado de gotas de pintura viva, y las gotitas se habían ido a correr mundo. Cargadas como estaban con la energía acumulada de cinco siglos de obra maestra, no las iba a detener un vidrio, por blindado que fuera. Ni muros ni montañas ni mares ni distancias. Podían ir a donde quisieran, eran gotas de color dotadas de superpoderes. Si hubieran contado los agujeritos del vidrio habrían sabido cuántas eran: mil. Pero nadie se tomó el modesto trabajo de contar, ocupados como estaban en proponer teorías tan descabelladas como incongruentes.

Las gotas se dispersaron por los cinco continentes, ávidas de aventuras, de acción, de experiencia. Durante un tiempo, al principio, se mantuvieron en las fronteras de la luz del día, y dieron varias vueltas al planeta en la misma dirección, abriéndose en abanico, más lento o más rápido, unas en los grises finos del alba, otras en los rosas apasionados del atardecer, muchas en las mañanas laboriosas de las grandes ciudades, o en las siestas soñolientas del campo, en las primaveras de las praderas o los otoños de los bosques, en los hielos polares o en los desiertos ardientes, o montando una abejita en un jardín. Hasta que una de ellas, por casualidad, descubrió las honduras de la noche, y otra también, y otra, y entonces ya no hubo límites para sus viajes y descubrimientos. Al extinguirse la compulsión al movimiento pudieron establecerse donde quisieron, y sacaron a relucir su inagotable ingenio creativo.

Una fue a parar al Japón, donde puso una fábrica de velas perfumadas. Se llamaban velas Minuto, y olían a Luna. Protegida por severas patentes de exclusividad y beneficiada por la noche, tuvo un éxito descomunal. Inmensos locales bailables adoptaron las velas Minuto, y lo mismo hicieron templos, montañas, bosques y shogunatos enteros. Se vendían en cajas de seis, doce, veinticuatro y mil (todos compraban las de mil). Sus llamitas rosa multiplicadas creaban una penumbra sin sombra en la que se abolían lo lejos y lo cerca, el antes y el después. Hasta las más prolongadas noches de invierno se revelaban incapaces de contener tanta intimidad. Gota San, rico como un Creso, tenía dos esposas geishas que transportaban manojos de espadas y organizaban para diversión del marido sesiones de esgrima danzante. Absorto en estudios de balística, Gota San les prestaba cada vez menos atención, hasta que las olvidó del todo. La reacción subsiguiente sacó a relucir la gran diferencia entre las dos muchachas, por lo demás tan parecidas que todos las confundían. Una le siguió fiel, y lo amó distraído más que atento; la otra buscó en otro el amor que ya no encontraba en casa. Una era «para siempre», la otra «mientras dure», y cuando consideró que ya había durado bastante dijo basta y se lió con un fotógrafo. El señor Foto San viajaba todo el tiempo a Corea por motivos profesionales. Un día, durante uno de esos viajes, la familia Gota hizo un picnic bajo la lluvia, con un gran paraguas listado, varias cajas de velas Minuto y una canasta de camarones. Tomaron el té, comieron, admiraron las siluetas de los árboles recortadas contra el violeta del cielo, y después se entretuvieron con un curioso juguete: una cancha de tenis de cartón, plegable, del tamaño de un tablero de ajedrez, sobre el que jugaban un partido de dobles mixtos cuatro ranas vestidas de blanco, con raquetitas de rafia. Las ranas eran de verdad, y no estaban ni vivas ni muertas. Se las accionaba aplicándoles electrodos, lo que era bastante incómodo. Como además ni el señor Gota ni sus dos esposas conocían las reglas del tenis, el partido era bastante caótico. Pero tomó un giro trágico cuando una de las ranas, movida por una sobrecarga, saltó al hombro de Gota San, metió la cabeza en la oreja del magnate y dijo una palabra: «Cucú». Un inconveniente de la bigamia es que en caso de adulterio hay que decidir cuál es la culpable. En el furor que lo acometió, no quiso pensar: las mataría a las dos. Saltó sobre la que tenía más cerca y la estranguló. Quiso la mala suerte que fuera la fiel; la infiel escapó, montada en la pelotita de las ranas, confiando en que la llevara a Corea (en realidad fue a Osaka). El cornudo justiciero se quedó mirando el cadáver. Su condición de gota viajera sobrenatural lo eximía de las consecuencias realistas que le habrían incumbido a un criminal convencional. O al menos eso creía él. Pero en realidad ningún ser, en el Universo, es inmune a la mala suerte. Una suave música melódica se abría lentamente sobre el picnic, como un segundo paraguas. En efecto, el perfume de las velas era un perfume Débussy.

En Oklahoma, lejos de los crisantemos, una gota se enfrentó con Trementina en combate singular. Trementina era un hombrecito delgado, rubio, muy parecido a Kant, muy bien vestido a la última moda, pero sin estridencias. Su sola estridencia era el jopo, que por coquetería y distinción mantenía sin gel, por pura escultura de cabello altísimo: un centímetro. Esta medida sólo les parecerá escasa a los que no sepan que Trementina medía dos centímetros; o sea: tres, con el jopo. Entre los torbellinos de polvo que levantaban los vientos de la llanura, Joe Pete Gota exclamó: «Él o yo». Uno de los dos debía morir. Lamentaba, en el fondo de su alma de óleo de artista, tener que destruir a un ser tan bello como Trementina, un bibelot viviente tan decorativo en un mundo bárbaro, pero era necesario. El mundo es grande y hay lugar para todos, nadie lo sabía mejor que una gota vagabunda, y sin embargo hay circunstancias en que lo incompatible se hace clamoroso. Tampoco hay que lamentarlo tanto. La muerte de unos es la vida de otros; y la vida de unos, la simple y mera vida que uno está viviendo, la vida rutinaria y aburrida y sin sentido, está tejiendo la muerte de algún otro genial y novelesco. Y quizás el arrepentimiento le diera algún sentido a su deriva. Confiando en su elegancia, que hasta ese día le había valido todos los triunfos, Trementina se precipitó sobre la gota con una pistolita de cactus, y le vació el cargador encima. Joe Pete Gota tenía una nariz negra perfectamente esférica; en realidad era una bola de goma, que absorbió las nueve balas. El contraataque fue un sueño que envolvió al contrincante en un precámbrico pastoral, y cuando vinieron a buscarlo sus amigos del club de bridge no lo encontraron. Nunca más se lo vio. Joe Pete Gota siguió su vida de extractor industrial de rosa de cactus, que exportaba a Corea como revelador fotográfico en solución de gelatina, próspero, satisfecho, casado, pero de vez en cuando se le aparecía el fantasma del muerto, en forma de una musiquita triste. Él se lo sacaba de encima diciéndose que toda música es triste, y que esa fatiga de vivir que lo acometía era natural; pero en sus momentos de sinceridad reconocía que al matar a Trementina había matado la elegancia que había en él, y la elegancia es una forma de energía.

Cuando llovía, la gota Euforia se aceleraba, se volvía gota de cerebro. Cuando todas caían, ella se elevaba. Gravedad la miraba pensativo, preguntándose: ¿De qué me servirá? ¿Qué provecho podré sacarle? Euforia atravesaba las nubes gritando: «¡Soy una gota de Extrema Unción!». El agua y el aceite no se mezclan nunca. Se divorcian después de todas sus bodas.

Cuando llovía sobre el Papa, el Gran Soltero, Gravedad condescendía a poner la escalera y bajar a tierra a su hermanita retardada, Mística.

Una gota, saltando de lluvia en lluvia, se infiltró en el Vaticano, en la Vaticueva y en el Ano, y quiso más: ingresar al santoral de las precipitaciones. Tuvo un *affaire* con el Papa, un romance apasionado llamado a no durar. El Papa le propuso hacerlo Primado de Turquía, para que preparara su visita, la primera de un Pontífice, a las mesetas anatolias. Lo planearon cuidadosamente, pero no dejaba de ser una excusa para sacárselo de encima: el Papa estaba harto de la gota. Después del coito anal, el hombre se entristece.

Una vez en Ankara, la gota abrió un colegio y convenció a la Asociación Cooperadora de que pusieran una fábrica de lápices para financiar la compra de material pedagógico. En su correspondencia con el Sínodo Eucarístico dejó entrever la posibilidad de un golpe de Estado. La fecha establecida era el 13 de junio, día en que todos los años Gravedad celebraba el aniversario de su Compromiso simbólico con el Papa. Hacía una fiesta e invitaba a las gotas de lluvia. No a todas, porque no tenía tantas copas; sólo a las delegadas de cada chaparrón. Para elegir a las delegadas, todos los 12 de junio había elecciones. Los votos se depositaban en las lágrimas de una niña, Rosa Edmunda González.

En Turquía había causado perplejidad, y no pocas sospechas, que el Vaticano hubiera nombrado cardenal primado a una gota. Circulaban rumores de que la gota había vivido un año entero dentro del colon del Papa: su forma y tamaño hacían verosímil la especie. Los acontecimientos se precipitaron, y la gota decidió autocanonizarse sin esperar la visita papal. En los minutos previos a su ascensión dictó un memo disponiendo el formato de comercialización de los lápices: habría cajas de seis, para los escolares pobres, de doce para la clase media, y de veinticuatro para los ricos. En edición especial, la caja de mil, para hijos de jefes de Estado. En cierto momento, para terror y desconsuelo de los niños pobres, los lápices se transformaron en velas Minuto encendidas. Rosa Edmunda González, hija de un humilde peluquero que había hecho un gran sacrificio para adquirir la más pequeña de las cajas, fue la que más sufrió.

Poco después se publicaron fotos comprometedoras, tomadas por Foto San, un japonés delincuente, reveladas a la rosa: fotos del Papa besando a Gota, fotos de cubismo esférico.

Irresponsable, inhumana, la gota, que era mil gotas de los colores más bellos, estaba en todas partes. ¡El Fin del Arte!, clamaban los alarmistas de siempre, y afirmaban que en el futuro no quedaría sino encerrarse en una bohardilla a recortar fotos de revistas, a la luz de una vela Minuto, y hacer collages. Pero las piezas nunca volverían a coincidir. Nunca más habría una *Gioconda*, porque las gotas, una vez que habían probado la sal de la libertad, nunca volverían al Louvre. Y aun cuando la más improbable de las casualidades quisiera que volvieran, ¿qué probabilidad había de que entrara cada una por el agujerito por el que había salido?

En la ciudad de Bogotá había un perro grande, negro, muy grande, hecho de vainillas negras, que andaba suelto por la calle. Buscaba la comida en la basura, dormía al sol, se refugiaba de la lluvia en un portal. Su tamaño lo hacía amenazante y nadie se le acercaba. Pero era manso. Todos los perros abandonados andaban a la busca de un dueño, y éste lo encontró en una gota que fue a conocer esa fría y lluviosa capital. Se hicieron amigos. Se obedecían uno al otro, nadie daba órdenes. Era una relación amo-esclavo sin amo y sin esclavo. Más que una amistad, era un matrimonio. Se compraron un autito, y los viernes a última hora partían a su cabaña en el Lago de la Vela Perfumada. Por efecto de sus hábitos pequeñoburgueses el Fin del Arte se devaluó a Fin de Semana.

Una gota fue a parar a la naturaleza exuberante de un país tropical, entre follajes de esmeralda cubiertos de rocío, malvas, hinojos y acelgas. Las bolas de rocío con las que jugaba al billar tenían corazón de hielo y pelo de sol. Y hubo en ella un principio de evolución, le crecieron unas antenas de goma, dos pares, las de arriba largas, las de abajo cortas, todas retráctiles. Caminaba por las hojas, comía una célula verde, la digería a la velocidad del rayo, y expulsaba un punto negro, un punto suspensivo. Tomó un color gris casi transparente, una forma alargada en la que se insinuaba una cabeza (con las antenas), una cola en punta en el otro extremo, y en el medio una joroba. Por la joroba empezó a secretar, con el excedente de sustancias que asimilaba y no quemaba con el movimiento, un duro barniz amarillento que tomó la forma de un habitáculo espiralado hueco, y a partir de entonces se acostumbró a retraerse dentro de él para dormir.

Unos niños la descubrieron casualmente y se la llevaron a su casa. La metieron en un frasco de plástico, la adoptaron como mascota. Con un alfiler hicieron agujeros en la tapa del frasco para que respirara. La llamaban Caracolito, y a cada rato se preguntaban: ¿Qué estará haciendo Caracolito? Iban a ver. Le suponían o inventaban estados de ánimo, deseos, sueños, aventuras, en su vida minimalista dentro del plástico transparente. La alimentaban con briznas mojadas de hierba, apio y polenta.

Hasta que un día, cuando fueron a mirar, no estaba. Había revertido a gota de óleo de la *Gioconda* y se había ido por uno de los agujeros, repitiendo su patrón ancestral. Era una prueba de que no hay una sola Vida en el mundo, sino muchas distintas, que obedecen a distintas lógicas, y la evolución no basta para unificarlas.

Otros niños, éstos urbanos, jugando en el living del departamento de un sexto piso, vieron una gota que en su vuelo sin rumbo se metió en el balcón y no acertaba a salir: el balcón tenía uno de esos protectores de alambre cuadriculado que los padres instalan en los balcones cuando tienen hijos pequeños.

–¡Papá, papá! ¡Un pajarito con bigote!

Revoloteaba como asustada en el pequeño espacio lleno de macetas con helechos y malvones, iba y venía, hacía ochos, loopings, tirabuzones, sin acertar con la salida. Adentro, al otro lado del vidrio, los chicos no se agitaban menos. Adivinaban que esa mosca divina no duraría allí, y aun a ellos, que vivían en la fugacidad de sus instantes de atención, los sobrecogía la eternidad de la fuga. Lo habrían querido tener de mascota. Le habrían hecho una casita de papel con puertas y ventanas, un iglú, una bicicleta de su tamaño.

Y de pronto, se había ido.

–¡Se escapó! ¡Papá, mamá, se escapó! ¡Era redondo, hermoso, precioso!

Por supuesto, nadie les creyó.

Mientras tanto, en Noruega, una gota iba hacia el norte helado en busca del ruiseñor de las nieves. Se internaba en un gran día sin fin atrás de una leyenda dudosa. Perennes auroras rosadas se reflejaban en un lago cristalino en cuyo fondo una vela Minuto con escafandra ardía sin consumirse. Águilas indolentes con cabezas de caballo planeaban sobre un interminable cuadriculado de frío. La gota viajaba en un tanque Sherman, embestía la escarcha, dejaba gruesas huellas. Los nativos se espantaban. Toda Noruega vibraba de alarma ante el avance de la Gota Artillada. ¿Hasta dónde llegaría? Según las leyendas del país, nunca desmentidas, si el ruiseñor cantaba se apagaría la vela en el fondo del lago, y con ella se extinguiría la inspiración de los artistas. A cambio, tendrían el perfume de la eterna melancolía.

Hubo una guerra, inevitable. El tanque se multiplicó en mil tanques, cada uno en un hexágono de cristal, avanzando sobre transparencias de hielo. Fue una guerra hecha toda de espejismos y fantasmagorías. La Nieve también se multiplicó. Era una princesa blanca y gorda, hija del Rey Polo, y por la posesión de su mano se desencadenaron las hostilidades entre las potencias escandinavas. Su linaje era valiosísimo. Pero al proliferar las Princesas Nieve, la confusión se apoderó de las ópticas de esos blancos páramos. El General Panzer Gota Bota dirigía las operaciones, encerrado en un gotero tallado. Las batallas eran un espectáculo increíble, millones de soldados en bicicleta arando casquetes, las águilas creciendo a ojos vista, el ruiseñor de plata en su tabernáculo de átomos siempre en el fondo del paisaje. ¡Y todo por iniciativa de una gota!

Hasta que una rajadura en el vidrio del gotero permitió que éste se llenara de bruma. El Primer Ministro de Noruega mandó vaciar la bruma con una bomba, y descubrieron que la gota ya no estaba adentro. Reapareció en el fondo del lago, suspendida sobre la punta de la llama de la vela. El calor la ablandaba y deformaba, hacía brillar sus colores, y le hacía desprender un extraño olor a flores antiguas.

En las grandes praderas de la China una gota puso una agencia de noticias. La vida aldeana en sus inmutables ciclos de yin y yang se sacudió con el estruendo de las transmisiones. La agencia Gotactual compró un equipo de basketball y el partido inaugural (del equipo y del lujoso estadio construido en los arrabales de Mongolia) se haría contra un combinado de estrellas de la NBA. Los norteamericanos estaban ávidos por conquistar el gran mercado deportivo del Imperio Amarillo, y el Departamento de Estado gestionó la visita. El Papa comprometió su asistencia al evento. El equipo se había for-

mado con los chinos más altos y fuertes y para los entrena-
mientos el señor Gota, que había asumido la dirección técnica, adoptó un procedimiento novedoso. O no tan novedoso,
porque ya los antiguos romanos lo habían usado, y lo usan en
la actualidad los surfistas en Hawai. Consistía en utilizar en las
prácticas en lugar de una pelota común una esfera de bronce
pesadísima. De ese modo los atletas desarrollaban unos reflejos
de peso que una vez en el partido de verdad los haría manipular la pelota como un sueño. El primer día usaron la bola de
bronce de veinte kilos, al día siguiente la de veinticinco, al tercero la de treinta. Los gigantes chinos se doblaban bajo el peso
de ese magno proyectil. Gota subió la apuesta: los hizo ejer-
citarse en una cancha de diez kilómetros de largo por tres de
ancho. Las dimensiones estaban proporcionadas con el peso
de la pelota de bronce; Gota era muy bueno en calcular relaciones de proporción, y no necesitaba hacer un cuadriculado. Usaba esta habilidad con las noticias: las magnificaba
respetando las proporciones. A eso se debía el éxito de su agencia y había popularizado en el mundo la fórmula de la «noticia
china».

No es necesario especificar que el ejercicio así ampliado
hacía sudar la gota gorda a los deportistas. Las constantes carreras de un tablero al otro, lanzándose la bola, eran inhuma-
nas. Sin reparar en gastos, Gota había contratado como asesor
a Gravedad, que había ido a la China a esperar al Papa, con el
que contraería enlace: la noticia del siglo. Los diarios habían
titulado en sus primeras planas con la exclamación de Gravedad, el Playboy Universal, al despedirse del Sumo Pontífice
después de su primera noche de amor: «¡Nos vemos en el Bál-
tico!». Empezaron a construir un cerco de mármol rojo para
aislar ese mar nórdico; una de las alas de esta pared se uniría a
la Gran Muralla, con un choque estruendoso.

Gota llevó las cosas tan lejos que la noche antes del partido sacó de la cama a los cinco gigantes titulares y los llevó
clandestinamente a hacer una última práctica a la luz de la
luna. Fueron en camión hasta los confines de Mongolia. Se

detuvieron en un desierto plateado, bajaron y miraron a su alrededor. Sobre el horizonte se alzaba un tablero, a cuarenta metros de alto. Enfrente, sobre el horizonte opuesto, otro, a medias oculto por la curvatura del planeta. Llegó, estruendosa, una moto que los había venido siguiendo. Fijaron la mirada en el motociclista, que echaba pie a tierra y se sacaba el casco. Era Gravedad. Los cinco chinos altos, que sólo lo conocían por televisión, estaban boquiabiertos. Como suele suceder con las celebridades mediáticas, uno no termina de convencerse de su existencia real. El señor Gota flotó por el aire hasta la moto, y entre los dos desataron las correas que sostenían detrás del asiento un gran cofre, con el escudo del Vaticano tallado en la tapa. Dentro del cofre había una cabeza de foca de oro, que pesaba cincuenta kilos. Con ella debían hacer la última práctica, llevando sus fuerzas al límite y recibiendo a cambio sus prestigiosos poderes.

«Pases largos», ordenó Gota. Empezaron. Se doblaban abrumados por el peso de la cabeza de foca, cuando la recibían trastabillaban hacia atrás, las venas se les hinchaban, hacían muecas de dolor. Gota se desgañitaba pidiendo más velocidad, más precisión. Y a Gravedad, que contemplaba a su lado con un gesto de preocupación, le dijo: «Dos o tres gotas de altura no podrán con el salvajismo». El sudor que caía de los jugadores retumbaba en toda la Mongolia.

La cabeza de foca se calentó con el movimiento y el manoseo, el oro empezó a brillar, a los sesos de la foca se les derretía la grasa, les corría entre los dedos a los chinos y el gran proyectil se hacía resbaloso, aumentando la dificultad.

Al fin el conjunto se elevó, en una especie de cono cuyo vértice era la cabeza de foca, chorreando grasa y más brillante que la luna, y abajo, estirados como filacterias, los cinco basquetbolistas. Fueron tomando velocidad, rumbo al cielo negro, sin estrellas. Atrás, irresistiblemente atraído, se remontó Gravedad; y atrás de él, la moto. Gota los vio disminuir en lo alto, hasta que desaparecieron. Lo único que se le ocurrió pensar fue que la boda tendría que suspenderse una vez más.

Después le reprocharon la extravagancia e inoportunidad de esa ejercitación. Él mismo se preguntó por un instante si no habría exagerado.

Pero se imponía una indiferencia superior. Todo se neutralizaba en el juego propio del realismo. La invención misma, a las que las gotas en su dispersión se entregaban con frenesí, actuaba retroactivamente sobre el realismo. Se diría que en cada uno de sus avatares se la estaba escribiendo, con una gota de tinta y una atención maniática al verosímil. Cada gota se cerraba sobre sí misma en el equilibrio fragilísimo de su tensión superficial. No había contexto: pura irradiación.

La gota no tenía puertas ni ventanas. La historia tenía innumerables puntas de rendimiento. Había una gota, virginal y vaginal por partes iguales, que por un milagro de la cirugía de la siesta había asumido el género femenino, y adoptó el nombre de Aureola. Antes se había llamado doctor Aureola. Hubo una suspensión, Aureola quedó colgada del aire…

Un sublime romanticismo nació de esa suspensión: Aureola, en camisón, estaba en el balcón de su castillete, sobre el jardín nocturno rumoroso de insectos y fuentes, perdida en sus ensoñaciones, en sus construcciones de araña. El castillo estaba en llamas, el fuego también suspendido. La gota estaba en otra dimensión. Sólo podía pasarle a ella: una manifestación más de indiferencia, verosimilizada por los mecanismos del realismo.

De pronto, en un tercer nivel de historia, tres sombras embozadas se descolgaron de aleros y desagües y cayeron al mismo tiempo en el balcón. Extraída violentamente de sus ensoñaciones, Aureola empezó a girar sobre sí misma con un chillido de angustia. Intentó diversos movimientos de caída para escapar de las manos enguantadas de sus captores, pero era como si flotara sobre mercurio. Lo único que logró fue que le desgarraran el camisón y la despeinaran; las tres sombras actuando coordinadas la metieron, espantada, llorosa, en un estuche que se cerró con un sonoro «clac». La multitud que se había reunido alrededor del castillo a contemplar el incendio no vio nada de esta maniobra, y menos vieron los bomberos ocupados en extender las escaleras como piratas lanzados al abordaje. Los secuestradores aprovecharon la confusión para escapar con su presa: un auto los esperaba al otro lado del foso. Viajaron largo rato entre las colinas y antes de que saliera la luna entraban al parque de una finca abandonada. Se metieron en la casa por una puerta trasera y encerraron a la prisionera en el sótano.

Sólo entonces se relajaron y se sacaron la capucha. Eran tres peligrosas criminales: Ducha, Manguera y Canilla. Desde hacía muchos años preparaban el plan de secuestrar una gota. Corpulentas, roncas, cromadas, bailotearon como ménades sobre una mesa haciendo ruidos metálicos, se tomaron una botella de coñac y llamaron por teléfono a Gravedad para pedirle rescate.

Ring… ring… ring…

La campanilla resonaba entre las montañas. El eco la llevaba de cumbre en cumbre, creando una especie de sucesión.

Los documentos del caso los publicó la editorial Gota. El avance técnico de la fotografía y la impresión había vuelto posibles los museos de bolsillo. Aquí es necesario retroceder un paso, a un estadio anterior de la historia, para completar el «cuadro». El emblema de la reproducción mecánica (fotográfica, impresa, electrónica) de la obra de arte es justamente la *Gioconda*. Sin negar los méritos de este espléndido retrato, hay que mencionar algunos hechos históricos que lo pusieron en el lugar preponderante que llegó a ocupar. Existen otros retratos de mujer, de la mano de Leonardo, que podrían perfectamente haberse puesto en primer plano. Está el de Cecilia Galleriani, «la dama del armiño», que no pocos críticos han elogiado como el cuadro más bello jamás pintado, el más perfecto. O el de Ginebra de Benci, esa niña mujer de rostro adusto y redondo. A ninguno de los dos les falta el misterio que despierta la imaginación… ¿Por qué entonces la popularidad incomparable de la *Gioconda*? Sucede que a todo lo largo del siglo XIX, cuando nacía el turismo y se escribían los libros que organizarían el canon del arte occidental, la *Gioconda* estaba a la vista de todo el mundo en el Louvre, mientras Cecilia y Ginebra languidecían en oscuras pinacotecas de Cracovia y Liechtenstein.

El robo de 1911 puso a la *Gioconda* en las primeras planas de los diarios. Y la fecha era la del comienzo de la reproducción fotográfica impresa masiva de la obra de arte. El impulso que le dio la noticia siguió actuando en forma natural, y la *Gioconda* reproducida infinitamente se volvió ícono indestructible.

Pero hubo algo más, otra inauguración civilizatoria, que colaboró en este proceso: la invención de la noticia planetaria. El periodismo había llegado a su mayoría de edad industrial, y entonces, en el lapso de unos pocos meses, sucedieron los dos hechos que justificaron esta madurez y la hicieron fructificar: el robo de la *Gioconda* y el hundimiento del *Titanic*. Los dos fundaron sendos mitos. Por ser las primeras fueron las noticias más grandes y fecundas. Todas las que les siguieron quedaron subordinadas a las condiciones de existencia de la sustitución. Fue pura justicia poética que una de las gotas fugitivas de la *Gioconda* creara una agencia noticiosa, y que lo hiciera en la China, el gran rompecabezas neuronal de la humanidad.

La agencia Gotactual se especializó en la busca del nuevo Graal, la cabeza de foca de oro y grasa que había empezado a pensar por los hombres. La pista a seguir era el tremendo melodrama de Gravedad, vagando por los desiertos del mundo después de dejar al Papa en el altar, vestido de novia con una cala en la mano. A Gravedad era imposible seguirlo, pero se podían calcular sus desplazamientos mediante logaritmos geográficos. Y además dejaba un rastro de baba. Estudiada en laboratorios, esa baba reveló estar compuesta principalmente por una sustancia orgánica, la newtonia, cuyas células tenían la capacidad de hincharse por acción del deseo sexual. La expansión era prácticamente ilimitada y la membrana de la célula tenía propiedades de flexibilidad y resistencia que revolucionaron la industria textil. En adelante se la usó para confeccionar las camisetas de los jugadores de basketball, que seguían haciéndose más altos y corpulentos.

Chispita, la gota graciosa, se dedicó al humor. Hilvanó una retahíla de viejos chistes y se presentaba a contarlos todas las noches en un bar de Baden-Baden, anexo al casino. Después de la actuación de un dúo de sopranos y antes de la del Robot de Acero Sensible, el maestro de ceremonias lo presentaba como «la gota más cómica del mundo». Los chistes eran deplorables, pero la gracia estaba en el contraste entre su tamaño insignificante y su voz estentórea, entre su desamparo de gota que las yemas de dos dedos bastarían para aplastar, y sus ínfulas de seductor haciéndoles ojitos a las gordas rusas de la *nomenklatura* que dilapidaban en el balneario los rublos que sus maridos habían extraído de la ubre soviética de la corrupción. Ya su aspecto, antes de que abriera la boca, le valía cierta indulgencia: el sombrero de copa, el frac entallado, el monóculo, el bastón, todo adaptado a la forma esfera, sin brazos ni piernas. No eran pocos los que habrían pagado por una reproducción, para llevársela de souvenir.

La temporada en el casino duraba tres meses. El resto del año Chispita hibernaba en un chalet de troncos en medio del bosque, haciendo vida de ermitaño, sin servicio doméstico y sin vecinos. Como tantos cómicos, era un melancólico y un misántropo. El humor se le terminaba en el momento de pronunciar el último chiste, y le dejaba un amargo vacío. Le habría gustado llamarse «Chispita, la Gota de Hiel». De año en año, no renovaba sus chistes, como si se hubiera propuesto ver cuánto resistían con vida, roídos, deshilachados, cayéndose a pedazos de tan usados. De noche se le aparecían, tratando de amedrentarlo, flotaban sobre su cama de dosel. Y cuando se convencían de que no servía de nada se escabullían al páramo, con gemidos.

Voz melódica, voz del bosque.

Bellos atardeceres clásicos en los países budistas. Hombres y mujeres caminaban por los barrios humildes llevando en la mano una jarrita de plata llena de agua. En la eternidad de la pobreza no podía intervenir ninguna novedad permanente. Lo único permanente era la eternidad cotidiana. Y sin embargo… De pronto todos alzaron la vista al cielo. Y en el cielo había gota, la gota que decidió hacerse visible. Era roja, rosa, verdosa, azafrán, anaranjada, turquesa, un poco fosforescente, aterciopelada, tensa, con un hoyuelo. Estaba llena de sí misma, hueca, vacía, un agujerito en el aire. Bajó lentamente, llegó al nivel de la tierra antes de que se hiciera de noche. Los budistas pobres quisieron apoderarse de ella. En su formato fluido, hacía de bisagra entre lo público y lo privado. La existencia de las masas indigentes asiáticas había tomado un carácter público de estadística y problema social; la privacidad y el secreto estaban limitados a la vida de los ricos. Las jarritas de plata, adquiridas con prolongados ahorros y cuidadas como tesoros personales o familiares, eran un antecedente de articulación público-privado. La gota las hizo anacrónicas. Al fin nadie se atrevió a tocar a la gota, alrededor de la cual creció un bonito parque, que por su carácter sagrado sirvió de refugio a los pequeños zorros que de otro modo se habrían extinguido.

Pero la selva seguía avanzando sobre los países budistas. Y con las selvas las serpientes, que se aventuraban a las aldeas, y bebían la leche de las cabras y la sangre de los niños. Se enroscaban en las piernas desnudas de los devotos del loto y los hacían trastabillar. Un contratiempo legendario que tuvo una solución histórica. Pues desde el momento en que los pobres renunciaron a transportar la consabida jarrita de plata, tuvieron las dos manos libres y pudieron presentar combate a las escurridizas sierpes.

La gota, entronizada en el centro del parque de los zorros, fue llamada Dios Próspero Brillantín. No se movía, no hablaba, no gesticulaba. Pero todos los pensamientos iban hacia ella. Los antropólogos del té la estudiaron en sus efectos sociales, y también en su sustancia. ¿Era de gel? ¿De seso? ¿De mantecol? No pudieron decidirlo. Por el olor, pensaron que podía ser una partícula de la Luna. Con los efectos no fueron más lejos, porque siempre eran indirectos, demasiado indirectos. El pueblo humilde creó la tradición de confeccionarles bonetes de seda a los zorros, cada familia de un color y estampado característicos. Tal como había sucedido con las jarritas, no escatimaban gastos con tal de disponer de las mejores sedas, aun privándose de comida. Los antropólogos estaban perplejos. Sentían que tocaban el secreto de la pobreza, pero lo tocaban de lejos, a control remoto.

Una gota se radicó en un país con nieblas. Vivía en una mansión afrancesada de tres pisos construida en lo alto de un farallón, incongruente y señorial. Instaló un teléfono en su escritorio en el último piso y desde ahí, aislado, con batín de tartán y tres pipas en la boca, mirando el revoloteo de las olas, manejaba sus empresas e inversiones financieras que cubrían el mundo. Ninguno de sus muchos empleados en oficinas de las grandes capitales sospechaba siquiera que el genio al que obedecían era una gota. Lo sabían extravagante, lo sospechaban misántropo, quizás con una veta de locura. Había adoptado un sistema de comunicación en base a imágenes, un sistema eminentemente antieconómico porque utilizaba decenas de miles de imágenes para significar cada palabra (y aun así menudeaban las confusiones); las decodificaban computadoras. Dada la naturaleza confidencial de sus mensajes, el método se justificaba por razones de seguridad, pero no era más que una excusa. Su verdadero propósito era enmascarar el supremo inverosímil de que un gran financista fuera una gota de aceite renacentista.

No todas las gotas adoptaron modos de vida tan caprichosos, ni vivieron aventuras o invenciones tan memorables. De hecho, la mayoría se adaptó al estilo medio del mundo, al conformismo escéptico de la mayoría, a las pequeñas satisfacciones domésticas o profesionales, a la rutina acomodaticia. Sus sueños eran los de todos, sus opiniones recaían en el fondo común. Y cuando tenían que votar (porque la democracia avanzaba por el mundo) se preguntaban, como nos preguntamos todos, cuál era el sentido último de la vida.

Todas las gotas eran la *Gioconda*, y ninguna lo era. La diosa submarina del Louvre ya no existía, ni en el Louvre ni en ninguna otra parte, y sin embargo se reflejaba en las mil membranas de la memoria de una humanidad sin ilusiones, pero no sin imágenes. El *déjà vu* salía del corazón de todos los seres, humo sin llama, flor sin fruto. En el mundo (el cálculo ha sido confirmado) no hay dos personas que estén separadas por más de seis conocidos. Vivos y muertos pueden hacer por igual de eslabones. Y la ley de la entropía social hace que la cadena se acorte siempre. La tendencia irreversible es hacia el reconocimiento. Las explosiones demográficas son implosiones. Va a llegar el momento en que un solo hombre, el contra–Adán, se cruzará consigo mismo y se encontrará idéntico, «como dos gotas de agua», o mejor dicho como una sola.

Una gota se quedó a vivir en la Argentina, el país de la representación. Adoptó el nombre muy argentino de Nélido y se dio al trabajo de encontrar novia. Para cualquier otro habría sido cuestión de horas. A él, que era tímido, torpe, sin conversación, le llevó años, y pasaron los años y no lo logró. Parecía haber una maldición, una mala suerte, pero ni él podía ocultarse que la suerte, buena o mala, había quedado atrás. Iba a todas las fiestas o reuniones donde lo invitaban, a locales bailables, a yoga, a un taller de pintura, a marchas y procesiones, buscaba desesperadamente, casi como un perro con la lengua afuera, sabía que a la ocasión había que atraparla al vuelo, que todo podía depender de un instante, para ello afilaba su atención, propiciaba su espontaneidad, ensayaba su simpatía. Y no es que no fuera sincero, todo lo contrario. Lo deseaba, y más que desearlo lo necesitaba, y cuando otro día había transcurrido sin quebrar la porcelana divina de su soledad, la amargura del fracaso le contraía su minúscula alma de gota.

Hasta pensó en hacerse puto. Después de todo, pareja era pareja, amor era amor, y quizás en una gota se notara menos. Pero lo descartó de entrada, no por escrúpulos morales o estéticos sino simplemente porque era más difícil. Y además él no quería hacer cosas raras sino lo que hacía todo el mundo:

tener una mujer a la que abrazar y besar y con la cual pasar las noches frías del invierno… Más normal que eso, imposible. Es el impulso original de todo ser vivo, el motor de la eternidad que mueve el coche del tiempo.

Quizás ahí estaba el problema: él no tenía el estímulo de lo perecedero. Después de todo, en sus momentos de sinceridad consigo mismo debía reconocer que había una diferencia entre una gota de óleo y un hombre joven, por lo menos desde el punto de vista de una mujer. Lo notaba todos los días, no sólo en sus cacerías infructuosas sino en sus mismas actividades. Y los dos planos no deberían estar tan separados, todo lo contrario: había leído en una revista que el ochenta por ciento de las relaciones amorosas se anudaban en el ámbito laboral. Él trabajaba en una fábrica de cajas de cartón, pero ahí no existía la posibilidad de hacer ninguna relación porque trabajaba solo, aislado en la pequeña imprenta de la fábrica, en la que por lo demás no había obreras mujeres. (Lo habían contratado para que untara con su cuerpecito redondo el sello a resorte que estampaba la leyenda «Industria Argentina» en el cartón.) De modo que toda chance quedaba limitada a su otro empleo, en el que entraba a media tarde después de salir de la fábrica: atendía un kiosco de golosinas y cigarrillos, de dieciséis a veintidós. Ahí sí se podrían haber presentado oportunidades, y en realidad se presentaban, pero no eran de las buenas. A un kiosco los clientes se asoman viniendo por un costado u otro, y es en el último momento, sin preparación previa, cuando ven al dependiente. De modo que no tienen otra expectativa (sobre todo por tratarse de algo tan trivial como la compra de un chocolatín o unos cigarrillos) que la provista por la especie humana corriente y su trato cotidiano con el prójimo. Al encontrar una gota colorida de un milímetro de diámetro en lugar de la figura familiar de un hombre, se sentían desagradablemente sorprendidos. Algunos no atinaban a disimularlo. El contacto se hacía incómodo de entrada, y así quedaba. Los clientes habituales, por su parte, dejaban de registrarlo y hacían la transacción en forma mecánica y distraída.

Con el tiempo Nélido creyó poder encontrar «en la enfermedad el remedio». Porque se le ocurrió algo bastante obvio. Si no era un hombre, si era una gota, y una gota proveniente de la más famosa obra de arte del mundo, ninguna ley humana lo limitaba, y entonces lo podía todo. Una gota de pintura en un cuadro no puede nada, depende enteramente del resto de materia que la rodea, y de las intenciones del artista, y del efecto, y de mil cosas más. Pero una vez que se ha independizado, que ha salido al mundo a probar el sabor extraño de la libertad, todo cambia.

Y sin embargo no fue así. Nada cambió. Qué raro. Quizás porque al cruzar el umbral de la realidad, las leyes comunes a todos los seres, desde el organismo más complejo al átomo, actuaban por igual. La realidad de la gota fantástica era igual a la realidad del hombre.

En otro nivel, esta misma confirmación que había experimentado un humilde kiosquero argentino se dio en el cosmos. Porque hubo gotas que franquearon la última frontera y salieron del planeta. Se dieron cuenta de que si habían seguido dando vueltas por el mundo de los hombres era por puro hábito, por no habérseles ocurrido probar las lejanías insondables del Universo. Una vez que una lo hizo, otras la siguieron. Era muy fácil para ellas. No necesitaban respirar, ni las afectaban las condiciones adversas del éter y las radiaciones. Como mucho se ablandaban un poco en las zonas de los soles, se endurecían en las picadas bajo cero. Y las distancias no eran un problema. Podían recorrer trescientos mil años luz en un segundo, gracias a la tabicación del tiempo que se había producido cuando se dispersaron. Así que las galaxias las veían pasar como flechas. Bajo los cielos rojos de esos crepúsculos en la nada, las gotas llevaban la organización de la materia, y dejaban boquiabiertos a los átomos y las partículas.

Nadie se aburría en el cosmos. Se diría que en esos abismos vacíos se decidían los resultados de feroces carreras, bólidos luminosos de compleja mecánica, en circuitos sin límites. La oscuridad se abría detrás de biombos de luz pintada en la nada, luz sin sombra pero no sin figuras. Y un solo punto oscuro en los biombos abría nuevos universos que volvían a ser el Universo. Curvas rugientes, haces de luz de los faros barriendo volúmenes de sótano titánico, paredones de nebulosa.

Dos gotas se encontraron en esos términos inconcebibles de lo paralelo. En un planeta lejano, en una bola de gas, en ferias de densidades, una gota proyectaba sombra sobre un suelo de átomos rocosos. Debido a su forma perfectamente esférica, la sombra siempre era igual, estuvieran donde estuvieran los soles y las lunas. Otra gota venía de la dirección opuesta en un cohete. Se comunicaban por micrófono. La sombra de la astronave formaba abanicos de fuelle doble. El cielo se mantenía negro, con tirabuzones de helio.

Desembarcaron a explorar. Las dos gotas, encerradas en sus escafandras, se balanceaban en las catorce mil atmósferas densas del planeta Carumba. Parada en el horizonte, en zancos, con collares de perlas, cartera amarilla y cabellera blanca agitándose en torbellinos de quarks, se hallaba la Perspectiva. Parecía indiferente, no miraba a nadie porque sabía que todos la miraban a ella: era lo que hacían las gotas, embelesadas. Desde que se desprendieran del cuadro, se habían sentido huérfanas de esa bella divinidad. Habrían querido volver a abrigarse bajo sus alas invisibles, pero ella no las veía. Sus ojos estaban fijos en el más allá. ¿Ese desamparo sería el precio que debían pagar por la libertad que les había permitido llegar tan lejos? Sin saberlo, se habían alineado en una figura de perfecta simetría.

Entonces sucedió algo. Con un trueno se rajó la concavidad negra del éter y apareció Gravedad, con su capa de plástico carmesí y sus zapatitos en punta. Las gotas se alarmaron, creyendo que iba a caerles encima y aplastarlas; para su alivio pasó por encima de ellas y se posó sobre la línea del horizonte, que se curvó hacia abajo. Perspectiva, que estaba sobre la misma línea, resbaló por ella y cayó en brazos de Gravedad. Él la esperaba con los brazos abiertos y la verga parada. Ella se enchufó justo, como un corazón precipitándose sobre una lanza. Cuando hicieron contacto hubo un ruido a beso y se difundió en todas direcciones una gran luz en líneas, sobre las que se recostaron las constelaciones. ¿Qué había pasado? Simplemente que al encontrarse dos gotas, la Perspectiva, siempre lejana, había tocado su propia cercanía. Y Gravedad, que desde hacía incontables milenios venía esperando esa ocasión, no la dejó escapar. Reconociendo el favor, volvió la cabeza hacia ellas, sin soltar a Perspectiva, y les guiñó un ojo, cómplice. Las dos gotas astronautas se maravillaban de que su presencia casual en un sitio que parecía Cualquier Parte hubiera tenido un efecto tan trascendental. Se habían acostumbrado, desde que abandonaron la tabla allá en el Louvre, a no causar efecto. El abrazo persistía, y operaba una transformación. Gravedad, tan severo y redundante, se volvía esbelto y gracioso; Perspectiva perdía su aire habitual desvencijado y se hacía compacta y palpable. Las nupcias se celebraron en una fiesta instantánea para la que no hubo necesidad de enviar invitaciones (las invitaciones habían estado viajando desde el Big Bang).

Las dos gotas se miraron, como diciendo «Mirá vos». A las dos se les había ocurrido lo mismo al mismo tiempo: ahora sí, el Papa se quedaría soltero para siempre. Se lo imaginaron, plantado al pie del altar allá en el Vaticano, con un vestido blanco, las calas en la mano, y una lágrima corriéndole por la vieja mejilla arrugada. Fue la última fantasía, la más realista.

La pareja de recién casados partió en auto, arrastrando ristras de latitas por el firmamento. Sería una Luna de Miel combativa, pues iban a librar la batalla final contra Evolución, la eterna soltera, que esta vez, roto el equilibrio de fuerzas (divide y reinarás), sería derrotada.

Pero las gotas que hollaban los límites fantásticos de la realidad... seguían en la realidad, y no podían evitar la melancolía.

*19 de junio de 2003*

# EL TODO QUE SURCA LA NADA

Al gimnasio van dos señoras que charlan sin parar; ocasionalmente con otros, entre ellas todo el tiempo. Parecen amigas de toda la vida, que lo tienen todo en común; teñidas del mismo matiz de rubio, la misma ropa, las mismas reacciones, seguramente los mismos gustos; hasta la voz la tienen semejante. Son de esas señoras de edad intermedia, pasados los cincuenta, que deciden ir juntas al gimnasio a hacer algo por su cuerpo, porque solas no irían. No es que estas dos necesiten mucho una actividad física extra, porque son flacas y activas y parecen en buena forma. Señoras de barrio, sin nada especial como no sea la locuacidad, que está lejos de ser una rareza. Tampoco necesitan el gimnasio para conversar, porque empiezan antes; llegan hablando; si en ese momento yo estoy en una de las bicicletas cerca de la entrada, oigo sus voces cuando suben la escalera; hablan en el vestuario mientras se cambian, hacen sus ejercicios juntas sin parar de hablar un momento, en las bicicletas, las cintas, los aparatos; y se van hablando. No fui el único en observarlo. Una vez las oía desde el vestuario de hombres (ellas estaban en el de damas), hablando, hablando, hablando, y le dije al instructor: «Cómo hablan, esas dos». Asintió arqueando las cejas: «Es terrorífico. ¡Y lo que dicen! ¿Las has escuchado?». No, no lo había hecho, aunque habría sido fácil porque hablan en voz alta y clara, como esa gente que no tiene secretos ni intimidades; se conforman a ese estereotipo de señoras de barrio, esposas, madres, amas de casa, como todas las demás, seguras de sí mismas y de su representatividad. Una vez, hace años y en otro gimnasio, había visto un caso parecido pero distinto, dos chicas que hablaban todo el tiempo, aun mientras estaban haciendo ejercicios aeróbicos muy exigentes; eran muy jóvenes y debían de tener unos pulmones formidables; un día que estaban en sendas colchonetas enfrentadas haciendo flexiones abdominales de las que dejan sin aliento, y no paraban de hablar, se las señalé de lejos a la instructora de ese gimnasio, que me dijo disculpándolas: «Es que son muy amigas y las dos trabajan todo el día: éste es el único rato que pasan juntas». No es el caso de estas dos señoras, que evidentemente pasan el día juntas: las he visto por el barrio haciendo compras, mirando vidrieras o sentadas en un café, siempre hablando, hablando, hablando.

Hasta que un día, por casualidad, seguramente porque se ubicaron en bicicletas vecinas a la mía, oí lo que decían. No recuerdo qué era, pero sí recuerdo que me causó una impresión rara, de una rareza que no pude definir en el momento pero que de algún modo inconsciente y más bien desganado (después de todo, a mí qué me importaba) me prometí explicarme.

Aquí debo aclarar algo de mí, y es que hablo poco, creo que demasiado poco, y creo que eso perjudica mi vida social. No es que tenga dificultades para expresarme, o tengo las dificultades normales que tiene todo el mundo para expresar algo difícil de poner en palabras, e inclusive diría que tengo menos, porque mi largo trato con la literatura ha terminado por darme una capacidad superior al promedio para utilizar el lenguaje. Pero no tengo el don del *small talk*, y es inútil que trate de aprenderlo o cultivarlo porque lo hago sin convicción. Mi estilo de conversación es espasmódico (alguien lo calificó una vez de «ahuecante»). A cada frase se abren vacíos, que exigen un recomienzo. No puedo mantener una continuidad. En pocas palabras, «hablo cuando tengo algo que decir». Supongo que mi problema, cuyas raíces bien podrían estar en ese largo trato con la literatura, está en que le doy demasiada importancia al tema. Conmigo nunca se trata sólo de «hablar» sino «de qué hablar». Y el esfuerzo de evaluar los temas mata la espontaneidad del diálogo. Dicho de otro modo: siempre tiene que «valer la pena» decir algo, y así no vale la pena seguir hablando. Envidio a la gente que puede iniciar una conversación con gusto y energía, y puede sostenerla. Los envidio porque ahí veo un contacto humano lleno de promesas, una realidad viviente de la que yo, mudo y solo, me siento excluido. Me pregunto «Pero ¿de qué hablan?», y a todas luces ésa es la pregunta equivocada. La agria incomodidad de mi trato con el prójimo proviene de esta falla. Si miro atrás, puedo adjudicarle a ella gran parte de las oportunidades perdidas, y casi todas las melancolías de la soledad. A medida que avanzo en años, más me convenzo de que es una mutilación, que no compensan mis éxitos profesionales ni mucho menos mi «riqueza interior». Y nunca he podido resolver la intriga que me provocan los conversadores: ¿de dónde sacan temas? Ya ni siquiera me lo pregunto, quizás por saber que no hay respuesta. No me lo preguntaba respecto de estas dos señoras, y sin embargo recibí una respuesta, tan inesperada como sorprendente, tanto que abrió ante mí un abismo pavoroso.

De pronto, en el fluir incesante del diálogo, una le estaba diciendo a la otra: «Le dieron los resultados de los análisis a mi marido, y tiene cáncer, pedimos turno con el oncólogo…». Eso lo registré, y me puse a pensar. Por supuesto, creí haber oído mal, pero no era así. No sé si reproduzco las palabras exactas, pero era eso lo que decía una de ellas, y su amiga le respondía, con la debida simpatía y preocupación pero sin demasiada sorpresa, sin soltar gritos o desmayarse. Y sin embargo la noticia era de grueso calibre. Demasiado como para intervenir en la conversación de un modo casual, en medio de otros datos y en un plano de igualdad con ellos. Me constaba que las dos llevaban una hora larga en el gimnasio, y habían estado hablando todo el tiempo; además, habían venido juntas, lo que significaba que la charla había empezado un buen rato antes… ¿O sea que habían estado tocando diez, veinte, treinta temas, antes de que le llegara el turno a éste, tan trascendente? Barajé varias posibilidades. Quizás la afectada había venido reservando deliberadamente este asunto fundamental, para lanzarlo «como una bomba» en cierto momento; quizás había estado reuniendo fuerzas para decírselo a su amiga; quizás una especie de pudor la había retenido hasta que el tema salió por sí solo. O bien podía ser que la noticia no fuera tan importante, por ejemplo si el que ella llamaba (por costumbre, para entenderse) «mi marido» era un ex marido del que estaba separada hacía muchísimos años y con el que ya no tenía ningún compromiso afectivo. Había explicaciones más audaces o imaginativas, como suponer que estaban hablando del argumento de una novela o guión teatral que una de ellas estuviera escribiendo (para un taller literario al que concurrieran juntas como concurrían al gimnasio); o que estuviera contando un sueño, sin usar los tiempos verbales adecuados a ese tipo de relato; o cualquier otra cosa. Apenas menos improbable que estas suposiciones era plantear que desde que se habían encontrado esa mañana, dos o tres horas atrás, habían estado hablando de asuntos más importantes y urgentes que el cáncer del marido de una de ellas, y éste llegaba en su debido momento, nada más. Absurda como parecía, esta explicación terminó siendo la más lógica y realista, o al menos la única que quedó en pie.

En el curso de estas reflexiones yo había recordado la ocasión anterior en que las había oído, y la sensación difusa de extrañeza que me había causado. Ahora podía ponerla en foco y explicarme retrospectivamente la extrañeza. Era lo mismo, pero había sido necesaria la repetición para que entrara plenamente a mi conciencia. Aquella vez se trataba (porque ahora sí lo recordé) de algo menos pasmoso como noticia: una le informaba a la otra que el día anterior habían empezado a pintar las paredes de su casa, y tenía todos los muebles tapados con sábanas viejas, y el descalabro usual de cuando «entraban los pintores»; la otra la compadecía, y ella respondía que con toda la incomodidad indecible que comportaba, era necesario renovar la pintura, no podían seguir viviendo en una tapera descascarada, etcétera, etcétera. La pequeña intriga que yo no había podido definir en mi mente era que esa noticia, tan central en la vida de un ama de casa, se pronunciara en medio de una conversación, y no al comienzo de la jornada, e inclusive que no hubiera sido anticipada días antes. Lo del cáncer del marido, ahora, me abría los ojos porque era mucho más chocante, aunque en esencia seguía siendo el mismo mecanismo.

A partir de ahí, empecé a prestar atención. Debo decir que no era tan fácil, por razones tanto físicas como psicológicas. De las primeras, la principal era que un gimnasio es un sitio muy ruidoso; los aparatos resuenan cuando se golpean las pesas de fierro, las poleas rechinan, el semáforo que marca los ritmos de actividad suelta unos pitidos agudos cada quince segundos, los motores eléctricos de las cintas zumban y gimen, el coro de bicicletas fijas puede hacerse ensordecedor cuando hay varias funcionando al mismo tiempo, todo el mundo habla y algunos gritan; y, por supuesto, el televisor está pasando ininterrumpidamente videos musicales a todo volumen, a lo que suele superponerse, en el salón del fondo, la música mucho más fuerte (hace temblar los vidrios) de la clase de aerobics. Las dos señoras, ya lo dije, hablan en voz alta, sin preocuparse porque las oigan, y en efecto es fácil oír que están hablando; lo que no es tan fácil es oír qué están diciendo, salvo que uno esté muy cerca. La continua movilidad a la que obliga una rutina de ejercicios me daba muchas oportunidades de colocarme cerca de ellas, pero, por lo mismo, no podía seguir cerca mucho tiempo sin despertar sospechas.

Aun así, lo que oí bastó para alimentar una perplejidad creciente. No importaba la hora, o el momento, que estuvieran llegando o yéndose, a la mitad de su rutina o en el vestuario o en las camillas de masajes con rodillo: siempre se estaban dando noticias importantes, y comentándolas con la debida avidez. Y si en un mismo día yo las oía dos o tres o cuatro veces, extremando mis maniobras de acercamiento, eran otras tantas noticias importantes, demasiado importantes para que siguieran apareciendo después de horas de conversación; pero, aun así, eran la única materia de conversación. «Con la tormenta de anoche se cayó el árbol del fondo de casa y me aplastó la cocina.» «Ayer nos robaron el auto.» «Mañana se casa mi hijo.» «Murió mamá.»

Eso no era *small talk*, de ninguna manera. Pero en realidad yo no sé lo que es el *small talk*; creía saberlo, pero ahora, al dudar de su existencia, ya no lo sé; si el caso de estas dos señoras puede generalizarse, entonces es posible que cuando la gente habla, lo hace porque tiene algo que decir, algo que vale la pena decir; empiezo a preguntarme si existirá el «hablar por hablar», si no será un mito que yo me había inventado para disimular mi falta de vida, que en el fondo es una falta de temas.

¿O es al revés? ¿No serán estas dos señoras el mito que yo he inventado? Salvo que ellas existen. Vaya si existen. Las veo (y las oigo) todos los días. Y no sólo existen en el «campo magnético» del gimnasio. Como dije, las he visto y oído hablar en la calle también. Ayer al atardecer, justamente, había salido a caminar y me las crucé, salían de una perfumería charlando animadamente. Alcancé a oír un par de frases al pasar. Una le estaba diciendo a la otra que el día anterior había tenido una discusión con la hija, y que ésta había terminado anunciándole que se iba a vivir sola… Eran las siete de la tarde, y ellas habían estado juntas y hablando todo el día (por la mañana habían estado en el gimnasio). Descarto la posibilidad de que digan esas cosas «para mí», no sólo porque sería una broma demasiado complicada y sin objeto, sino porque ellas no han registrado mi existencia, ni falta que les hace.

La respuesta a mis preguntas sería hacer una lista de todos los temas que tocan en un día, y ver si siguen una progresión (descendente) de importancia, como lo ordenaría el verosímil más elemental. Yo estaría en condiciones casi inmejorables para hacerlo, porque las tengo a mi alcance a primera hora de la mañana, en el gimnasio, durante dos horas largas… Pero no lo hice, ni lo voy a hacer. Ya mencioné los obstáculos físicos que se interponen, y dije que también había razones psicológicas. Estas razones se resumen en una sola: el miedo. Miedo a una cierta clase de locura.

Hay una ordenanza municipal por la que los taxis de Buenos Aires no pueden transportar animales. Como todas las demás leyes en nuestro país, ésta es a la vez letra muerta y letra viva. Con el hambre que hay, si una señora le pide al taxista que la lleve con su perrito faldero, hay diez probabilidades sobre diez de que se salga con la suya. Pero la ley sigue vigente, haciendo presión sobre las conciencias, como premisa fabulosa de cautela. Una de esas inerradicables leyendas urbanas cuenta que una vez una señora subió a un taxi con un mono tití disfrazado de bebé, con batita, escarpines, pañales y chupete, y el taxista no se dio cuenta del engaño hasta que el mono de un mordisco le arrancó media oreja. Como mucho habrá pensado, con la típica vulgaridad del resentido esclavo del volante, «Pobre mina, qué feo le salió el pibe».

Alguien me dijo una vez que hasta con una cabra se puede viajar en taxi, sin más trámite que comprometerse a tenerla aplastada contra el piso y en todo caso ofrecer una propina. A esa inmensa laxitud se llega en materia de obediencia a la legislación «autónoma». Y sin embargo, un taxista puede negarse a subir a un pasajero que lleva una planta. Insólito pero verídico, como cualquiera puede atestiguarlo. Y no me refiero a un árbol o a un rododendro de seis metros de circunferencia: una plantita cualquiera, en una maceta o una bolsa, un orégano, una orquídea prendida a un pedazo de viejo tronco, un bonsái.

Y ahí, si se les ocurre, pueden ser inflexibles. No valen protestas ni razonamientos, los taxistas se sienten investidos del poder de la ley y dejan a pie al pasajero con la plantita, aunque sea un anciano o una madre con niños pequeños (y encima embarazada) o un minusválido, o esté lloviendo. Por supuesto que la ley no dice nada de plantas, habla sólo de animales, y la extensión de la prohibición al reino vegetal es un patente abuso, injustificable.

Pero es así. Se produce una superposición de lo que es y lo que debe ser. Aunque sean contradictorias, las dos cosas persisten en la realidad al mismo tiempo. La misma «superposición por simultaneidad» se manifiesta más clara en el siguiente intento de responder a la pregunta: ¿cuántos taxis hay en Buenos Aires?

Hay muchísimos, basta con salir a la calle para convencerse. Si uno quisiera saber el número, podría preguntar, investigar, inclusive ir a consultar el padrón automotor de la ciudad, que supongo que debe de ser del dominio público. Pero el cálculo puede hacerse también sin preguntar (sin hablar), sin moverse del escritorio. Basta con deducirlo de un hecho del dominio público.

Cada tanto, en realidad con llamativa frecuencia, aparece en los diarios la noticia de que un taxista honesto ha encontrado olvidado en su vehículo un maletín con cien mil dólares, y se lo ha devuelto a su dueño, al que ha localizado con mayor o menor esfuerzo. Es un clásico de la información. El dinero en juego puede ser más o menos, pero siempre es una suma que le solucionaría todos sus problemas a un taxista, o a cualquier miembro de la clase media lectora de diarios; de ahí el impacto del hecho, lo exorbitante del precio que se cobra la honradez. Supongamos, inaugurando la serie de mínimos con la que me propongo realzar la credibilidad del cálculo, que en Buenos Aires tal cosa sucede una vez por año nada más.

Pues bien, si miramos los taxis ocupados que circulan por la calle, podemos preguntarnos, para empezar, cuántos están transportando a pasajeros que llevan consigo maletines con cien mil dólares en efectivo. Necesariamente tienen que ser muy pocos. La generalización de la operatoria financiera mediante cheques, giros, tarjetas y transferencias electrónicas ha vuelto bastante anacrónica la manipulación de billetes. Yo nunca he subido a un taxi (ni a ninguna parte) con esa cantidad de dinero encima, ni conozco a nadie que lo haya hecho, pero hay que admitir que existe gente que lo hace. Aun dejando de lado lo ilegal o delictivo, puede tratarse de empleados de grandes empresas que pagan los sueldos en efectivo, o gente que hace alguna operación inmobiliaria, o una inversión bursátil, en fin, no me incumbe. Digamos, quedándonos cortos otra vez, cortísimos, que uno de cada mil pasajeros de taxis lleva esa cantidad encima.

Ahora, tomando ese universo restringido, preguntémonos cuántos de esos pasajeros que viajan en un taxi con cien mil dólares en un maletín pueden dejárselo olvidado. Si fuera yo, no me lo olvidaría, ya fuera mío el dinero, ya fuera ajeno (no sé en qué caso me cuidaría más). Realmente es el colmo de la distracción. Hoy día, digan lo que digan, no hay nadie indiferente al dinero, sobre todo tratándose de grandes cantidades. De modo que bien podría calcularse que no más de uno de cada mil pasajeros que toman un taxi con cien mil dólares se los dejan olvidados. Quizás sea más que uno, por ese conocido mecanismo psicológico que hace que cuanto más se preocupe uno por algo, peor le sale. Pero si exagero en este rubro, queda compensado por lo corto que me quedé en el anterior.

Pues bien, tomando el universo ya muy restringido de los taxis en los que alguien se ha olvidado esa enorme cantidad de dinero, queda por calcular cuántos taxistas tendrán el gesto de suprema honestidad de localizar al dueño y devolvérsela. Esto ya es más delicado, y supongo que el cálculo se inclinará según la idea que se haga cada uno de la naturaleza humana. Hay quienes dirán que nadie es tan honesto; otros pensarán que ésa es una idea abstracta, y que puestos en el trance de la circunstancia real, la mayoría optará por quedar bien con su conciencia. Por mi parte, no sé qué pensar; nunca me he visto en la alternativa, nunca me he probado.

Lo estoy viviendo con un mero posible estadístico, y no sé cómo pasaría la prueba de la realidad; hay que recordar que la honestidad (por mucho que quiera creer en la mía) también es un concepto abstracto. Nadie es taxista por gusto; por lo menos no lo es toda la vida. Es un trabajo duro, y cien mil dólares deben de equivaler, hoy, a veinte años de taxi. Pesando los pros y los contras, yo diría que, en promedio, de cada mil taxistas puestos en la disyuntiva, uno devolvería el botín, y los otros novecientos noventa y nueve no.

Obtenidos estos números, invirtiendo el proceso, se obtiene la cantidad de taxis necesarios para que se dé un caso de que un taxista honesto devuelva los cien mil dólares olvidados en su vehículo por alguien que viajaba en él con esa cantidad encima. Como el caso se da en la realidad, y con bastante frecuencia, el resultado es mil millones (se lo obtiene de multiplicar mil por mil por mil).

Con lo cual queda respondida la pregunta inicial. En la ciudad de Buenos Aires hay mil millones de taxis. Es decir, a la vez los hay (por la persuasión del cálculo, que es impecable) y no los hay (¿cómo iba a haber mil millones de taxis en una ciudad de diez millones de habitantes?). Es simultáneo.

Con este resultado sólo en apariencia paradójico doy por terminadas las anotaciones que me proponía hacer en mi viaje a Tandil, donde llegué esta tarde. Antes de iniciar el diario de mi estada en esta bella ciudad serrana, resumiré en pocas palabras las circunstancias que me trajeron a ella.

Mi abuela cumplió ochenta y cinco años la semana pasada, bien de salud, alegre, optimista, cariñosa, lúcida, aunque con pequeños olvidos inofensivos propios de la edad, de los que ella es la primera en reírse. Todos nos reímos cuando se los cuenta a la familia, de la que es el alma y el centro. Y no es sólo con anécdotas risueñas que se ha ganado y mantiene esta centralidad. Su fuerza nos da las razones de existir que no encontramos en nosotros mismos. Muchas veces nos hemos preguntado cómo es posible que de un ser tan lleno de vida haya brotado una descendencia tan exangüe. Las dos generaciones que la siguieron (sus hijos y nietos), y me temo que será lo mismo con la tercera que ya empieza a nacer, carecemos de energía vital, y lo poco que hacemos, la poca esperanza con la que nos arreglamos para seguir adelante, la absorbemos de ella como de una fuente inagotable. Nos preguntamos con temor qué será de nosotros cuando nos falte.

Es fácil imaginarse el temblor que atraviesa la alegría con la que festejamos sus cumpleaños. Los ochenta fueron ocasión de una gran fiesta que reunió a toda la parentela en una especie de apoteosis de nuestra dependencia. A partir de ahí empezamos a sentir el transcurso amenazante de una cuenta regresiva. Los diecisiete lustros de este año también fueron celebrados con especial pompa. Sin decírnoslo, todos rumiábamos cuentas y cálculos. Al verla tan bien, podíamos darle sin exceso de ilusión diez años más de vida. ¿Por qué no? Noventa y cinco años no es una edad imposible. Y aun admitiendo una lógica declinación de su parte, diez años era un plazo considerable, quizás suficiente para que encontráramos nuestro camino y nuestra felicidad, y dejáramos de necesitar de su vitalidad para seguir manteniendo nuestro simulacro de existencia humana.

El día anterior al aniversario, una de mis tías le preguntó si no iba a jugarle a la quiniela el número de años que cumplía. Estuvo vacilando un poco, por coquetería. Tuvieron que insistirle: «¡No todos los días se cumplen ochenta y cinco años!». Era cierto, como es cierto que mi abuela es una empedernida quinielera que no deja escapar número. Una vez la atropelló un auto y le fracturó una tibia, y aun en medio de la conmoción y el dolor tuvo la presencia de ánimo de registrar los dos últimos números de la chapa patente del auto, y antes de que la metieran al quirófano mandó a un hijo a que se lo jugara, y ganó. Los dos meses que estuvo con la pierna enyesada se los pasó contándole el suceso a todo el mundo.

De modo que el día antes, en su habitual ronda de compras por el barrio pasó por la agencia de quiniela a hacer su jugada. Ahí la conocen bien y es una clienta favorita, con la que siempre están bromeando. Comunicativa como es, mi abuela empezó diciendo que cumplía años, y quería jugarle a las dos cifras de su edad. El quinielero la felicitó, por el cumpleaños y por la buena idea, sacó una boleta y se la empezó a llenar como hacía habitualmente. Entonces, ¿el número era…?

—Cincuenta y ocho —dijo mi abuela.

No era una broma. Se le había hecho una pequeña confusión en la cabeza, un cambio del orden de los números. El hombre le preguntó un par de veces buscando confirmación de lo que había oído; primero creía que era una broma, soltó una risita cómplice que no tuvo respuesta: ella repetía imperturbable «cincuenta y ocho», totalmente convencida. Se fue con su boleta, y sólo cuando estuvo de vuelta en su casa y la revisó antes de ponerla en la frutera, apretada entre dos manzanas (lugar cabalístico habitual para sus documentos de juego), cayó en la cuenta del error. Al día siguiente durante la fiesta nos contó el incidente, con su gracia habitual. También en la fiesta, se hizo un momento para ir a la cocina a escuchar a Riverito por la radio, y resultó que había salido el cincuenta y ocho a la cabeza y a los premios.

De ahí provino la plata para mi viaje a Tandil. Ella sabía que yo acariciaba desde hacía años el proyecto de ese viaje, sabía que era importante para mí. Qué no sabía de mí, y de todos nosotros. En la profunda comprensión de los mecanismos de la desidia y el temor que movían a todos sus descendientes, sabía que yo nunca emprendería el viaje sin un estímulo externo, que sólo ella podía darme.

Siempre me he sentido su nieto favorito. He vivido sobre esa certidumbre, si es que puede llamarse «vida» al sinuoso merodeo por la realidad al que se reduce mi experiencia. Mi abuela no se demoró en darme espontáneamente la mitad del monto del premio, «para tu viajecito». No necesitó decir más, porque los dos sabíamos a qué se refería. Pero esa clase de proyectos postergados son comunes en mi familia, y casi todos sus hijos, nietos y yernos se habrían podido beneficiar como yo de su generosidad. ¿Había debido elegir? ¿Adónde iría a parar la otra mitad del dinero? No me lo pregunté. Quizás porque la respuesta me llevaría a conclusiones incómodas. Después de todo, dada su función de dadora de vida, su preferencia por mí sólo podía significar que yo era el más necesitado.

El viaje estaba (está) relacionado con la que todos estos años ha pasado por ser mi «vocación»: la literatura. Sé que mi abuela preferiría que viva. Por supuesto, es lo que preferiría yo también. Pero tengo la obstinación de los débiles de voluntad, y me aferro a una profesión que no es tal, para la que quizás no nací y en la que hasta la fecha no he dado ni la más mínima prueba de capacidad. Me obstino, precisamente, en afirmar que en la literatura no es necesario presentar pruebas. En mi fuero íntimo nunca sentí el llamado vocacional de las letras, ni me imaginé haciendo el trabajo correspondiente. Si soy sincero conmigo mismo cuando respondo por las profesiones que habría adoptado con gusto, si hubiera tenido el vigor necesario para vivir de verdad, tengo que enumerar, en este orden: peluquero de señoras, heladero, embalsamador de aves y reptiles. ¿Por qué? No lo sé. Es algo profundo. Pero al mismo tiempo puedo sentirlo en la piel, en las manos; a veces durante la jornada, sin querer, adopto los gestos de estos trabajos, y hasta creo experimentar como una ensoñación de los sentidos el placer de la faena bien hecha, el impulso a superarme, y hasta se esboza en mí, como un sueño dentro del sueño, el proyecto de publicitar mis habilidades, ampliar mi clientela, modernizar mis instalaciones.

Lo que tienen en común mis tres vocaciones irrealizadas es una cierta aproximación lateral a la escultura, a formas fugaces y degradadas (vergonzantes) de la escultura. Mis observaciones en este campo me inducen a pensar que toda vocación frustrada apunta de un modo u otro al arte de la escultura.

Si es así, la intensa frustración que he sentido hasta el momento frente a la literatura también debería estar referida a la escultura. De hecho, ahora que lo pienso, si he puesto mis esperanzas de «escritor» y mi deseo de distinguirme como tal en la busca de «nuevas formas de asimetría» (tal es el título de mi único libro publicado), ha sido por una torcida analogía con el plexo plástico tridimensional.

El viaje a Tandil me puso por fin ante la experiencia en sí. Metí un cuaderno en el bolso y vine todo el trayecto en el ómnibus escribiendo estas notas preliminares. Ahora, al empezar el diario, quiero poner una dedicatoria. La lealtad, el agradecimiento, la elegancia y el mandato de simplicidad indican que la destinataria debería ser mi abuela. Pero no es así.

Un impulso oscuro me lleva a poner otra cosa, esto (que como dedicatoria es bastante insulso):

«A mis queridos órganos de la reproducción».

Se acerca la medianoche, estoy sentado a la mesita contra la pared de este cuarto de hotel de Tandil. La puerta, cerrada con traba, lo mismo que los postigos de la ventana. Por una vez, no debo buscar un tema. Porque hoy, apenas llegué, me sucedió un hecho portentoso que no sólo me da tema sino que me vuelve tema a mí mismo. Pues a nadie le ha sucedido antes algo igual. Soy el primero, el único, y a la vez que eso me obliga a dar testimonio, me simplifica la tarea de darlo, pues cualquier cosa que diga y de cualquier modo que lo diga será automáticamente (por ser yo el que lo dice) testimonio y prueba.

Es la literatura propiamente dicha. Ahora puedo verlo. Todo lo anterior, todo lo que pasa por literatura para el mundo, escritores incluidos, vale decir la busca laboriosa de temas y el extenuante trabajo de darles forma, cae como un castillo de naipes, como una ilusión juvenil o un error. La literatura empieza cuando uno se ha vuelto literatura, y si hay una vocación literaria no es otra cosa que esta transubstanciación de la experiencia que hoy se ha dado en mí. Por puro azar. Por un encuentro casual, y la revelación consiguiente.

Le vi la espalda a un fantasma. Fue hoy, hace un rato, poco después de llegar. De la terminal de ómnibus vine al hotel, me registré, subí al cuarto a dejar el bolso y salí casi de inmediato a dar una caminata para estirar las piernas y conocer la ciudad. Tandil es poco más que un pueblo grande levantado en medio de la pampa, a los pies de unos cerros que son de los más viejos del mundo. A esa hora parecía cobrar algo de vida: se reunían jóvenes en las esquinas, los empleados volvían a sus casas, entraba gente a los cafés; pero sólo en la reducida área céntrica. Cuando volvía al hotel, dando un rodeo por calles algo más apartadas (no mucho), el panorama era desolado, tanto que en un largo trecho no vi un alma. Por la hora, ya debería haber sido de noche. Un resto de día persistía suspendido en el aire. Los colores se habían cubierto de un plateado uniforme, y reinaba un gran silencio. Las calles rectas se extendían hasta el horizonte, tan iguales que en una esquina creí haber perdido la orientación. No era así, pero cuando retomé la marcha, ya seguro del rumbo, lo hice un poco más rápido y prestando más atención. ¿Atención a qué? No había nada en qué fijarla.

Quizás por esa lívida ausencia que se había hecho a mi alrededor advertí un pequeño movimiento, que en el trajín urbano no habría notado. Era menos que un movimiento, su sombra, el cambio de lugar de un pedazo minúsculo de aire, o ni siquiera eso. Estaba pasando frente a una casa abandonada, cuya fachada se ahuecaba en una especie de *loggia* con columnas, seguramente un capricho de uno de esos tradicionales constructores italianos que edificaron los pueblos de la provincia. El tiempo había oscurecido el gris del estuco, y el crepúsculo sombrío se rendía del todo más allá del arco. Allí en el fondo, a media altura contra la puerta clausurada, flotaba un fantasma. El movimiento que me había indicado su presencia debió de haber sido un tic. Lo había remplazado una intensa fijeza. Me miró, nos miramos, apenas un instante, el momento apenas que necesitó la alarma para formarse en sus rasgos exhaustos. Yo no tuve tiempo para sentir miedo; a él le bastó para dar media vuelta y volver a entrar. Evidentemente, fue un azar que él no pudo anticipar lo que me permitió descubrirlo. Por un conocimiento habitual acumulado en décadas de aburrimiento, el fantasma debía de saber que a esa hora nunca pasaba nadie por ahí. Pero ese «nadie» no me incluía. Yo era un forastero recién llegado, en una caminata ociosa por donde me llevaran mis pasos. La conjunción lo sorprendió desprevenido, interrumpiendo su «salida a la vereda a tomar el fresco», que quizás repetía un hábito vespertino de sus antiguos años de vida. Y la sorpresa lo hizo reaccionar dándose vuelta y volviendo a entrar por donde había salido (atravesando la pared), sin darse cuenta, en lo instintivo del gesto, que ofrecía a mi mirada algo que ningún hombre había visto nunca: su espalda.

La humanidad ha visto mucho, a lo largo de su prolongada historia; se diría que «lo ha visto todo». Y yo mismo, aun en lo limitado de mi experiencia, podía pensar que lo había visto todo. El individuo repite los «todos» y las «nadas» de la especie, pero siempre hay «algo» que sobra o que falta. Sólo lo irrepetible es vida. Ese «algo» irrepetible es una sola cosa, única, en la que se tocan como en un doble vértice inconcebible los mundos de la vida y la muerte. Y nadie había visto, hasta hoy, la espalda de un fantasma.

Fue una fracción mínima de tiempo, pero la vi. De pronto la escena se había disipado, y yo seguía mi marcha, ahora sí acelerando, apuradísimo por llegar, encerrarme en mi cuarto (el plano del cual, con la mesa y la silla, y hasta el cuaderno abierto sobre la mesa, se pintó vívidamente en mi imaginación) y ponerme a escribir. Fue entonces que me dije por primera vez: la literatura… Más bien me lo grité interiormente. Y no necesitaba decírmelo: lo sentía en cada fibra del cuerpo. Tanta era la excitación que esta vez sí me perdí de veras. Tuve que extremar mis recursos de orientación para encontrar el camino, siempre más y más rápido. Casi corría. Aun así, cada pocos pasos metía las manos en los bolsillos y sacaba la bic y unos papeles que llevaba encima casualmente (el boleto del ómnibus, la tarjeta del hotel, unos tickets) y garrapateaba una nota, deteniéndome apenas, para después retomar la marcha más rápido que antes.

Y aquí estoy, al fin. Escribo como un poseído. No es para menos: una vida entera de aventuras y estudio podría no haberme dado una justificación tan plena. Llego fluidamente al punto climático: la descripción de esa espalda que siempre se hurtó a los ojos de la humanidad.

Pero… No sé si será la impaciencia, o el exceso de energía que me posee desde que el fantasma se volvió, pero me ha dado un dolor agudo en medio del pecho, un dolor que crece sin cesar y me está obligando a hacer unas muecas horribles. Se hace insoportable al escalar a un pico espasmódico, y cuando parece que va a pasar, no pasa. Me cuesta escribir. Se me nubla la vista, tengo los ojos entrecerrados, y las mandíbulas tan apretadas para no gritar que se me podrían pulverizar las muelas.

En este momento, mientras sigo tratando de trazar letras y palabras cada vez más deformadas, se me hace clamorosa la idea de que podría morirme aquí donde estoy, sobre mi cuaderno abierto. Justo antes de contar lo que vi…

¿Es posible? ¿Es concebible tanta mala suerte? Ahora el dolor ha disminuido un poco pero es peor: siento cómo se desgarra la cámara interna del corazón con «un ruido de cortar seda», y se hacen unos borbotones adentro, se mezcla toda la sangre… Mi mano que escribe se estremece y empieza a amoratarse… no sé cómo logro mantener en movimiento la lapicera…

Ya tengo la vista turbia, la fijo desesperadamente en las rayas que sigo haciendo… En la periferia ya casi oscura veo los papelitos arrugados con las notas que tomé en el trayecto… Eso es lo único que quedará como testimonio de mi visión… Pero no llegan a ser notas, son apenas recordatorios crípticos que nadie podrá entender (la maldita manía de las abreviaturas). Mi muerte las dejará indescifradas para siempre… salvo que alguien muy inteligente, con un minucioso trabajo (años, o décadas) de inducciones y deducciones, logre hacer una reconstrucción plausible… Pero no, ese trabajo sólo se hace con el espolio de un gran escritor; con el mío nadie se va a molestar…

O bien yo podría dejar las claves… Pero es imposible. No tengo tiempo. No puedo mantener el ritmo y la tensión de una buena prosa, como la que me gustaría haber escrito, y que me habría vuelto un gran escritor al que valiera la pena estudiar. Ya no puedo hacer más que garabatear con mis últimas fuerzas unas frases sueltas, casi incoherentes… No tengo tiempo porque muero… Morir es el precio exorbitante que un fracasado como yo paga por volverse literatura… Lo que más me duele es que en realidad tuve tiempo (ya no lo tengo) y lo desperdicié lamentablemente… La lección, si es que una

lección puede redimir aunque sea de modo parcial el desper-
dicio de una vida, es que hay que ir directamente al grano...
Debí haber empezado por lo importante, por lo que nadie más
que yo sabía... Ni siquiera habría debido renunciar a la progresión y equilibrio de un relato bien hecho, porque los prole-
gómenos podía escribirlos después y al pasar en limpio poner
cada cosa en su lugar... Esa imbécil compulsión a contar siguiendo el orden en que pasaron las cosas...

*8 de diciembre de 2003*

# EL HORNERO

La hipótesis de la que parte esta investigación es que el ser humano actúa movido por un estricto programa instintivo, que se manifiesta siempre, en todas las ocasiones de su vida, hasta las que parecen más caprichosas o voluntarias; su libre albedrío «cultural», según esta hipótesis, no es más que una ilusión benévola con la que nos engañamos, ella misma también parte de nuestra carga innata. La propuesta suena arriesgada o directamente fantástica: la loca variedad de las vidas humanas, sin ir más lejos la extravagante irisación del pensamiento, lo imprevisible de la menor reacción o inspiración que nos asalta en cualquier momento, parecen desmentir la mera probabilidad de que todo esté preordenado; y si ya parece erróneo postularlo para una sola persona, ¿cómo explicar en esos términos las incalculables diferencias de humano a humano, así sea entre los más próximos y familiares? Pero justamente, la hipótesis propone que ésa es la ilusión, y basta con aceptar (no digo que sea fácil hacerlo) su calidad de ilusión para que todo se simplifique, para que las variaciones se despojen de pertinencia y caiga el velo que disimulaba la esencial uniformidad instintiva del hombre. No es necesario renunciar a esas variedades, ni sacrificar sus diferencias de «superficie» a una esencia de «fondo»; no existe tal esencia, todo es superficie. Pero ¿qué impide que toda la microscopía innumerable de los actos, pensamientos, deseos, sueños y creaciones de nuestra vida, todo lo que va sucediendo segundo a segundo desde que nacemos hasta que morimos, esté inscripto de antemano en nuestros genes, y que ese programa sea el mismo para toda la especie? Hoy día, la ciencia nos ha acostumbrado a prodigios informáticos mayores que ése. El hombre siempre estuvo muy seguro de obedecer a causaciones libres y superiores, «culturales»… Pero también desde siempre postuló esta misma hipótesis de la programación instintiva y la aplicó, con rigor fanático, a los animales.

No sé si habrá un modo de persuadir a nadie. La idea es demasiado chocante y arbitraria; y en cierto modo se muerde la cola, porque si nuestra programación no la incluye, ¿cómo podríamos aceptarla? Pero quizás sí la incluye, como lo prueba el hecho de que se me haya ocurrido a mí (y a otros antes). Lo que sí es cierto es que la persuasión está incluida en nuestros dones instintivos, lo mismo que la ficción.

Lo que el hombre ha venido creyendo de los animales es tributario del campo de la ficción. No digo que no sea cierto. ¿Cómo podría decirlo? Tomémoslo en su valor facial: se puede invertir la perspectiva. Supongamos, en honor de la demostración, el razonamiento que podría hacer un animal cualquiera sobre el asunto. Se me dirá que los animales no hacen razonamientos. Muy bien, no tengo inconveniente en cambiar la palabra; de todos modos, es apenas una cuestión de definiciones (y además, sé que no me estoy expresando bien). El «razonamiento» de un animal sería otra cosa, para la que no tenemos un nombre porque justamente siempre nos hemos mantenido de este lado. Olvidemos los cuentos y las fábulas, la hormiguita viajera, el oso gruñón, la zorra y el cuervo… O, mejor que olvidarlos, llevémoslos a sus últimas consecuencias. En lugar de «ficción» digamos «traducción», y hagamos traducción a fondo: es el momento de hacerlo, por lo demás, porque sólo la traducción puede llegar a fondo en este tema de la dialéctica naturaleza/cultura. Creo que va a quedar más claro con un ejemplo, pero haciendo la salvedad de que no es un ejemplo en el sentido convencional, de un particular extraído al azar de un general mediante el discurso. Esto es todo general, del principio al fin, general puro.

Supongamos un hornero, en el año 1895, en la provincia de Buenos Aires. Mantengamos un momento la perspectiva humana, para hacer mejor contraste.

El hornero comienza a edificar en otoño... mientras construye el nido el ave no pierde de vista a la gente... cuando la obra ha alcanzado su forma globular... se aparea para toda la vida y encuentra su alimento, que consiste en larvas y gusanos, sólo en el suelo... se pavonea con aires de gran gravedad... su voz fuerte, tintineante y animosa...

¡Basta! El lector ya habrá reconocido el tono. Es un hombre el que habla, un naturalista. Como todos los estilos, éste da por sentado la eternidad de su objeto. Hemos hecho de la vida de los animales una travesía de estilos; en el proceso, hemos vuelto nuestras vidas una travesía de estilos (por eso puedo llevar a cabo este experimento).

El hornero estaba construyendo su casita. Digamos que era el otoño, para no salirnos demasiado del verosímil, o por gusto nomás. Las tardes enormes del campo. Un chaparrón a las cinco. El 16 de abril de 1895. Retomemos una frase del párrafo del naturalista: mientras construye el nido el ave no pierde de vista a la gente (en su contexto, esta observación tiene por función explicar por qué la entrada de la casita queda siempre orientada hacia la casa o ranchos cercanos, o el camino). En sus largos ocios, el hornero pensaba...

Pero ¿es posible? ¿Es posible hacerlo, sin caer en Disney? ¿No es llevar demasiado lejos la traducción? Porque se puede aceptar el uso del verbo «pensar» como traducción, como un modo de entendernos, para referirnos a lo que sucede en el cerebro del animal, o en su sistema nervioso, o más precisamente: en su vida y en su historia. Pero ¿se puede aceptar el contenido de ese pensamiento? Aceptamos que yo diga que piensa. ¿Podemos aceptar que diga qué está pensando? Creo que sí. Porque es lo mismo.

Pues bien, ¿qué es lo que pensaba? Nada. Tenía la mente en blanco. El cansancio, la angustia (estas palabras también están tomadas como traducción, lo mismo que todas las que siguen; es la última vez que hago la advertencia) lo habían dejado estupefacto.

En la «traducción hornero» de sus sentimientos se sentía abrumado por una suma de calamidades, que era como veía su vida. ¡Tanto trabajo, tanto sufrimiento, tantas obligaciones! Y todo en la incertidumbre, en la necesidad de estar eligiendo siempre, sin saber nunca si elegía bien… Su única certeza, que anulaba el único consuelo posible, era que había una vía correcta, un modo de hacer las cosas bien, de ser feliz. Y nunca tomaría esa dirección, o la tomaría sólo para abandonarla en el primer cruce. Esta certeza se la daba la visión de los hombres, que tenía siempre frente a él. Ahora por ejemplo: la familia había salido a la galería de la casa, después de la lluvia, y estaban tomando mate. Les envidiaba el automatismo instintivo con que actuaban, los hombres y todos los demás animales, salvo el hornero, la especie maldita (según él). Se estremecía viéndolos cebar, pasándose el mate, toda esa ceremonia complicada, con uso de instrumentos, acompañada de palabras, gestos, movimientos… ¡Qué asombroso el instinto del hombre! Le permitía llevar a cabo ese intrincado ballet (y muchísimos otros: los estaba viendo siempre) sin vacilaciones, sin pensarlo, sin preguntarse si era lo correcto o no, sin deliberar, todo porque sí, porque así estaba escrito en los registros inmemoriales de su especie feliz. Mientras que él… Los horneros, se decía, habían pagado con el debilitamiento extremo del aparato instintivo la adquisición de las habilidades que les permitían sobrevivir. Era inútil, y quizás desagradecido, quejarse, pero sentía que había perdido demasiado. El ejemplo de los hombres se lo decía. Los hombres vivían, y sabían de antemano cómo vivir. El hornero estaba a merced del azar horrendo de las ideas, de las ocurrencias, de los estados de ánimo, de la voluntad y sus infinitos desfallecimientos, del clima, de la historia.

¿Cómo habían sabido que era la hora de tomar mate? En ellos la lluvia y su cesación no tenía nada que ver, porque solían tomar mate sin que lloviera o dejara de llover, o bien podía dejar de llover y no lo hacían. ¡La sabiduría insondable del instinto! Y cuánto lo disfrutaban, los desgraciados. Si se ponía a pensar que el mismo instinto los había llevado al almacén a comprar la yerba, a la cocina a poner a hervir el agua, a la cama a dormir la siesta… Eran perfectos. Máquinas perfectas de vivir. Toda una lección para un torturado infeliz como él. Pero ¿qué podía hacer, si la naturaleza no había dotado a su pobre especie de un instinto digno de ese nombre, como a todos los demás seres del mundo? No tenía sentido lamentarlo por lo que pasó, por ese fatídico desvío en la evolución que sacó al hornero de los caminos seguros de la adecuación… Quizás la solución estaba en seguir adelante, ir al fondo de la inadecuación hasta recuperar… No, era inútil, y además peligroso; no convenía empeorar las cosas.

A todo esto, cada vez se sentía peor. Tenía vértigo, todo le daba vueltas. ¿Qué estaba haciendo ahí, en la horqueta del tala, a seis metros del suelo? Él era un animal de tierra, la altura le hacía mal. Pero sucedía que por el momento no podía bajar porque una rata andaba rondando al pie del árbol, hambrienta y malhumorada. Bastaba que cayeran dos gotas para que a esa rata imbécil se le inundara la cueva, y se ponía frenética, asesina. Es cierto que él podía volar lejos y aterrizar en cualquier parte y caminar un rato, aunque más no fuera para descargar la inquietud. Pero era engorroso; después había que volver… ¿Y dónde encontrar un lugar practicable, con la cantidad de charcos que se habían formado? Valía más quedarse donde estaba, tratando de controlar el mareo. Además, tenía que esperar a la hornera, que había salido antes de la lluvia y quién sabe dónde se había metido; volvería mojada, embarrada, protestando, y tendrían que dormir húmedos y hambrientos, en esa ruina… Se volvió a mirar el nido a medio hacer. La indecisión le produjo un vértigo mental, que se sumó al físico y estuvo a punto de hacerlo caer como una piedra. La lluvia había elegido con sadismo el peor momento. Al cesar justo a la hora en que él habitualmente se disponía a interrumpir su jornada, lo ponía ante una de esas alternativas difíciles que eran la historia de su vida miserable. Porque al salir el sol entre las nubes quedaban por lo menos dos horas de luz. Ponerse a trabajar no era tan instantáneo; necesitaba un buen rato para poner en marcha el mecanismo de acarreo, amasado, etcétera. Dos horas no era poco, daba tiempo para levantar unos centímetros, quizás todo lo que había estropeado la lluvia, que era el sector fresco, su trabajo de la mañana. Pero ya había perdido una hora mirando a los humanos, hundido en sus ensueños pesimistas. Y ahora, ¿valía la pena ponerse, o no? El barro debía de estar demasiado chirle, pero abundaba… Se le habían ido las ganas, y al mismo tiempo sabía que se iba a culpar si no hacía nada. Pero ¿qué podía hacer, en el poco tiempo que le quedaba de luz? Si no lo hacía, no le quedaba más que seguir deprimiéndose. Fue esto último lo que prevaleció. Un día perdido.

El nido estaba por la mitad. No existía. Un origami de barro. De acuerdo: mañana a primera hora ponía manos a la obra. ¿O hacía algo ahora? Podía jurar que quedaba más tiempo del que parecía; después de la lluvia siempre el día se alarga. En fin… Mañana. Al menos quedaba el consuelo de que haría buen tiempo. Las nubes se habían ido, no quedaba una en todo el cielo.

El hornero veía su arte constructivo como una suma de formas vagas e inútiles, de las que salía por causalidad algo equivalente a una función. Debería tomar ejemplo, se decía, de los hombres, de sus casas hiperfuncionales, automáticas, siempre iguales: paredes verticales, techo, aberturas, régimen de ingreso y salida… ¡Ellos sí que no tenían preocupaciones de arquitectura! Lo hacían como lo hacían, lo hacían y basta, siempre lo mismo, y les duraba eternidades. Por ejemplo la ubicación. Un instinto infalible («el» instinto) los hacía construir siempre en el suelo, siempre pegado al suelo, sobre la superficie. No tenían que elegir; la naturaleza había elegido por ellos. Un hornero en cambio estaba sujeto a las más imprevisibles inspiraciones: un poste, un árbol, un techo, un alero, a cinco metros del suelo, a siete, a quince… Y estaba el tipo de barro por el que se decidiera, la proporción de hierba o crin… Prácticamente no había nada fijo a lo que asirse (al menos así lo veía él). ¡Y los accidentes! La lluvia de hoy sin ir más lejos. Estaba a merced de las circunstancias, cualquier minúsculo detalle podía cambiarlo todo, las consecuencias del menor acontecimiento se proyectaban hasta el fin de su vida, volviéndola tan abigarrada y barroca por la superposición que se hacía invivible. Los hombres en cambio, lo mismo que cualquier otro ser vivo en el planeta, tenían un modo de neutralizar lo accidental, el instinto vigoroso y bien estructurado les permitía crear circunstancias improvisadas con las que anular todo lo aleatorio. ¡Y él no! ¡Él solo en toda la creación! Eso se debía a que el hornero era un individuo, todos los horneros lo eran, y el hombre era una especie. La especie estaba firmemente asentada en lo necesario, el individuo estaba en el aire, en el vértigo, en lo casual.

Pero esa excepcionalidad, ¿no tenía sus ventajas? ¿No debería tenerlas? Siempre que se paga, se decía el hornero en lo profundo de su enorme desazón, se obtiene algo a cambio. Y «la raza maldita» a la que pertenecía había pagado un precio cuantioso: la renuncia a la paz de vivir sin preocupaciones, generación tras generación, entregados con feliz confianza a los dulces mecanismos de la naturaleza. Era imposible que a cambio de tanto no recibiera nada. Tenía que haber ventajas, y las había, grandes, definitivas. Se resumían en una palabra: libertad. Tenía la libertad. Bastaba con disfrutarla.

¡Como si fuera tan fácil!, exclamó para sus adentros en un estertor psíquico, y levantó los ojos doloridos al signo con el que el mundo había escrito la palabra «libertad»: el cielo. En su comba vacía se había desplegado un arcoíris. Lo veía un poco de costado, en diagonal, y así era más monumental, más formidable. Lo veía cargado de resonancias «poéticas», «filosóficas», «morales», «estéticas» (me manejo con equivalentes, pero confío en ser entendido), mientras que los humanos, que también lo estaban mirando, veían el simple fenómeno meteorológico que era, el simple presente que era. Y detrás, el ampo rosa del crepúsculo.

¡Sí!, se exaltaba el pobre infeliz, ¡la libertad! El vuelo inmenso sobre el mundo, sobre los mundos. ¡Eso no lo tenían los humanos! Sobre ellos caía desde la primera infancia la persiana inflexible del instinto, y todo el resto era obedecer ciegamente a los dictados de su naturaleza. Mientras que el hornero avanzaba por el camino de las posibilidades infinitas.

Pero ese camino se parecía demasiado al vacío. Su estado actual, lo que sentía como un envejecimiento prematuro, un agotamiento en el fuego incesante del esfuerzo de tratar de vivir, probaba que la libertad era su propio exceso. En realidad, había que volver a definir la libertad, y en esa redefinición él quedaba mal parado. Los seres que vivían apegados a una naturaleza incontaminada, como los hombres, eran libres en un sentido superior. ¿Esclavos del instinto? De acuerdo, pero también había que redefinir «instinto»; y si el instinto equivalía a lo infalible, a la felicidad, ¿qué mayor libertad había? Todo lo demás eran ilusiones. No se perdía nada.

Los humanos allá en la galería ya terminaban con el mate. Porque se había enfriado el agua, porque se había lavado la yerba, porque se habían satisfecho… En una palabra: porque lo decía la Ley grandiosa que gobernaba todas las pequeñas causas; el universo entero se manifestaba entre los humildes y los mansos, y al acudir a ellos como un dios, se ponía a su servicio, los obedecía. El Tiempo, que todo lo destruye y domina, se remansaba en el presente eterno de la vida simple. Tranquilos y sensuales, ajenos a los tormentos de la conciencia y la duda, seguros del fluir suave de la vida, del apareamiento, de la reproducción, de la muerte; la muerte también: ellos sí podían decir «morir, dormir, quizás soñar». No tenían temores… Y ellos también tenían «resonancias». Cuando miraban como ahora el cielo rosa y violeta, el campo cristalino, la hora detenida en las espiras livianas del aire, ellos también sentían la metafísica, la poesía, la moral, la estética, ¡y mejor que él, porque veían la realidad sin velos! Si se le ocurriera imitarlos, como lo había intentado alguna vez, no serviría de nada: sería un capricho más de la conciencia, un ejercicio más destinado al fracaso, de los tantos en que se agotaba probando y probando…

Ahora hablaban. Habían estado hablando todo el tiempo, seguros, serenos, con sus palabritas secas, sus susurros. Ése era otro punto sensible para el hornero. Si bien no era un área importante (para nosotros los humanos sí lo es, para él no; lo que indica que no hay que apresurarse a hacer la contratraducción: las equivalencias, aunque completas, no son simétricas), le resultaba especialmente doloroso. Lo que salía de la garganta de los hombres era funcional, simple, manejable; lo del hornero, el canto, el pío, era un garabato onírico en el que se mezclaban caóticamente la función y lo gratuito, el sentido y el sinsentido, la verdad y la belleza. Los hombres no tenían problemas por ese lado, la Naturaleza se los había hecho fácil: desde que nacían o poco menos (desde que, en su primer año de vida, caía la «persiana» del instinto), depositaban todo el sentido en el lenguaje, y lo que quedaba afuera era marginal e insignificante. Para el hornero en cambio el sentido estaba disperso en mil telepatías diferentes; y el canto por otro lado era una estética sin límites precisos, que tanto podía servir para un lavado como para un planchado, o no servir de nada. Cantaba por amor, por hipo, porque se le daba la gana, por la hora… Como en todo lo demás, estaba sujeto a los avatares impredecibles de la conciencia, al exceso de la libertad o al exceso que era la libertad.

Caía la noche sobre la pampa sagrada. El pajarillo, quieto y mudo como un rizo de barro delante de su morada inconclusa, seguía cavando en la angustia, en la nostalgia de la vida verdadera que veía ajena, lejana, en los otros. No sé si me habré explicado bien; y aun cuando lo haya hecho, puedo haber sido inconvincente. Este escrito no pretende más que ser una contraprueba, ni siquiera definitiva sino apenas sugerente. Podrá objetarse el método mismo: después de todo, esto fue escrito por un hombre. Pero ¿qué prueba eso sino que el ser humano está provisto de un instinto que le permite escribir? ¿Podría hacerlo sin él? ¿Por qué no escribe un pajarito? Justamente porque tiene demasiada libertad, puede hacerlo o no hacerlo, no hay nada en él que lo ponga en acción de modo indefectible, no tiene como el hombre un programa para escribir con perfecta facilidad automática. Desde el fondo de los tiempos la acción de escribir estas páginas está prevista en mi dotación genética. Por eso puedo hacerlo en un rato, sin vacilaciones, sin correcciones, como respirar o dormir. Un abismo (desde el punto de vista del hornero) separa esta mágica facilidad de las deliberaciones que hacen tan penosas las tareas que él emprende.

*8 de mayo de 1994*

# EL CARRITO

Uno de los carritos de un gran supermercado del barrio donde yo vivía rodaba solo, sin que nadie lo empujara. Era un carrito igual que todos los otros: de alambre grueso, con cuatro rueditas de goma (las de adelante un poco más juntas que las de atrás, lo que le daba su forma característica) y un caño cubierto de plástico rojo brillante desde el que se lo manejaba. En nada se lo habría podido distinguir entre los doscientos carritos del supermercado, que era enorme, el más grande del barrio, y el más concurrido. Pero el que digo era el único que se movía por sí mismo. Lo hacía con infinita discreción: en el vértigo que dominaba el establecimiento desde que abría hasta que cerraba, y no hablemos de las horas pico, su movimiento pasaba inadvertido. Lo usaban como a todos los demás, lo cargaban de comida, bebidas y artículos de limpieza, lo descargaban en las cajas, lo empujaban de prisa de góndola en góndola, y si en algún momento lo soltaban y lo veían deslizarse un milímetro o dos, creían que era por la inercia.

Solamente de noche, en la calma tan extraña de ese lugar atareadísimo, se hacía perceptible el prodigio, pero no había nadie para admirarlo. Apenas si de vez en cuando algún repositor, de los que empezaban su trabajo al amanecer, se sorprendía de encontrarlo perdido allá en el fondo, junto a la heladera de los supercongelados o entre las oscuras estanterías de los vinos. Y suponían, naturalmente, que se lo habían dejado olvidado allí la noche anterior. El establecimiento era tan grande y laberíntico que ese olvido no habría tenido nada de raro. Si al encontrarlo lo veían avanzar, y si notaban el avance, que era tan poco notable como el del minutero de un reloj, se lo explicaban pensando en un desnivel del piso o en una corriente de aire.

En realidad, el carrito se había pasado la noche dando vueltas por los pasillos entre las góndolas, lento y silencioso como un astro, sin tropezar nunca, y sin detenerse. Recorría su dominio, misterioso, inexplicable, su esencia milagrosa disimulada en la trivialidad de un carrito de supermercado como todos. Tanto los empleados como los clientes estaban demasiado ocupados para apreciar este fenómeno secreto, que por lo demás no afectaba a nadie ni a nada. Yo fui el único en descubrirlo, creo. O más bien, estoy seguro: la atención es un bien escaso entre los humanos, y en este asunto se necesitaba mucha. No se lo dije a nadie, porque se parecía demasiado a una de esas fantasías que se me suelen ocurrir, que me han hecho fama de loco. De tantos años de ir a hacer las compras a ese lugar, aprendí a reconocerlo, a mi carrito, por una pequeña muesca que tenía en la barra; salvo que no tenía que mirar la muesca, porque ya de lejos algo me indicaba que era él. Un soplo de alegría y confianza me recorría al identificarlo. Lo consideraba una especie de amigo, un objeto amigo, quizás porque en la naturaleza inerte de la cosa el carrito había incorporado ese temblor mínimo de vida a partir del cual todas las fantasías se hacían posibles. Quizás, en un rincón de mi subconsciente, le estaba agradecido por su diferencia con todos los demás carritos del mundo civilizado, y por habérmela revelado a mí y a nadie más.

Me gustaba imaginármelo en la soledad y el silencio de la medianoche, rodando lentísimo en la penumbra, como un pequeño barco agujereado que partía en busca de aventuras, de conocimiento, de amor (¿por qué no?). Pero ¿qué iba a encontrar, en ese banal paisaje, que era todo su mundo, de lácteos y verduras y fideos y gaseosas y latas de arvejas? Y aun así no perdía la esperanza, y reanudaba sus navegaciones, o mejor dicho no las interrumpía nunca, como el que sabe que todo es en vano y aun así insiste. Insiste porque confía en la transformación de la vulgaridad cotidiana en sueño y portento. Creo que me identificaba con él, y creo que por esa identificación lo había descubierto. Es paradójico, pero yo que me siento tan lejos y tan distinto de mis colegas escritores, me sentía cerca de un carrito de supermercado. Hasta nuestras respectivas técnicas se parecían: el avance imperceptible que lleva lejos, la restricción a un horizonte limitado, la temática urbana. Él lo hacía mejor: era más secreto, más radical, más desinteresado.

Con estos antecedentes, podrá imaginarse mi sorpresa cuando lo oí hablar, o, para ser más preciso, cuando oí lo que dijo. Habría esperado cualquier cosa antes que su declaración. Sus palabras me atravesaron como una lanza de hielo y me hicieron reconsiderar toda la situación, empezando por la simpatía que me unía al carrito, y hasta la simpatía que me unía a mí mismo, o más en general la simpatía por el milagro. El hecho de que hablara no me sorprendió en sí mismo, porque lo esperaba. De pronto sentí que nuestra relación había madurado hasta el nivel del signo lingüístico. Supe que había llegado el momento de que me dijera algo (por ejemplo, que me admiraba y me quería y que estaba de mi parte), y me incliné a su lado simulando atarme los cordones de los zapatos, de modo de poner la oreja contra el enrejado de alambre de su costado, y entonces pude oír su voz, en un susurro que venía del reverso del mundo y aun así sonaba perfectamente claro y articulado:

—Yo soy el Mal.

*17 de marzo de 2004*

# POBREZA

Soy más pobre que los pobres, y lo soy desde hace más tiempo; una eternidad de privaciones se despliega en mi fantasía resentida, que no se limita a medir la duración del mal. La magnitud de la catástrofe también la ocupa. ¡Es tanto lo que podría tener, si sólo tuviera los medios de procurármelo! ¡Tantas cosas, tantas experiencias, tantas comodidades! El trabajo casi obsesivo de enumerarlas, calcular su potencial de goce en mí, organizarlas, me deja exhausto y con la idea de que por eso solo ya me las merecería. Pero la experiencia real me va alejando cada vez más del bienestar que podría darme el dinero, a la vez que agudiza mi percepción de sus ventajas. Ahí la fantasía no es necesaria; me basta con mirar a mi alrededor. La gente entre la que vivo se hace cada año más rica. No he sabido conservar a mis amigos pobres; para ser sincero, no he querido hacerlo. Porque todo me aleja de ellos: mis gustos, mis hábitos, mis intereses. El fútbol me da asco. La gente refinada con la que puedo mantener una conversación tiene plata de sobra, que por supuesto ni se le ocurre compartir conmigo. ¿Por qué iba a hacerlo? En su frívola inocencia, me creen un gran escritor, un testimonio viviente y anticipado de historia literaria. Y en realidad soy un menesteroso. Los veo circular en órbitas que se me hacen más y más inaccesibles, y mi resentimiento crece. Me amargo, me deprimo, me hago excéntrico por un comprensible reflejo de autodefensa, y también para disimular. Ya me dan vergüenza mis zapatos agujereados, mi eterno guardarropa inadecuado, mi desaliño y falta de higiene producto de una sorda desesperación. Vivo encerrado en mi departamento, al que no puedo invitar a nadie, tan desvencijados están los muebles, tantas manchas de humedad hay en las paredes, tan medidas son nuestras raciones de fideos baratos. Por las ventanas veo a mis vecinos del Barrio Rivadavia (una villa miseria), y compruebo que no son tan pobres como yo, porque siempre algo les sobra, mientras que a mí me falta todo. Veo sus comilonas, sus borracheras, sus domingos al sol, y hasta cuando salen arrastrando sus *rickshaws* a hurgar en la basura son más ricos que yo, porque algo encuentran. A mí en cambio un esfuerzo agotador en los más abyectos trabajos, en las más humillantes mendicidades de clase media, apenas si me alcanza para mantener con vida a mis hijos, que deben hacer esfuerzos heroicos para sobrellevar la comparación con sus amiguitos, y me consideran, con toda razón, un fracasado. ¿Cuánto hace que no compro un libro, un disco, que no voy al cine? Mi computadora está obsoleta, funciona por milagro, pero no puedo soñar siquiera con cambiarla. Y a mi alrededor todos compran, gastan, se renuevan, se mudan, progresan. Con crisis o sin crisis, hay en mi patria periódicas fases de consumismo a las que todos se prenden. Todos menos yo; ¿con qué iba a comprar nada, ni un lápiz, si tengo el bolsillo vacío? Ni siquiera tengo tarjeta de crédito. Me he visto obligado a ser un evasor impositivo, por falta de medios. Y cuando todos mis conocidos, cansados de acumular objetos nuevos y sensaciones enriquecedoras, se van de vacaciones a playas del trópico, o en viajes culturales por bellas ciudades, yo me quedo rumiando el rencor en mi pocilga. Sólo un milagro podría proveerme de algo superfluo que ilumine mi existencia sórdida, pero gasté el milagro en conseguir lo necesario para subsistir, y realmente no se pueden pedir dos milagros.

¿Por qué siempre tuvo que ser así? ¿Por qué no pudo pasar de otro modo, si al fin de cuentas, para el orden general del Universo, daba lo mismo una cosa que otra? ¿Por qué fui objeto de tu encarnizada persecución, Pobreza, diosa, o más bien bruja, exigente y molesta? ¿Por qué a mí? Cuando era chico, allá en Pringles, ya te fijaste en mí, quién sabe por qué, por mis lindos ojos y los hiciste miopes, sumando la miseria física a la económica, haciéndome acomplejado además de paria. Ya entonces empezamos a vivir en estrecha comunidad, vos y yo. Mi casita resonante de escasez era la tuya. Allí aprendí a conocerte, en las eternas discusiones por plata que sostenían mis padres, en las que se me reveló la lengua y el modelo de vida. Y si salía de mi casa, ibas conmigo, mi mano en una de las tuyas, mientras con la otra me señalabas la caja de lápices de colores de mis compañeros de escuela, los blocs crujientes de papel de calcar, los helados que tomaban, las revistas mejicanas que compraban... ¿De dónde sacaban la plata? ¿Por qué yo no la tenía? Nunca me lo dijiste.

Lo que realmente llama la atención es que cuando me fui te fuiste conmigo, como si no pudieras soportar mi ausencia. Mi madre se resignaba a la separación, pero vos no. Viniste a Buenos Aires pegada a mí, te instalaste en mi rincón, y ninguna de mis maniobras sirvió para que cesaras en tu obstinada compañía. Si intentaba trabajar, ibas conmigo al trabajo en el colectivo; si perdía el empleo, te quedabas en casa mirándome leer unos volúmenes tristes. Cuando me casé, fuiste el único regalo de bodas que le pude hacer a mi esposa. Fuiste la única hada que se inclinó sobre la cuna de mis hijos. Fuiste el siniestro arbolito de Navidad, mi ruleta psíquica, la confidente de mis efusiones más obvias. Revolviéndome en la cama presa de atormentados insomnios, elucubré toda clase de fugas hasta secarme el cerebro. Siempre me diste gran latitud de acción, pero a último momento te embarcaste conmigo. Como en esos dibujos animados obsesivos, pude cruzar mares y continentes y creer que, siquiera momentáneamente, me había librado de tu acoso... sólo para verte en mi cuarto como si tal cosa, afanada en pequeñas mezquindades. Era automático. Terminé haciéndome el más sedentario de los hombres. Y las huidas menos literales, los cambios de ocupación, las resoluciones, el autohipnotismo, funcionaron menos todavía, lo que era previsible: cuando lo literal no sirve, las metáforas son peor que inútiles.

¡Basta! Ya fue suficiente. Cuarenta y seis años de condena no se le dan ni siquiera a un asesino, y yo nunca he violado la ley; al contrario, soy tan bienintencionado e inofensivo que a veces me siento un santo. ¿No podrías dejarme en paz? ¿No me merezco aunque sea una tregua? Aun sabiendo que la culpa es mía, lo encuentro injusto. Quiero quedarme solo, librado a mis fuerzas, si es que todavía tengo alguna, quiero ser uno más de los hombres sobre los que se ejercitan las leyes del azar, y tener la probabilidad, así sea remota, de ser favorecido por la suerte. Tu asistencia inexorable me tiene harto. Estoy enfermo de tu homeopatía, Pobreza, querría fumigarte... Si hubiera una probabilidad de que me escucharas, te amenazaría con suicidarme, aunque no tendría ningún efecto, eso tampoco...

En ese punto de mi soliloquio vi aparecer ante mis ojos la figura escuálida, rígida, raída, majestuosa a su modo, de la Pobreza. Mis palabras debían de haber producido algún efecto, porque su aspecto de falsa sumisión había sido remplazado por uno de furia genuina, los ojos llameantes, los puños apretados y los labios moviéndose a tijeretazos violentos.

«¡Necio! ¡Atolondrado! ¡Imbécil! Me he mantenido en silencio todos estos años, soportando tus quejas, tus lloriqueos de inmaduro, tu inadaptación, tu ingratitud a los dones que he venido derramando sobre vos desde que naciste, ¡pero ya no aguanto más! Ahora tendrás que oírme, aunque no creo que te sirva de nada, porque hay gente que no aprende nunca.

»¿Quién te dijo que mi compañía era un inconveniente? Que hayas creído que porque todo el mundo lo decía era cierto da la medida de tu frivolidad incurable. Fue para salvarte de ese defecto, precisamente, que me dediqué a vos, con una constancia que ahora veo desaprovechada. ¡Tener que hacerte, a esta altura, la lista de mis beneficios! No sé por dónde empezar, porque fui yo la que te lo dio todo. Más que eso, te di el marco en que recibirlo. Te di la energía que jamás habrías podido reunir por vos mismo. Sin mí habrías renunciado casi al comienzo del camino, desprovisto de ideas y del cerebro con el que tenerlas. Te di la variación y el color en lo que sin mi intervención habría sido una rutina amorfa. Te di la alegría de poder esperar siempre algo mejor: conociéndote, ¿qué habrías esperado, en caso de haber tenido algo, sino perderlo? Tal como fueron las cosas, tus expectativas han sido siempre de mejorar. Miedoso y tímido como sos, y como habrías sido de todos modos, fuera cual fuera tu haber, habrías vivido temblando por ladrones y estafadores que siempre te habrían superado en astucia. Te di un motivo para seguir viviendo, el único que tuviste. ¿Acaso habrías escrito, si no hubiera estado yo velando a tu lado, espiando tus cuadernos por encima de tu hombro? ¿Por qué ibas a hacerlo? Y si lo hubieras hecho, habría salido peor todavía de lo que salió. ¡Muchísimo peor! Pero eso también tengo que explicártelo.

»Vos mismo has notado, con tus escasas luces, que los ricos son diferentes. Lo son por el siguiente motivo: el rico reemplaza con la plata la factura de las cosas. En lugar de comprar la madera y hacer la mesa, compra la mesa hecha. Ahí hay una progresión: si es menos rico, compra la mesa y la pinta él; si lo es más, la compra ya pintada. Si es más pobre, no compra siquiera la madera, sino que va al bosque, tala un árbol, etcétera. La pobreza, o sea yo, da el quantum de proceso. El rico lo consigue todo hecho, y eso incluye bienes y servicios. Es decir que se pierde la realidad, porque la realidad es un proceso. Peor todavía: esa disponibilidad de cosas hechas y listas para ser usadas se le vuelve una segunda naturaleza, y empieza a aplicarla al ámbito mental. Es por eso que los ricos usan ideas ya hechas, opiniones ajenas, gustos producidos por otros. Dejan el proceso en manos de los demás. Hasta con sus sentimientos pasa lo mismo, lo que los hace tan estereotipados y superficiales, mucho más que en esas caricaturas bienmpensantes que suelen hacerse de ellos. ¿Te habría gustado ser así? ¿Ves que no sabés lo que decís? Sin mí, a tus libros les habría faltado la única modesta virtud que hay que reconocerles: el realismo. ¿Y tenés el descaro de reprochármelo?

»¡Vaya si lo tenés! Tu primer pensamiento al despertarte es una invectiva contra mí; el último al acostarte, también. Y en el medio, todo se reduce a quejas, protestas, gimoteos. No ignoro que el mundo, en su progreso tecnológico y en su consumismo, avanza en dirección del sistema de los ricos, que con el tiempo se generalizará; debe de ser eso lo que te hace sentirte marginal y pasado de moda, como si yo fuera un lastre que te arrastra a un pasado artesanal y esforzado. Eso podría ser una justificación de tu parte, pero toda tu originalidad está ahí, y dada tu inadecuación, sin la originalidad no sos nada.

»Sea como sea, yo ya no te justifico más. Estoy harta de ser tu bestia negra, de tus insultos, de tu mala educación. No te soporto más. ¡Me voy de tu casa! Si tanto lo querías, podrás darte por satisfecho: no me verás más. Me voy a lo de Arturito Carrera, donde estoy segura de que seré apreciada como me lo merezco.»

Y sin más se levantó y se dirigió hacia la puerta, ofendida, tiesa de indignación. ¡Era cierto! ¡Se iba! Un paso más y estaría afuera. La angustia me llenó el pecho, intolerable como un infarto. A mí me convencen todos los discursos, y éste más que cualquier otro porque en cierto modo había nacido de mi propio corazón y mi mente (las figuras alegóricas operan de ese modo). Me levanté de un salto de mi sillón y grité:

«¡No! ¡No te vayas, Pobreza! Hacé como si no hubiera dicho nada, te lo ruego. Ahora, y en lo sucesivo, porque me conozco y sé que no voy a dejar de quejarme. Pero en realidad no quiero que me dejes. Después de todo, ya estoy acostumbrado. Sería casi como si me dejara mi esposa. No podría soportar la humillación. No nací para huérfano. Quedate conmigo, y ya me arreglaré. No me hagas caso. Reconozco que soy un maleducado y que no me lo merezco, pero por favor, por favor, no te vayas».

Inmóvil, con la mano en el picaporte, ella dejó pasar un momento de insoportable suspenso, y después se volvió muy despacio. Tenía en la cara una sonrisa seria, y supe que me perdonaba. Vino hacia mí con pasos ceremoniosos, de novia avanzando hacia el altar.

Y desde entonces la Pobreza vivió conmigo, y ni un solo día abandonó mi casa.

*Rosario, 29 de noviembre de 1995*

## LOS OSOS TOPIARIOS DEL PARQUE ARAUCO

Las fotos no me dejarán mentir: en las dos esquinas de la entrada del mall, sobre la avenida Kennedy, hay sendas estructuras topiarias de hoja chica oscura (perenne) que representan:

—La primera, un oso polar de unos seis metros de alto, perfectamente proporcionado, que sostiene en la mano derecha una botella de Coca-Cola, en escala, es decir enorme. A cierta distancia, dos topiarios menores, del mismo vegetal, representan a dos ositos bebés, uno de pie tendiendo los brazos al oso adulto, otro sentado en el suelo y también mirando al mayor.

—La segunda, en el otro extremo de la fachada del mall, a unos cien metros de distancia de la primera, es un oso grande, el mismo, con la misma botella de Coca-Cola, y un solo oso bebé, esta vez pegado al mayor y estirando los brazos como si quisiera ser alzado o quisiera alcanzar la botella.

La secuencia indica esquemáticamente una pequeña historia. Se diría que en la primera escena el oso aparece ante sus hijos y les dice «Miren lo que traigo». En la segunda, uno de los hijos se ha precipitado hacia él, estirando los brazos, y quiere trepar a su gran cuerpo de hojas verdes, hacia la botella que el oso grande mantiene en lo alto como diciendo «Todavía no». Su hermanito ha desaparecido.

Es un *Laocoonte* feliz, escultura viva hecha de planta que crece y se renueva y florece. Y, al ser dos, a diferencia del *Laocoonte*, que es una, sugieren un desenlace, una fórmula en cuotas de la pasión. La fórmula de la muerte se ha vuelto fórmula de la vida: la fórmula de la Coca-Cola, que es a la vez secreta y universal, el secreto al alcance de todos.

Los autos pasan a toda velocidad por la avenida, anónimos, indiferentes. Los osos son una visión fugaz, tan fugaz que entre ambos grupos transcurre apenas una fracción de segundo y parecen moverse de una posición a otra, como en un flip-book. Los conductores, atentos al tránsito infernal del sector, no lo notan. Sí los niños, que se pegan a las ventanillas laterales de los vehículos para ver esa escena favorita: los que hacen el trayecto habitualmente ya saben dónde les conviene asomarse, con cierta anticipación para no perderse nada, ni siquiera la anticipación. A otros los toma de sorpresa, pero aun así entienden de qué se trata, interpretan, captan el mensaje, aun los más pequeños.

Es un lenguaje universal, y el lenguaje universal apunta a los niños, no a los adultos. Pero en este caso hay algo más que un mensaje, y algo más que una lengua, y los niños que pasan en auto, o que entran jubilosos al mall de la mano de sus padres, no son los únicos beneficiarios. Hay otros niños, los invisibles, los ocultos, y son ellos los protagonistas de la fábula de los osos topiarios del Parque Arauco.

Cuando asoma el sol tras los voluminosos Andes de Las Condes acuden de todos los arrabales de Santiago niños pobres, con botellas vacías de Coca-Cola, cada uno con la suya (una no más, es la regla no escrita). Es una peregrinación cotidiana, vienen de lejos y de cerca, y de muy lejos, con sus pasitos humildes que parece que nunca los llevarán a ninguna parte, y sin embargo los llevan enormes distancias. Algunos deben de salir mucho antes del alba. Coinciden frente al Parque Arauco con la primera luz del día, pero no todos juntos, no en grupos; algunos demoran su llegada, o la apresuran, o se quedan esperando pacientes y callados a que pase otro que llegó antes. De a uno, se acercan a los osos...

Y allí, en esa comunión del amanecer, sucede un pequeño y repetido milagro de caridad. El niño pobre se acerca al oso (a cualquiera de los dos osos), y levanta con las dos manos la vieja y abollada botella de Coca-Cola vacía. El oso mueve la cabeza de hojas verdes, con el más imperceptible roce vegetal, y clava la mirada en el niño. Sin expresión, sin sonrisa, quizás sin mirada siquiera, tal como aquí en el mundo definimos la mirada, se diría que evalúa la pobreza del niño y la comprende y la ama. Y entonces, con un gesto de infinita precisión, inclina su gran botella, pone pico con pico, y llena la botella del niño, sin volcar una sola gota. Apretando contra el pecho el tesoro que refresca mejor, el niño se retira dejándole el lugar al siguiente y vuelve de prisa a su casa. Y así pasan todos, todos los niños pobres de Santiago. Ninguno se va con las manos vacías, porque las grandes botellas mágicas de los osos topiarios no se vacían nunca.

No hay amanecer malo. No hay sequía, ni en invierno ni en verano. Y cuando el día irrumpe y los grandes buses anaranjados empiezan a descargar a la multitud de empleados de las tiendas y restaurantes del mall, el último de los niños pobres ya va lejos, con su botella llena de burbujeante Coca-Cola, y los osos reasumen su majestuosa quietud por el resto del día.

La torre gigante del Marriott proyecta su sombra como un reloj de sol, cubriendo a horas fijas a un oso, después al otro, en una caricia amistosa. En el Executive Lounge del piso veintitrés estoy yo, sin nada que hacer (nunca tengo nada que hacer), bebiendo whisky y pensando en la sublime realidad del mundo.

## EL CRIMINAL Y EL DIBUJANTE

El criminal tenía apoyado el filo del cuchillo en la garganta del dibujante. Con la otra mano sostenía abierta una revista de cómics, la blandía amenazante, y con voz tan cargada de amenaza como el ademán, y como la situación toda, le hacía reproches violentos, pero también amargos y dolidos.

—Tenías que contar mi historia, delator de mierda... Buchón, batidor, maricón. Y tenías que contarla con pelos y señales, con todos los detalles que necesita la policía para atraparme y un juez para condenarme.

Temblaba de la indignación (pero el filo del cuchillo se mantenía firme, ya haciendo una leve presión sobre la carótida), la revista impresa en el papel barato que se usa para ese tipo de material se sacudía ante la cara pálida y despavorida del dibujante.

—¡Hasta a mí me dibujaste! Y me sacaste parecido, la puta que te parió, la nariz, el bigote, la expresión... ¡la ropa! El chaleco negro, la hebilla del cinto, las medias rayadas... No te privaste de nada, buchón. Pero ahora la pagás...

El dibujante, ante lo que se presentaba como un final inminente de la escena, y de su vida, sacó fuerzas de la desesperación, y con un hilo de voz intentó una defensa (para la que tenía excelentes argumentos).

—Yo no te delaté nada. Toda la información la saqué de los diarios, ¡hasta el último detalle, como vos decís! Y en los diarios hay fotos tuyas, cientos de fotos, de ahí copié tu figura, ¿cómo iba a hacerlo si no? ¡Si es la primera vez que te veo en persona! Todo estaba publicado ya.

—No mientas.

—¡Te lo juro! Vos mismo podrías comprobarlo. Seguramente lo sabés, pero lo estás negando. Estuviste en los diarios todos los días, mientras duró el interés morboso del público en tus crímenes, y ésa fue toda mi documentación: no puse nada que no fuera del dominio público. No tuve informantes, ni sabía nada de vos por mi lado… Yo no tengo ningún contacto con el mundo del hampa, vivo inclinado sobre mi tablero de dibujo, en un mundo de fantasía…

—No mientas. No es fantasía. Todo lo que pusiste en esta historieta pasó, tal cual.

El dibujante ya hablaba con más naturalidad, con voz menos trémula; tomaba ánimo de sus propios razonamientos irrefutables.

—¡Pero es porque lo saqué de los diarios! Todo está ahí, podés preguntarle a cualquiera. En la cárcel no leías los diarios, y no sabés cuánto espacio le dieron a tu historia, cuánta información recopilaron, cuántas fotos tuyas consiguieron, con qué detallismo reconstruyeron cada una de tus hazañas… Yo no tuve más que tomar material de ahí, ya lo tenía todo hecho, no tuve más que guionar… en fin, no voy a entrar en cuestiones técnicas pero…

—No mientas.

Se repetía el sonsonete ronco. ¿Qué más decirle? Ante el fracaso de su retórica argumentativa, volvió el pánico, la palidez, la urgencia de no morir. Se había confiado demasiado en la palabra, en la razón. Olvidaba que el terrible criminal que lo tenía en sus manos, para llegar a ser lo que era, antes había debido de ser un monstruo demente impermeable a lo humano. Antes, y también después.

Y sin embargo, cuando el criminal habló, cosa que no tardó en suceder (todo esto tenía lugar en unos pocos precipitados instantes de horror), lo hizo a su vez con lo irrefutable.

—Mirá la fecha.

Estas palabras introducían un elemento nuevo, que a priori debilitaba el argumento de los diarios, al ser los diarios lo fechado por excelencia. En la mente del dibujante se produjo un reacomodamiento complejo y súbito a la vez, con esa instantaneidad propia de los momentos de extrema tensión. Había pensado que con el testimonio de los diarios zanjaba la cuestión, sin necesidad de discutirlo más; la mención de las fechas lo obligaría a entrar en lo concreto y particular de la prueba. Por otro lado, tenía algo alentador; al hablar, por su propia iniciativa, de fechas, su interlocutor se extraía de la categoría de máquina ciega de matar, para ponerse a la altura de una conversación lingüística (y numérica) en la que el dibujante hacía pie con mucha más seguridad que en la acción.

Pero ese alivio no duró más que los segundos que le llevó enfocar y leer, a través del sudor de angustia que le empañaba las pupilas, la fecha de marras, manuscrita en lo alto de la tapa. Esas revistas populares casi nunca estaban fechadas, y los coleccionistas como él debían averiguar indirectamente, mediante penosas y tenaces buscas, el año de su aparición; lo hacían a fuerza de cálculos, triangulaciones, comparaciones del estilo de los dibujantes y la temática de los guionistas, alguna providencial referencia de actualidad que se colara en medio del desafuero intemporal de la aventura. Se ponía en juego toda una erudición lúdica y gratuita, sin prestigio ni premio, y tanto más gratificante por ello.

La fecha de esta revista era de cuarenta años atrás, de la época en que ambos eran niños (el criminal y el dibujante tenían más o menos la misma edad). Eso explicaba lo amarillento que estaba el papel, lo ordenado de la grilla de cuadritos en el anticuado diseño de las páginas, lo roído de los ángulos de éstas. Explicaba, del modo más contundente, que al criminal no le hubiera hecho mella el silogismo de los diarios. En efecto, ¿cómo podía sostenerse que una historieta publicada cuarenta años atrás estaba basada en hechos ventilados en la prensa de estos últimos meses?

Al ser tan viejo, paradójicamente el elemento introducido en la discusión era demasiado nuevo para asimilarlo así como así. Lo quiso tomar desde más lejos, no sólo para verlo con perspectiva sino en otro intento de poner el intercambio en términos más civilizados, y sobre todo para ganar tiempo, cosa que dadas las circunstancias era lo único que importaba:

—Yo soy coleccionista de cómics…

El otro lo interrumpió:

—No mientas.

¡Otra vez, su leitmotiv! Pero ahora el dibujante tenía pruebas visibles de su aserto:

—Tengo muchas revistas, de los años cuarenta en adelante, las vengo juntando desde que era chico… No podés desmentirme porque vos las viste, de ahí sacaste ésta… No sé cómo la encontraste tan fácil, en un instante, entre las miles de revistas de mi colección… aunque es cierto que las tengo bien ordenadas, por año, por editorial, por título…

—Callate la boca y explicame…

Esta vez fue el dibujante el que lo interrumpió:

—Mi actividad creadora es paralela a la de coleccionista. Van por vías distintas, aunque se alimentan una de la otra, inevitablemente. La mayoría de mis colegas coleccionan.

—A mí qué me importa. ¿Por qué mentís? Esto —y sacudía con violencia la revista, arrugándola sin consideración a su valor como pieza de colección— no salió en los diarios, ¡hijo de…!

—¡Te juro que esa revista…! Yo ni me acordaba que la tenía. Vos mismo viste los miles y miles y miles de revistas que he ido acumulando… Los coleccionistas somos así, nunca estamos satisfechos… Debe de haber muchas que ni siquiera he leído… De los maestros del género lo único que tomo es lo formal, en la medida de mi capacidad. Para el argumento, los diarios, la página de Policiales…

El criminal estalló, furioso, y fue un milagro que no acompañara sus gritos con un movimiento de la muñeca (no se habría necesitado mucho) que pusiera fin a la vida de su víctima:

—¡Qué estás diciendo, carajo, si la policía no sabe quién soy, y los periodistas menos! ¡Ahora lo saben, gracias a vos!

—¡Pero yo seguí los casos por los diarios…!

—Los diarios te van a seguir a vos, caradura, embustero. Y no van a tener trabajo porque pusiste cada hecho tal como pasó, y a mí me dibujaste bien claro y reconocible.

—No… no sé… Me estás confundiendo. Ahora que lo decís, pude basarme en los identikits…

—¡Ja!

La risotada sardónica salió cargada de desprecio por esos torpes garabatos de la policía. El dibujante, aunque compartía la opinión, ensayó una tibia defensa:

—No creas. A veces aciertan.

—¡Por favor! No me hagas poner más furioso de lo que estoy… O sí, seguí mintiendo, así pierdo el control y termino de una vez con lo que voy a hacer de todos modos.

—¡No!

El grito le salió del alma, y la vibración de las cuerdas vocales tensó peligrosamente la parte de la garganta en la que se apoyaba el filo del cuchillo. La postura que mantenían era incómoda y forzada, los dos de pie en el centro del estudio en penumbras, el criminal apoyando su cuerpo de titán contra la espalda del dibujante, el brazo derecho torcido con el codo bien levantado de modo de poner el cuchillo, que empuñaba con esa mano, a la altura exacta de la degollación, el brazo izquierdo pasando por el otro lado, y más estirado, para sostener la revista. Era un grupo casi escultórico, salvo por los temblores de uno, las pequeñas sacudidas expresivas del otro, y, por supuesto, el movimiento de los labios de ambos. No se entendía cómo el conjunto podía mantenerse estable en el espacio, con la turbulencia de las pasiones que lo conmovían (la venganza, el pavor). Pero no era tanto de extrañar: las estatuas también se mantenían quietas, aunque solían representar, directamente o en alegoría, pasiones volcánicas, entre ellas el rencor y el miedo, precisamente.

—¡No! —repitió—. ¿Me estás acusando de plagio? Yo jamás… Y no es por una adhesión conformista a la moral burguesa y sus derechos de propiedad… No soy de ésos… —Intentaba, desvariadamente, ganarse al otro poniéndose de su parte al margen de la ley–. Yo milito en lo nuevo, en la innovación, en la creación… Además, el mundo de la historieta es como un club de fans, ya te dije que todos coleccionan, se vuelven eruditos, me habrían descubierto a la primera ojeada… ¡Hasta de los recuerdos inconscientes hay que cuidarse!

—¡Pero de qué me estás hablando! ¡A mí qué me importa todo eso! ¡Es mi vida lo que está en juego! ¿No lo entendés? No, qué vas a entender, si te quedaste en la infancia, y no sabés nada de la vida.

Con un tartamudeo que también le salía del alma, el dibujante se aferró a la oportunidad de cambiar de tema:

—El ni–niño es el pa–padre del ho–hombre.

—¡Si lo sabré yo, pelotudo! Yo de chico leí esta revista, la compré cuando salió, en el puesto que había en Lavalleja y Bulnes, en la esquina del conventillo. La compré porque la esperaba todas las semanas, no porque fuera un imbécil coleccionista esnob sino porque era mi único escape de la realidad sórdida de la pobreza, de mi padre preso y mi madre tísica. Y ésta, ¡ésta! –la sacudía sin miramientos, compenetrado con el pasado–, la leí con mucha atención, te lo puedo asegurar. Por eso la reconocí entre mil apenas la vi entre esas toneladas de papel viejo que has juntado.

El dibujante, que debería haberse sentido reconfortado de que saliera a luz este punto en común, esta lectura en común, entre él y un ser que hasta entonces había venido sintiendo como un otro absoluto, pasó en cambio a un nivel más alto de miedo y alienación. Porque no estaba acostumbrado a tratar, ni de lejos, a los que leían cómics por fuera del compromiso artístico o profesional. Los que los leían por su contenido. Sabía que existían, por supuesto. Pero los había excluido de su conciencia. Y verse de pronto en manos de uno, literalmente en sus manos y a su merced, lo heló de terror; para peor, era un terror irracional, sin un motivo que pudiera localizar y elaborar. Lo que siguió ahondó la extrañeza. Algo había pulsado el botón de la locuacidad en el criminal, hasta entonces tan parco:

—Sí, la recordaba bien, cuadrito por cuadrito, dibujo y texto, cada línea, cada palabra. Y eso que la leí cuando tenía... no sé, diez o doce años, y nunca volví a verla hasta hoy. La recordaba así de bien porque en realidad no necesitaba recordarla. Para mí no fue una historieta más, como para vos que tenés miles y les das una importancia apenas fetichística, o en todo caso las usás para «inspirarte». —Cuando puso las comillas en su discurso oral comenzó a sonar una música lenta, una melodía hecha de notas sueltas de un instrumento de cuerdas pulsadas, cuerdas graves, lejana pero en un volumen curiosamente alto—. Para mí tuvo verdadera importancia, no sé si porque Dios y el Diablo así lo dispusieron, o porque la leí en el momento justo de mi desarrollo psicofísico en que más efecto me podía hacer. ¡Y vaya si lo hizo! Mi vida misma, hasta el día de hoy, ha sido esta historieta. Cada uno de sus cuadritos se hizo realidad, cada uno de los crímenes, de las huidas, de los abismos. Hasta yo me fui modelando con los rasgos del protagonista, que ahora nadie podría negar que soy yo...

El dibujante:

—Perdón, pero no es cierto que para mí haya sido «una más» —las comillas introducidas en el discurso oral hicieron cesar la música—, como vos decís. No sé cómo podés decirlo, porque si lo dijeras en serio no estarías acá. Esa historieta es mi obra maestra, al menos según el gusto del público; es la que me hizo rico y famoso.

—No, no te mientas a vos mismo. Para vos es intercambiable con cualquier otra. El Mal, la Crueldad, la Sangre, el Horror, para vos no son más que ganchos morbosos para vender, y serían otros si tus asesores de marketing te informaran que esa moda ya pasó y ahora el filón es otro.

—No tengo asesores de marketing.

—Te las arreglás solo, ya sé. Para eso tenés un olfato bárbaro.

—Mi única guía es la intuición de artista.

—Ja. —Presión del filo.

—Pero entonces —gimió el dibujante, al que la presión no hacía perder el hilo de la discusión—, ¡yo no tengo nada que ver! ¡Soy inocente! Sólo pecaría de hacer cálculos comerciales con mi arte, y toda tu peripecia biográfica personal es responsabilidad tuya, o del niño impresionable que fuiste.

—No mientas. Vos sabés bien la parte de responsabilidad que te toca… No en el desarrollo de mi vida, es cierto, pero sí en la delación, la cárcel… —La mención de la cárcel lo sacó de sus casillas y gritó—: ¡La vas a pagar! ¡Ahora mismo!

—¡Esperá! ¿Es posible que no podamos entendernos? ¿O soy yo el que no entiende? ¿No me decís que la historieta reveló por adelantado cada detalle de tu vida fuera de la ley, y que eso pasó cuando yo estaba en la primaria y ni soñaba con ser dibujante? Entonces, ¿de qué me estás acusando?

—De delator, ¿qué te creías?

—Pero ¿qué pude delatar? ¡Si todo estaba delatado ya, a priori!

—Así vas a morir vos, «a priori».

De nuevo música, exactamente igual que antes: las notas graves y resonantes, muy espaciadas, en una melodía sobrehumana.

—Antes explicame. Si voy a morir —era la primera vez que lo admitía, y seguramente no lo hacía más que para ganar tiempo—, al menos quiero morir sabiendo por qué.

—No hay nada que explicar.

Pequeñas sacudidas de la revista, que seguía sosteniendo frente a la cara del otro, pese a que todo indicaba que ya no era necesario. Aunque amarillento, casi amarronado, por la edad, el rectángulo de papel se recortaba nítido en la penumbra cada vez más acentuada. La escena tomaba un tinte póstumo, irremediable. El dibujante lo sintió, y su corazón, que había estado contraído desde el principio, se cerró más aún, como una bola de hierro. No pudo reprimir un sollozo:

—Eras vos, vos y la historieta… yo no… Era la historieta y vos…

—*Pero nadie lo sabía.*

El subrayado oral de estas palabras hizo que a las notas musicales que sonaban desde las últimas comillas se les sumara un tamtam disociado y subterráneo.

El dibujante, aun con el cerebro nublado por la angustia, percibió en toda su magnitud lo irrefutable de la frase que acababa de oír. Sin embargo, aun sintiéndose vencido, y abrumado por la derrota, supo que lo irrefutable había sido la norma, no la excepción, en todo el diálogo. Y eso le dejaba, como una luz lejana, la esperanza de que hubiera otro argumento irrefutable más, de su lado. Pero entonces el criminal tendría otro a su vez… Era de nunca acabar. La única diferencia podía estar en la velocidad con que se los encontrara; y le daba la impresión de que su asesino era más rápido que él. No, no era sólo una impresión, era evidente que encontraba antes que él el argumento irrefutable de cada ocasión. Había motivos para que fuera así: toda una vida esquivando el brazo largo de la ley lo había entrenado. Mientras que él, siempre inclinado sobre su tablero de dibujo, en la paz y el silencio de su estudio, no había pasado por ese aprendizaje. En las historietas que dibujaba sí había controversias y escapes milagrosos de último minuto, pero sujetos a correcciones y pentimentos; a veces le llevaba semanas encontrar una réplica o resolver un desenlace.

En esta ocasión, con el filo del cuchillo en la garganta, creyó que nunca encontraría la réplica, aunque transcurriera toda la eternidad. Y a decir la verdad (su verdad al menos), cada segundo de sostener esa incómoda postura obligada se parecía a la eternidad. Debió de ser por eso que la respuesta le salió sin demora:

—¡Yo tampoco lo sabía! ¿Cómo iba a saberlo? Vos mismo lo dijiste: «nadie» lo sabía.

Las comillas, marcadas oralmente, hicieron cesar las notas profundas de música que venían sonando desde la última introducción de comillas; el tamtam en cambio siguió oyéndose, ahora solo.

—Ahora lo saben todos, gracias a vos, delator infame.

Era inútil. No valía la pena hablar. Lo irrefutable e indiscutible seguiría haciendo sentir su presencia. Aunque no era exactamente que no valiera la pena hablar. Hablar siempre valía la pena, porque no había otro modo de saber lo que pasaba. Lo que no valía la pena era *seguir* hablando, porque inmediatamente después de saber lo que estaba pasando el tiempo había dado un giro, se había vuelto sobre sí mismo, el anverso se había apoyado sobre el reverso, y el contacto de los hechos pasados y futuros había creado una cantidad de paradojas imposibles de resolver.

De modo que se hizo el silencio, sobre el tamtan monótono. Con el silencio, se confirmó la inmovilidad. Ésta no era completa: no era que los dos personajes se hubieran petrificado, ni que hubieran quedado en una imagen fija. Pequeños temblores los recorrían, había imperceptibles cambios de posición, sin perder la postura: el peso del cuerpo pasaba de una pierna a la otra, los hombros se desplazaban unos milímetros para delante o para atrás, los ojos guiñaban, por los labios entreabiertos entraba y salía el aliento, o la lengua los humedecía. La mano derecha del criminal seguía sosteniendo el cuchillo, con el filo apoyado en la garganta del dibujante, la izquierda extendida hacia delante seguía poniendo ante la cara del otro la vieja revista de historietas. Mantener tanto rato los dos brazos levantados habría sido insoportable para otro; él, con su vida de animal acosado, había desarrollado la resistencia necesaria. Los dos brazos cumplían su función: el del cuchillo para darle seriedad a la amenaza; el de la revista para darle sentido y explicación. Una cosa sin la otra no habría bastado para crear la escena; lo hacían por estar juntas y ser simultáneas. En cuanto al dibujante, se mantenía quieto por razones obvias, el cuello tenso y estirado, la mirada en la revista.

Al llegar a cierto punto, la luz dejó de disminuir, se quedó fija ella también, en una penumbra ambigua. No había habido una diferencia marcada de luz desde el comienzo de la escena hasta lo que parecía su final. El efecto de disminución podía haber sido psicológico: la natural ilusión de oscurecimiento que se produce por el hábito de experimentar el curso normal de las tardes. Pero nadie había dicho que este episodio sucediera por la tarde. Esa luz ambigua podía ser la de un sol matutino velado por nubes, o filtrándose por las ranuras de postigos o persianas, pero también podía ser la luz de la luna, de una luna llena en una medianoche despejada... Y también podía ser una combinación o sucesión de distintas horas o de todas las horas. (Las fuentes de luz artificial estaban excluidas, debido al corte de suministro eléctrico que afectaba a la ciudad.)

No había más vida que la de ellos dos en el estudio. Habría sido inútil buscar una mosca volando o una hormiga cruzando el piso, o el movimiento de un papel agitado por una corriente de aire, o una gota cayendo de una canilla, o una mota de polvo baileoteando en el aire. Se diría que hasta dentro de los átomos los electrones habían cesado sus rondas. Todo lo que tuviera la capacidad de moverse se había concentrado en las dos figuras entrelazadas de pie en el centro. Estaban, de verdad, en el centro geométrico del cuarto cuadrado, lo que se hacía más patente por el vacío que los rodeaba; el tablero de dibujo y el taburete ergonómico habían caído por efecto de la pelea y se habían desarmado. Las cuatro paredes, equidistantes del grupo humano, estaban enteramente cubiertas de estanterías, y éstas llenas hasta el último centímetro de revistas de historietas, de las que sólo se veían los lomos delgados, apretados unos contra otros de pared a pared y del piso al techo.

¿Cómo habían llegado a coincidir esos dos seres tan distintos en un mismo lugar, en un mismo momento? Sus dos figuras entrelazadas en una situación de violencia latente habrían podido recortarse (un recorte tridimensional, es cierto) aprovechando su inmovilidad de impasse, y pegarse en otras escenas: el criminal degollando, o a punto de degollar, a alguna de sus tantas víctimas, mujeres inermes por ejemplo, y el dibujante angustiado al comprobar que un mal trabajo de imprenta había deslucido una obra que se había esforzado durante meses en llevar a la perfección. No habría sido necesario hacer ningún cambio ni retoque; una misma actitud, un mismo ademán, una misma expresión del rostro, podría servir a una enorme cantidad de situaciones distintas, y hacerlo con tal propiedad que nadie sospecharía.

A la larga, empezaron a inclinarse hacia delante, de la cintura para arriba, los dos a la vez. Lo hacían sin cambiar la posición de los brazos y las cabezas, aunque los rostros se teñían de una luminosidad gris. La inclinación se hacía muy lenta, tanto que no se la percibía a simple vista; pero pasado un cierto lapso de tiempo se notaba que sus rostros se habían acercado un poco más al suelo. Era como si se inclinaran a buscar algo a sus pies, los dos juntos. Pero también era como si se estuviera manifestando una especie de fatiga de los materiales y se aflojaran las bisagras o articulaciones de la cintura.

*25 de septiembre de 2009*

## EL INFINITO

De chico yo jugaba a unos juegos de lo más raros. Cuando los
cuento parecen inventados, y en realidad fueron invención
del mismo que soy, salvo que hace muchos años, cuando estaba en proceso de volverme el que soy. Invención mía, o de
mis amigos de entonces, lo que equivale a lo mismo porque
esos chicos se incorporaron a mí en la acumulación general
de la que resulté. Si ahora me he propuesto describir estos
juegos y razonarlos por escrito es justamente porque me han
dicho más de una vez que merecerían quedar registrados para
que el día de mañana su modelo no muera conmigo. No estoy tan seguro de ese mérito de singularidad; los chicos suelen hacer grandísimas locuras, pero el catálogo de éstas no es
ilimitado; podría jurar, en base a la intuición, y a la ley de probabilidades, que a otros se les ocurrió lo mismo, o algo parecido, alguna vez, en alguna parte. Si es así, si algún lector en
cuyas manos cae un ejemplar de esta serie fue uno de esos niños,
para él estas descripciones serán un recordatorio, quizás una
resurrección, de un pasado olvidado. Creo que será necesario
entrar en detalles de cierta complicación, y es posible que la
prolijidad llegue al exceso, pero emprendo el trabajo con ánimo de encontrar lo que mi infancia tuvo en común con otras
lejanas y desconocidas; ya que el nexo no puede estar sino en
lo pequeño, en la minucia, y como no sé en cuál minucia,
en cuál detalle, no tengo más remedio que desplegarlos todos.
También hay un motivo más práctico, de inteligibilidad: aun
los detalles más insignificantes tienen importancia para com-

pletar la explicación de mecanismos que a primera vista pueden parecer absurdos. Hay que agotar la lista de insensateces para que no se escape la única que tiene el poder mágico de darle sentido al todo.

Empiezo ocupándome de un juego matemático, o seudomatemático, que se jugaba de a dos, y consistía simplemente en decir un número mayor que el contrincante. Si uno decía «cuatro», el otro debía decir «cinco» (como mínimo; también podía decir «mil») para mantenerse adelante, y así seguía. Dicho lo cual, no hay más que agregar respecto de la esencia del juego; como puede verse, era simplísimo. Obviamente, dada la naturaleza de la serie de números, sólo podía ganar el que no cometiera el error de decir un número menor que el pronunciado antes... Pero también es obvio que un triunfo así habría sido accidental y no afectaba a la dicha esencia del juego. Según ésta, debería ganar el que dijera al final un número tan alto que el otro no encontrara uno mayor. Nosotros colaborábamos activamente con la esencia: nunca cometíamos errores, y si uno lo hubiera hecho el otro habría estado muy dispuesto a pasarlo por alto y seguir adelante. Es difícil imaginar entonces cómo podía realizarse la plenitud del juego. Parece haber una contradicción en la idea misma. Pero creo que toda la dificultad está en el adulto que quiere entender la teoría del asunto y reconstruir una partida; para nosotros no era difícil entenderlo, todo lo contrario, era casi demasiado fácil (por eso lo complicábamos un poco). Las dificultades, que por lo demás encontrábamos divertidas y absorbentes, estaban en otro plano, como trataré de mostrar. Al juego en sí, lo tomábamos con la mayor naturalidad.

Antes de entrar en materia haré algunas aclaraciones que tienen su razón de ser. En primer lugar, la edad. Tendríamos diez y once años (o bien once y doce: Omar era un año mayor que yo; estábamos en la escuela primaria, pero en los últimos grados, no en los primeros). Es decir que no éramos criaturas aprendiendo a contar, fascinados o atontados ante el milagro de la aritmética. Para nada. Además, en aquel entonces, hace treinta y cinco años, la enseñanza no era un juego; no se perdía el tiempo, no había contemplaciones. Aun en la escuela semirrural a la que asistíamos (la Escuela 2 de Coronel Pringles, que todavía existe), el nivel intelectual era notablemente alto, la exigencia hoy parecería desmedida. Y todos los chicos, la mayoría de los cuales venía de ranchos y de padres analfabetos, seguían el ritmo, vaya si lo seguían; el «lomo de burro» era Primero Inferior, donde muchos se quedaban, pero una vez en marcha todos navegábamos juntos, y el barco iba rápido.

Los personajes: Omar y yo. Nunca jugué este juego con otro. No recuerdo si lo intenté alguna vez, pero si lo hice no funcionó. Era la clase de juego que tiene que encontrar su jugador, y es casi milagroso que lo encuentre. Nos había encontrado a nosotros dos, y tanto nos habíamos adaptado a sus repliegues intrincados y cristalinos que nos habíamos hecho parte de él, y él parte de nosotros, de modo que el resto del mundo quedaba necesariamente excluido. No tanto porque hubiera que explicar reglas, o acomodarse a idiosincrasias (era un juego matemático), como porque nosotros dos ya habíamos jugado, y mucho, tardes enteras, cientos de veces, y no se podía volver a empezar; podían otros, pero no Omar y yo.

Omar Berruet no era el más antiguo de mis amigos; su familia se había mudado al barrio un par de años atrás, proveniente del Gran Buenos Aires (Berazategui), pero los padres eran de Pringles; su madre había sido amiga de la infancia de la mía; una hermana del padre vivía a la vuelta y tenía dos hijos, los Moraña, que yo conocía desde mucho antes; el mayor hizo todos los grados de la primaria conmigo. Los Berruet alquilaban una casa al lado de la nuestra. Omar era hijo único, un año mayor que yo, por lo que no fuimos condiscípulos en la escuela; pero la vecindad hizo que intimáramos. En esa época estábamos todo el día juntos. Era un chico delgado, alto, rubio, lacio, pálido, linfático; opuesto en todo a mí, la ley de atracción de los contrarios nos acercó. Me temo que en líneas generales lo hice objeto de mi dominio, de mi humor mercurial y fantástico. Se plegaba de buena gana a mis caprichos, pero sabía hacer valer una fuerza discreta que yo había aprendido a respetar y que en ocasiones me causó mucho dolor. También era lo opuesto a mí en la manifestación visible de su inteligencia, que no le faltaba: donde yo era todo jactancia, grito, exhibición, él era reacción callada, ironía, realismo. (Bien puedo dejar anotado aquí, ya que después seguramente no tendré oportunidad de decirlo, que se quedó en Pringles, hizo carrera como bancario, y tuvo ocho hijos, uno de los cuales murió.)

Por último, el escenario. Coronel Pringles, el pueblo, era entonces más o menos lo que es ahora; un poco más chico, menos urbanizado, con más calles de tierra; la calle Alvear, donde vivíamos, era la última calle asfaltada, cien metros atrás empezaban los baldíos (manzanas enteras), las quintas, el campo. En la cuadra había cinco casas, todas del mismo lado: lo de Uruñuela en la esquina, lo de mis tías Alicia y María, nosotros, lo de Gonzalo Barba (sobrino y socio de mi papá), lo de Berruet. En la otra esquina, el corralón y oficinas de mi papá, la firma Aira y Barba. Las casas que alquilaban Gonzalo y los Berruet eran de Padelli, con cuyo domicilio a la vuelta se comunicaban por los fondos. En la vereda de enfrente, una extensa pared, tras la cual estaban los terrenos pertenecientes a las casas de las esquinas, a la izquierda lo de Astutti, a la derecha lo de Perrier. Lo más notable que había en esos terrenos selváticos era: en lo de Astutti, una modernísima casa rodante en proceso de fabricación o bricolaje, que era el hobby perenne (duró toda mi infancia, y más) de un hermano de la dueña de casa, creo; en lo de Perrier, un árbol, que en realidad eran dos árboles gemelos de copa entremezclada, una conífera desmesurada, el árbol más grande de Pringles, del alto de un edificio de diez pisos y de forma perfectamente cónica.

En la calle no pasaba nada: un auto cada media hora. Teníamos inmensidades de tiempo libre: íbamos a la escuela a la mañana, las tardes duraban vidas enteras. No teníamos actividades extracurriculares (no se usaban), no había televisión, nuestras casas tenían las puertas abiertas. Para jugar a los números nos instalábamos en la cabina del camioncito rojo del padre de Omar, que estaba estacionado casi siempre frente a la puerta…

Muy bien. Al juego.

¿A quién se le habrá ocurrido? Tuvo que ser alguno de nosotros dos. No puedo imaginarme que lo hayamos tomado de otra parte, ya hecho. Cada vez que he vuelto a pensar en él, veo la invención y la práctica fundidas. O mejor dicho, veo la práctica como una permanente invención, y a ésta no puedo concebirla previa a la práctica. Y si trato de decidir cuál de los dos fue el inventor, es fatal que piense en mí. En la iniciativa que pudo llevar a este juego tuvo que haber una especie de fantasía, de exuberancia, algo un poco indefinible pero que me pinta entero tal como yo era entonces. Omar estaba en el otro extremo. Pero, curiosamente, por el otro extremo también se entraba a esos túneles vertiginosos.

No había reglas. Aunque nos pasábamos la vida inventando reglas para todos nuestros juegos, como hacen siempre los chicos, este juego no tuvo ninguna, quizás porque advertimos que no correspondían, que siempre se quedarían cortas, o que era demasiado fácil hacerlas.

Ahora que lo pienso, hubo una regla, pero pasajera, revocable, de conveniencia. La pusimos en práctica en una sesión y la olvidamos en la siguiente, pero por algún motivo me quedó en la memoria y seguramente quedó también en el juego. Era bastante inofensiva: consistía en que el número mayor al que se podía llegar, el tope, era el ocho. No el número ocho, sino un ocho cualquiera: ocho décimos, ochocientos mil, ocho billones. En realidad era un acelerador extra (¡como si lo necesitáramos!) para pasar a otro nivel.

Y no es que hubiera niveles, ni subseries, o por lo menos no las tomábamos en cuenta. Lo que había en ese sentido eran diferencias de velocidad, alternancias de «paso a paso» y «salto», que podíamos llevar a extremos que no se dan en los móviles espaciotemporales de la realidad física. Siempre eran precipitaciones, aun las caídas en lo hiperlento. Pero nunca se desbocaba, aun la aceleración que lo envolvía todo era una lentitud. Esto quiere decir que en la severa monomanía que era el juego el recurso a la velocidad nos permitía estar cambiando de tema de conversación todo el tiempo (porque los temas son velocidades).

—Tres.

—Cien.

—Ciento uno.

—Ciento uno, coma cero uno.

—Ochocientos noventa y nueve mil novecientos noventa y nueve.

—Cuatro millones.

—Cuatro millones uno.

—Cuatro millones dos.

—Cuatro millones tres.

—Cuatro millones cuatro.

—Cuatro millones cuatro coma cuatro cuatro cuatro.

—Cuatro millones cuatro coma cuatro cuatro.

—Cuatro millones cuatro como cuatro.

—Cuatro millones cuatro coma tres.

—Cuatro millones cuatro coma uno.

—Medio trillón.

Nunca nos molestamos en averiguar qué era un «trillón» (ni «cuatrillón», «quintillón» o «sextillón», que también usábamos). Así que nos quedábamos con él, fuera lo que fuera.

—Medio trillón uno.

—Un trillón.

—Ocho trillones.

—Ocho trillones ocho.

Lo mismo hacíamos con «billón», aunque de éste sabíamos que era un millón de millones. Es decir, el millón era «uno», y el billón un millón de esos «unos». Pero ponernos a contar la cantidad de ceros que tenía, y calcular a partir de eso, no, nunca lo hicimos. Nunca los contamos (deberían ser doce, creo). Habría sido embarazoso, pesado, no era diversión. Y lo nuestro era un juego. Éramos impacientes, como todos los chicos, y habíamos inventado el juego más adecuado a la impaciencia, el juego del salto. No importaba que estuviéramos horas, tardes enteras, sentados en la cabina del camioncito rojo del padre de Omar, quietos, concentrados como estatuas: igual era una impaciencia. De otro modo habría sido una artesanía numerológica, y yo diría que lo nuestro no era una artesanía, era un arte.

No sabíamos siquiera si el billón era más grande que el trillón. ¿Qué importaba? Era mejor no saberlo. Simulábamos uno ante el otro que lo sabíamos, pero no nos poníamos a prueba. Aun así, seguía siendo muy fácil.

Nos atraían los grandes números, eso era inevitable. Surgía de la misma naturaleza del juego. Eran la fuerza de gravedad por la que caíamos. Pero al mismo tiempo los despreciábamos, prueba de lo cual es que no nos molestábamos en averiguar a cuánto equivalían exactamente. Con los números era una cosa, con los grandes números era otra: con los números estábamos en el campo de lo intuible (ocho podían ser ocho cosas, ocho puntos; ochenta también, y hasta ochocientos millones); con los segundos pasábamos al pensamiento ciego, el juego se volvía una combinatoria de palabras, ya no de números.

—Un billón.

—Un trillón de billones.

—Medio billón de trillón de billones.

—Un billón de billones de trillón de billones de trillones.

Es cierto que en el fondo de esas acumulaciones volvían a aparecer los números.

—Un billón de billones.

—Un billón de billones seis.

—Seis billones de billones seis.

—Seis billones de billones seis coma cero cero cero cero cero cero seis.

Eran lujos, firuletes que nos permitíamos como para tentar a un tedio que en realidad no sentíamos ni podíamos sentir, pero sí imaginar. En cambio estábamos de acuerdo en no aceptar cosas como «Seis billones de seis billones»: eso no era un número sino una multiplicación. Nos alcanzaba y sobraba con los meros números, nada más. ¿Para qué nos íbamos a complicar la vida?

No sé cuánto duró este juego. Meses, años. Nunca nos aburrió, nunca dejó de sorprendernos, de estimularnos. Fue uno de los puntos altos de nuestra infancia, y si al fin dejamos de jugarlo no fue por haberlo agotado, ni habernos cansado, sino porque crecimos y tomamos distintos caminos. También tengo que decir que no lo jugábamos todo el tiempo, y que no era el único juego que teníamos. Para nada. Teníamos decenas de juegos distintos, unos más extravagantes y fantásticos que otros. Me he propuesto describirlos uno por uno, y empecé por éste, eso es todo, pero no querría que este aislamiento un poco artificial que he hecho del juego de los números dé una idea errada. No éramos maniáticos encerrados todo el tiempo en la cabina de un viejo camión profiriendo números. Nos entusiasmaba una fantasía nueva y podíamos estar semanas olvidados de los números. Después volvíamos, exactamente como antes... Pensándolo bien, no es tan artificial este aislamiento que he hecho del juego porque en sí mismo tenía algo de eso, en su simplicidad inmutable, en su naturalidad, en su secreto. Creo que lo mantuvimos en secreto, pero porque sí, no porque fuera un secreto: por olvido, o porque no se daba la ocasión de decírselo a nadie.

Era un juego muy austero, muy simple, y por eso mismo inagotable. No podía aburrirnos, porque eso habría ido contra su definición. Además, ¿cómo íbamos a aburrirnos? Si era la libertad misma. Se revelaba, al jugarlo, como una parte de la vida, y la vida era amplísima, elástica, interminable. Eso lo sabíamos antes de cualquier experiencia. Nosotros mismos éramos austeros, nuestros padres lo eran, el barrio, el pueblo, la existencia en Pringles. Hoy día resulta casi inimaginable lo simple que era aquella vida. Que yo la haya vivido no me lo hace más fácil. Trato de imaginármela, de volver sensible esa idea de simplicidad, un poco al margen de los recuerdos, evitándolos en lo posible.

A veces, después de alguna sesión especialmente satisfactoria, en la plenitud consiguiente, hacíamos algo que parece escapar a la simplicidad, pero en realidad la confirma. Por pura exuberancia, jugábamos al mismo juego en broma, como si no lo hubiéramos entendido, como si fuéramos salvajes, o estúpidos.

–Uno.

–Cero.

–Menos mil.

–Ocho trillones.

–Cero coma cero nueve nueve nueve.

–Menos tres.

–Ciento quince.

–Mil billones de cuatrillones.

–Dos.

–Dos.

Esto duraba poco, porque era demasiado vertiginoso, demasiado horizontal. Un minuto así nos daba una perspectiva totalmente distinta de lo que habíamos estado haciendo antes durante horas, como si nos hubiéramos apeado de un caballo, como si hubiéramos bajado del mundo de los números psíquicos al de los números reales, a la tierra donde vivían los números. Si hubiéramos sabido lo que era el surrealismo habríamos exclamado: ¡Qué lindo es el surrealismo! ¡Cómo lo transformaba todo! Después, volvíamos al juego como quien vuelve al sueño, a la eficacia, a la representación.

Con todo, hubo una nostalgia, un sentimiento vago de insatisfacción. No sobrevino en un momento, al cabo de un día o un mes o un año… No estoy haciendo una historia cronológica de este juego, de su invención, su desarrollo, su decadencia, su abandono. No podría, porque no tuvo nada de eso. Lo sucesivo de esta narración es un defecto inevitable, porque no sé de qué otro modo podría contarlo. Esa insatisfacción tenía que ver con la diferencia entre números y palabras. Nos habíamos autoimpuesto esa gran austeridad de no usar más que números reales y «clásicos». Positivos o negativos, pero números corrientes, de los de contar cosas. Y los números no son palabras. Aunque los números se nombran con palabras, no son lo mismo.

Por supuesto, había sido una elección, un pacto, que renovábamos cada vez que nos poníamos a jugar, y no nos quejábamos. El juego movilizaba el pensamiento, lo hacía poroso, lo aflojaba en una especie de yoga relajante, y ahí justamente nos permitía ver la amplitud de todo el reino de lo que podía decirse, al mismo tiempo que nos lo vedaba. Las palabras eran más que los números, eran todo; los números eran un pequeño subconjunto en el universo de las palabras, uno de sus sistemas planetarios, marginal y extraviado, donde siempre era de noche. En él nos escondíamos, al abrigo de los excesos de lo desconocido, a cultivar nuestro jardín.

Desde ahí podíamos ver las palabras, y las veíamos como nunca las habíamos visto. Habíamos creado la distancia para poder verlas, hermosas, divertidas, eficacísimas. Sentíamos que con sólo estirar la mano y tomarlas tendríamos en nuestro poder joyas mágicas, que lo podían todo. Pero esa sensación era un efecto de la distancia: si la franqueábamos el juego se disolvía como un espejismo. Lo sabíamos, y sin embargo, por una rara perversión, por amor al peligro, nos quedaba el anhelo loco de probar…

El poder de las palabras lo estábamos experimentando todos los días. Yo no me perdía una ocasión: lo veía de lejos, creía aferrar el espejismo, hacer mío su rayo letal infalible, y no descansaba hasta descargarlo; mi víctima preferida, de más está decirlo, era Omar:

—Juguemos a ver quién dice una mentira más grande.

Omar se encogía de hombros:

—Recién lo vi pasar a Miguel en bicicleta.

—No, así no… Supongamos que somos dos pescadores y mentimos sobre lo que hemos pescado. El que dice la mentira más grande, gana.

Subrayaba «grande», como para darle a Omar una idea de que el asunto tenía que ver con el juego de los números. Omar, que era de una astucia diabólica cuando quería, me la hacía difícil:

—Yo pesqué una ballena.

—Escuchame, Omar. Hagámoslo más simple. Lo único que se puede decir es el peso del pescado, el largo en metros, o la edad. Y pongamos límites máximos: ocho toneladas, ochenta metros y ochocientos años.

—¡No! ¡Hagámoslo simple de veras! Solamente la edad. Supongamos que los peces van creciendo con la edad, hasta que se mueren. Así que con decir la edad ya queda dicho el largo, el ancho, el peso, todo. Y supongamos que pueden vivir una cantidad indefinida de años, pero lo máximo que podemos decir nosotros es ochocientos años. Empezás vos.

Omar tendría que haber sido muy estúpido para no darse cuenta, a esta altura, de que yo me traía algo entre manos, algo muy preciso. Y lejos de ser estúpido, era muy inteligente. No podía serlo más: era la medida de mi inteligencia. Al fin se resignaba:

—Saqué un pescado de ochocientos años.

—Yo saqué al abuelo.

Omar chasqueaba la lengua con infinito desprecio. Yo mismo tenía motivos para sentirme muy poco orgulloso de mi idea, que no era más que un desdichado intento de transformar en juego, a expensas de mi amigo, un chiste que había leído en alguna revista, y que debía de ser algo así: «Dos pescadores mentirosos comentan la jornada: "Hoy pesqué un merlín así y asá". "Sí, ya sé, era el bebé recién nacido. Yo pesqué a su mamá"». ¡Qué chiste modesto! ¡Qué trabajo me había dado racionalizarlo! Y con qué poco resultado. ¿Qué podía haberme atraído ahí? Nada más que el poder de la palabra. Porque ahí estaba *in nuce* todo nuestro juego de los números (los mentirosos podían seguir aumentando *ad libitum* las dimensiones del pescado) y su trascendencia: una palabra («mamá», o «padre», o «abuelo») vencía a toda la serie de los números, poniéndose en otro nivel.

Pues bien, a eso me refería. Ése era el límite de nuestro juego, su grandeza y su miseria.

Hasta que descubrimos que esa palabra existía. Repito que tal cosa no sucedió en algún momento de la historia del juego. Sucedió al comienzo, y fue el comienzo.

Esa palabra era «infinito». ¿No es lógico? ¿No se cae de maduro? De hecho, he tenido que hacerme una cierta violencia para llamarlo «juego de los números», cuando en realidad era el juego «del infinito», y así lo he pensado siempre. Si tuviera que transcribir la sesión tipo, la original, la matriz, sería simplemente así:

—Uno.

—Infinito.

De ahí salía el resto. ¿Y cómo iba a ser de otro modo? ¿Por qué íbamos a prohibirnos ese salto, si nos permitíamos todos los demás? Al revés: todos los saltos que nos permitíamos tenían por respaldo el salto a la palabra, a lo heterogéneo.

Creo que a partir de ahora empieza a responderse una pregunta que ha venido creciendo subliminalmente desde que empecé a describir este juego: ¿cuándo se terminaba una sesión? ¿Quién ganaba una partida? No es suficiente responder: nunca, nadie. He dado a entender que no caíamos en las trampas que nos tendíamos todo el tiempo: eso es cierto en abstracto, en el mito del que las series eran el ritual, pero no debía de ser tan cierto en el desarrollo real del juego. En realidad, no lo recuerdo.

Creo recordarlo todo, como una alucinación (si no fuera así no escribiría), pero debo reconocer que hay cosas que no recuerdo: y puesto en una vena confesional, debería decir que no recuerdo nada. Ahí también hay una escalada. No hay contradicción. De hecho, lo único que se recuerda con esa verdadera claridad de microscopio necesaria para escribir es el olvido.

Pues bien:

—Infinito.

El infinito es el extremo de todos los números, el extremo invisible. Dije que con los grandes números operábamos al modo del pensamiento ciego, de lo inintuible; pero el infinito es el paso a la ceguera de la ceguera, algo así como la negación de la negación. Ahí empieza la verdadera visibilidad de mi memoria olvidada. ¿Acaso sé qué es el infinito? Es todo lo que puedo saber, pero no puedo saberlo.

Hay algo maravillosamente práctico en el salto al infinito, y cuanto antes se realice mejor. Todas las paciencias se estrellan contra él, todas valen lo mismo. No hay que esperarlo. Yo lo amé sin saber lo que era. Fue el día de sol de nuestra infancia. Por eso ni una sola vez nos preguntamos por su significado. Tratándose del infinito, el salto ya estaba dado.

La negativa a pensarlo arrastraba algunas consecuencias. Sabíamos que no tenía sentido decir «medio infinito», porque en el infinito las partes son iguales al todo (la mitad del infinito, digamos la serie de los números pares, es tan infinita como la otra mitad o como el todo). Pero que dos infinitos fueran mayores que un solo infinito, eso sí lo aceptábamos, volviendo subrepticiamente al sano sentido común.

—Dos infinitos.

—Doscientos treinta millones de infinitos.

—Siete quintillones de infinitos.

—Siete mil billones de billones de quintillones de infinitos.

—Cien mil billones de billones de trillones de quintillones de infinitos.

Y así seguíamos hasta que volvía, triunfante, la palabra:

—Infinito de infinitos.

Fórmula con la cual podían volverse a hacer series como la anterior:

—Diez billones de infinitos de infinitos.

—Ocho mil billones de trillones de cuatrillones de quintillones de infinitos de infinitos.

Por supuesto, no las recitábamos. En general, debo dejar sentado que todas estas pequeñas series que he venido transcribiendo, en realidad no las decíamos; ni ésas ni otras equivalentes. Aquí he adoptado un método extenso y prolijo para hacerme entender; pero no era nuestra intención decir lo obvio, al contrario. Todas estas series, y de hecho toda serie que se nos pudiera ocurrir, eran virtuales. Habría sido aburrido decirlas, no estábamos dispuestos a perder nuestro valioso tiempo de niños en esas burocracias; y sobre todo, habría sido inútil, porque todo término quedaba superado y aniquilado por el término siguiente. Es que los números tienen eso, esa banalidad de ejemplos: da lo mismo uno que otro, lo que importa es otra cosa. Deshojando toda la estúpida e incómoda hojarasca de ejemplos, lo que tendríamos que haber dicho era:

—Un número.

—Un número mayor que ése.

—Un número mayor que ése.

—Un número mayor que ése.

Claro que así no habría habido juego.

La palabra volvía, otra vez:

—Infinito de infinitos de infinitos.

Por encima de ese número no había más que otro:

—Infinito de infinitos de infinitos de infinitos.

Quiero decir, ése era el mínimo superior, pero no el único superior, porque la serie de infinitos podía prolongarse indefinidamente. Y así llegábamos a esa cosa tan infantil que es la repetición obstinada sin límites a los gritos, como un trabalenguas.

—Infinito de infinitos de infinitos de infinitos de infinitos de infinitos de infinitos de infinitos de infinitos de infinitos de infinitos de infinitos de infinitos.

Créase o no, había un número mayor que éste: el que uno de los dos decía a continuación. Era la virtualidad plena, el statu quo frente al cual el juego se abría en todas sus maravillosas posibilidades.

Es increíble que con lo codiciosos que éramos no se nos ocurriera nunca agregar el nombre de una cosa a los números. Porque así desnudos los números no eran nada, y nosotros lo queríamos todo. No hay contradicción, en realidad, entre la descripción que he hecho de dos niños semisalvajes, en una sociedad que hoy parece arcaica, primigenia, y el hecho de que fuéramos codiciosos. Lo queríamos todo, hasta Rolls-Royces, hasta objetos que no nos servirían para nada, como diamantes o centrifugadores de partículas subatómicas. ¡Y cómo los queríamos! Con una ansiedad casi angustiosa. No hay ninguna contradicción. La vida de nuestros padres era sobrenaturalmente sobria, parecía haber alcanzado su objetivo; quizás su objetivo éramos nosotros. Los alquileres estaban congelados, los autos duraban eternidades, la manía de los electrodomésticos tardaría décadas en llegar a Pringles, los muebles eran los que se habían comprado para casarse…

Es más: nosotros mismos siempre teníamos la plata que necesitábamos para lo poco que había en venta que nos interesara, figuritas, revistas, bolitas, chicles. No sé de dónde lo sacábamos pero nunca nos faltaba. Y sin embargo éramos insaciables, avaros, deseosos en grado sumo. Queríamos una goleta con el mascarón de proa de oro puro y las velas de seda, y si fantaseábamos que encontrábamos un tesoro, doblones y lingotes y esmeraldas, no éramos tan imprudentes como para gastarlo en esto o lo otro, sino que lo convertíamos en dinero, lo colocábamos en un banco, y con la renta comprábamos, en una escalada de interés compuesto: estatuas de la isla de Pascua, el Taj Mahal, autos de carrera, y esclavos. Aun eso nos dejaba insatisfechos. Queríamos la piedra filosofal, o mejor la lámpara de Aladino. La suerte de Midas no nos intimidaba: teníamos pensado utilizar guantes.

Los números eran números y nada más. Y los grandes números más todavía. Ocho podía ser todavía ocho autos, uno para cada día de la semana y uno más con pantaneras para los días de lluvia. Pero ¿un billón? ¿Y un infinito? ¿Y un infinito de infinitos? Eso no podía ser más que dinero. No me explico por qué no lo mencionábamos. Quizás estaba implícito.

El árbol, como un gran triángulo verde oscuro que ocultaba una mitad del cielo, velaba sobre el camioncito rojo, dentro del cual estábamos nosotros dos, infatigables, felices. El día era una fijeza de sol.

De las tantas ensoñaciones que uno suele tener con la naturaleza como tema, una muy frecuente es la que se interna en la perfección de los mecanismos con los que operan los seres vivos. Tomemos las branquias. Cuando nada, el pez hace pasar el agua por lo que supongo que son una especie de válvulas aerodinámicas y le extrae el oxígeno que necesita. No importa cómo lo hace. De algún modo. Simplificando en dirección del concepto, como hice en las últimas dos frases, es relativamente fácil; se puede imaginar un aparato, un alambique, en el que se descomponga el agua y se reserve el oxígeno mientras se descarta el hidrógeno. La ensoñación también reserva algo, y descarta algo; en este caso lo que reserva es el tamaño del pez. Porque hay peces pequeñísimos, del tamaño de un fósforo, y en ellos ese alambique se hace prodigioso… ¿O no? Para armarlo y desarmarlo nosotros, tenemos que imaginarnos con lupas, con microscopios, con unos destornilladores y pinzas y martillitos del tamaño de puntas de aguja, y eso sería una hazaña de la paciencia y la destreza. Hazaña que podría lograrse, con mucho optimismo, en un pez; pero en el mar hay billones… En este punto debemos rendirnos a la evidencia y reconocer que el razonamiento soporte de la ensoñación contiene un error. Dos, en realidad. El primero es la diferencia entre hacerlo y encontrarlo hecho. Nadie se ha puesto nunca a fabricar branquias para pececitos. Ya están hechas. El constructivismo es una ilusión ociosa. El segundo tiene que ver con el tamaño. Aquí el error es tomar nuestro tamaño humano como un patrón rígido. El demiurgo en realidad escoge la dimensión que más conviene a cada caso, o mejor dicho la ha escogido, en el proceso de crear todos los tamaños. Es un taller fluido, elástico, donde siempre se puede trabajar a gusto, con alegría, con comodidad, con las manos. Creo que es por eso que los conceptos son tan atractivos, por eso el hombre se aferra a ellos con tanta obstinación, desde la infancia, y desdeña todas las desmentidas de la realidad. Lo incómodo o inmanejable son los ejemplos; para ellos nunca estamos bien proporcionados, siempre somos o gigantes o enanos.

La ensoñación siempre es ensoñación de conceptos, no de ejemplos. No querría que nada de lo que he escrito aquí sea tomado como un ejemplo.

*21 de marzo de 1993*

# SIN TESTIGOS

Las circunstancias me habían reducido a la mendicidad calle-
jera. Como el pedido directo y sincero no rendía, tuve que
recurrir a la estafa, al engaño, siempre en pequeña escala, por
ejemplo hacerme pasar por paralítico, ciego, enfermo de alguna terrible enfermedad. No era nada agradable hacerlo. Una
vez se me ocurrió que podía hacer algo más ingenioso, más
fino, que aunque sirviera para una sola vez y no me diera
gran cosa, al menos me dejaría la satisfacción de haber hecho
algo pensado, casi artístico según lo veía yo. Necesitaba que
un incauto cayera, y preferiblemente que cayera en un sitio
donde no hubiera testigos. Caminé un poco, sobre mis pies
doloridos (de verdad) por las callejuelas que tan familiares me
eran, ya que vivía y dormía en ellas, hasta encontrar un rincón por el que estaba seguro de que no pasaría nadie. Ahí me
tiré, al lado de un gran cubo de basura, a esperar a mi presa.
Quedé recostado en la pared, a medias oculto por el cubo, en
las manos la caja chata que había encontrado tirada y había
recogido: era la que me había dado la idea de hacer el truco
que me reportaría algún dinero. Debo aclarar que todavía no
sabía qué truco sería ése. Lo improvisaría a último momento.
De pronto se hizo de noche. Ese rincón estaba muy oscuro,
pero acostumbrado como estaba yo a lugares tenebrosos, veía
bastante bien. Y tal como lo había previsto, por ahí no pasaba nadie. Era lo que yo necesitaba: un sitio solitario y sin testigos. Pero también necesitaba una víctima, y con el paso de las
horas empecé a convencerme de que no caería nadie. Debo

de haberme dormido y vuelto a despertar, varias veces. Se había hecho un gran silencio. Sería la medianoche, calculo, cuando oí pasos: venía alguien. No me moví. Era un hombre, fue todo lo que pude decir; no había iluminación suficiente para los detalles. Y antes de que yo pudiera ponerme en movimiento, o llamarlo o chistarlo, vi que se dirigía al cubo y se ponía a hurgar. Era un mendigo, un buscavidas, como yo. Mal podía hacerlo víctima de un truco ingenioso para sacarle dinero. Aun así, lo habría intentado, aunque más no sea para extraerle una moneda y no sentir que había perdido la noche. Pero antes de que yo hiciera el menor movimiento, el desconocido alzaba algo pesado de adentro del cubo y soltaba una exclamación ahogada. Miré, con mi penetrante vista nocturna: era una bolsa llena de monedas de oro. Pasó por mi mente como un relámpago la sensación más amarga de mi vida: era una fortuna, que había estado al alcance de mi mano durante horas, horas perdidas en la espera de un inocente al que sacarme mediante engaños una cantidad ínfima de dinero. Y ahora ese inocente aparecía y se alzaba con mi tesoro, delante de mis narices. Miró para ambos lados, para asegurarse de que nadie lo había visto, y echó a correr. No había advertido mi presencia ahí abajo. Yo no soy de reacciones rápidas, nunca lo fui, pero en esta ocasión, que se me antojó suprema e irrepetible, actué, movido por algo que se parecía a la desesperación. Simplemente estiré una pierna y lo hice tropezar. Él estaba tomando velocidad, su pie se enganchó en mi pierna y cayó cuan largo era; tal como yo había previsto, la bolsa de monedas cayó con él y las monedas se desparramaron por el piso, por el empedrado desparejo de ese callejón, con gran ruido metálico y brillos prometedores. Yo contaba con que el apuro a él lo llevara a recoger cuantas monedas pudiera y salir corriendo, mientras yo por mi parte también juntaba monedas, que él no me negaría; su caída, el desparramo de las monedas, nos ponía a los dos en la misma situación de apropiadores clandestinos. Pero, para mi sorpresa y horror, no fue así. El hombre se levantó, ágil como un gato, y sin terminar de ponerse de pie, a medio levantar, se arrojó sobre mí al tiempo que sacaba un cuchillo enorme del bolsillo. A pesar de mi vida precaria en la calle, yo no me había endurecido. Seguía siendo un tímido, que escapaba a toda clase de violencia. En esta ocasión no pude soñar siquiera con escapar. Él ya estaba sobre mí y levantó el cuchillo y lo descargó con tremenda fuerza sobre mi pecho. Me penetró casi hasta salir por el otro lado, y debía de ser muy cerca del corazón. Sentí la muerte, con una absoluta convicción. Pero cuál no sería mi sorpresa al ver que al mismo tiempo que me hería, le aparecía a él, en el pecho, una herida igual en el mismo lugar, y empezaba a manar sangre. Su corazón también había sido herido. Él se miró el pecho, perplejo. No entendía, y no era para menos. Me había apuñalado a mí, y la herida aparecía también en él. Extrajo el cuchillo de mi pecho, y, ya con la mirada turbia por la muerte, como la mía, volvió a clavar, al lado, como si quisiera comprobar fehacientemente el hecho extraño. Y en efecto, en su pecho apareció la segunda herida. Empezó a manar sangre. Fue lo último que vi (o vio).

1 de noviembre de 2010

# EL ESPÍA

Si yo fuera un personaje de una obra teatral, la falta de verdadera privacidad me provocaría un sentimiento de desconfianza, de inquietud, de sospecha. De algún modo, no sé cómo, sentiría la presencia del público, silenciosa y atenta. Estaría consciente todo el tiempo de que mis palabras son oídas por otros, y si bien eso le puede convenir a alguna parte de mi conversación (hay cosas inteligentes que uno dice para lucirse ante la mayor cantidad posible, y de hecho hay veces en que uno lamenta que no haya un público para apreciarlas), estoy seguro de que habría otras partes que necesitarían ser pronunciadas en una intimidad auténtica, no ficticia. Y serían las partes más importantes para entender la trama: en ellas se basaría todo el interés y el valor de la pieza. Pero su importancia no estimularía mi locuacidad; todo lo contrario: me tomaría al pie de la letra la exigencia de secreto, como he hecho siempre. Directamente, preferiría no hablar. Diría: «Vamos a otro cuarto, tengo que decirte algo importante que nadie debe oír». Pero ahí caería el telón, y en la escena siguiente entraríamos al otro cuarto, que sería el mismo escenario con diferente decorado. Yo echaría una mirada a mi alrededor, olería lo inefable… Yo sé que en la ficción no hay platea, y en mi carácter de personaje lo sabría más todavía, porque mi existencia misma estaría fundada en ese conocimiento, pero aun así… «No, no puedo hablar aquí tampoco…» Conduciría a mi interlocutor a otro cuarto, y de éste a otro más… Claro que al fin, convencido de que el escenario va a seguirme hasta el fin del mundo, podría salir del paso diciendo cosas anodinas, no comprometedoras, sacrificando el interés de la pieza. Pero es justamente lo que no podría sacrificar jamás, porque de ello dependería mi existencia en tanto personaje. De modo que llegaría el momento en que no habría más remedio que hablar. ¡Pero aun entonces me resistiría, presa de una desconfianza más fuerte que yo! Mi boca estaría sellada, las claves de la trama (al menos las claves de las que yo dispusiera) no podrían salir a luz de ninguna manera, ¡jamás! Y vería, con la impotencia de una pesadilla, desvanecerse una franja, grande o chica, quizás importante, inclusive fundamental, del valor estético de la obra. Por culpa mía. Los demás personajes, desorientados y como mutilados, empezarían a moverse y actuar como fantoches, sin vida, sin destino, como en esos dramas fallidos en los que no pasa nada…

Entonces, y sólo entonces, me aferraría a una última esperanza: que los espectadores adivinen de qué se trata, a pesar de mi negativa a decirlo. Esperanza desmesurada, porque yo estaría ocultando hechos, ya no meros comentarios u opiniones. Si lo que yo tenía que revelar, revelarle a alguien, con el máximo de discreción y por motivos muy específicos, es que soy un agente secreto infiltrado, y en todos mis parlamentos anteriores y posteriores ese dato se mantiene, como es lógico, muy oculto (el autor, si es bueno, se ha ocupado de eso), ¿cómo van a saberlo los espectadores? Es ridículo esperar que lo deduzcan justamente a partir de mi silencio, de mis escrúpulos de privacidad, sobre todo porque podría ser cualquier otra cosa: yo podría ser, en lugar de un espía, un hijo natural del dueño de casa o un fugitivo que ha adoptado la personalidad de alguien a quien asesinó…

Pero esa esperanza puesta en la inteligencia sobrehumana del espectador, loca y todo como es, ¿no es el reverso de un temor, también bastante absurdo pero que la realidad ha justificado muchas veces: el temor de que lo adivinen a pesar de todo? Si me niego a hablar, si pongo tal prudencia, al punto de obedecer a una prevención de matices sobrenaturales (como lo es sospechar que en realidad falte una de las cuatro paredes y que haya gente sentada en butacas escuchando lo que digo), es justamente porque tengo secretos que guardar, secretos graves.

Al abrigar la esperanza de que adivinen mi secreto, ¿no estoy comportándome exactamente al revés de lo que debería hacerlo? ¿Cómo podría ocurrírseme siquiera llamar a eso «esperanza», en la vida real? Es el arte, en el que me he embarcado al hacerme personaje, el que me obliga a esta extravagante aberración. En el arte hay una condición que se antepone a cualquier otra: hacerlo bien. De ahí que tenga que ser un buen actor, en un buen drama; si no lo hago bien no habrá efecto, la representación caerá en la nada. «Hacerlo bien» y «hacerlo» van juntos en el arte, fundidos, como en ninguna otra parte. De modo que si mi suspicacia de hipersensitivo me obliga a disociarlos, no me queda otro recurso que la esperanza: una esperanza funesta, equivalente a la muerte. Porque mis secretos son de tal gravedad que yo no sobreviviría a su revelación. Esto último lo descubro ahora, en el trance en el que me encuentro, y casi podría decir que entré en el juego fatal del arte para descubrirlo.

He vivido hasta ahora sobre la seguridad de que mis secretos están bien guardados; están en el pasado, y el pasado es inviolable. Yo soy el único que tiene la llave de ese cofre. Al menos es lo que creo: que el pasado se ha clausurado definitivamente, que sus secretos, que son los míos, no se revelarán jamás a nadie, salvo que yo me ponga a contarlos, y no tengo ninguna intención de hacerlo. Pero a veces pienso que este cofre no es tan inviolable. De algún modo el tiempo podría girar sobre sí mismo, de algún modo que mi imaginación no acierta a prever —aunque, o porque, es justamente mi imaginación la que me lleva a estas suspicacias exorbitantes—, y entonces lo oculto se haría visible. Pero tantas veces como lo pienso, pienso también que es de veras seguro, inviolable, definitivo, que no hay motivo de preocupación por ese lado, y que si lo que quiero es preocuparme puedo hacerlo por otros motivos. Por tantos que si me pongo a enumerarlos no terminaría más, porque siempre aparecería uno nuevo. Pero todos coinciden en el centro, que es el sitio, en el centro del escenario iluminado, donde me agito en mi parálisis, donde tiemblo y me cubro de un sudor helado…

Fundido a mí hay un actor. No puedo separarlo de mí, salvo por la negativa: no sé lo que quiere, no sé lo que puede. No sé tampoco lo que piensa… Es una estatua de miedo, un autómata de la aprensión, que coincide conmigo en cada fibra. El autor lo ha tematizado en la pieza, de lo que resulta el *doppelgänger*. La idea ha sido explotada hasta el hartazgo: el actor que representa dos personajes que resultan ser gemelos o sosías. Con las limitaciones que tiene el teatro, los dos personajes, para ser el mismo actor, deben evolucionar en espacios heterogéneos. Siempre hay una puerta de por medio, una entrada o una salida, un equívoco o un cambio de decorado. La mecánica de la puesta en escena disloca los espacios, pero en la medida en que crea la ficción establece un continuo entre ellos, en el que se encabalga el horror del cara a cara con el doble. Se puede ir un poco más lejos, ya en dirección al *grand guignol*, y efectuar el encuentro, mediante maquillaje, vestuario, luces, y contando con la distancia a la que se encuentran los espectadores. (Una restricción de importancia: esto se aplica al teatro moderno, porque el antiguo operaba al revés, al usar máscaras.) El cine, en cambio, gracias al montaje, puede hacerlo perfectamente. En el teatro, cuando no se quiere recurrir a trucos dudosos (o se dispone de dos actores gemelos en la realidad), es preciso tematizar la tematización del doble, de modo que los dos personajes idénticos se revelen como uno solo al final.

Todo lo anterior me parece bastante confuso, y debo decirlo de otro modo (no ejemplificarlo, sino, otra vez, tematizarlo), si quiero hacerme entender. Tarde o temprano llega un punto en que es de vital importancia ser entendido correctamente. Lo oculto no puede persistir sin esa transparencia, sobre la que se hace visible. Lo oculto, son los secretos. Yo tengo secretos, como los tiene todo el mundo; no sé si los míos son más graves que otros, pero tomo toda clase de precauciones para que no salgan a luz. Es natural que a uno mismo sus asuntos le parezcan importantes; el yo es un amplificador natural. Tratándose de un personaje tomado en medio de la representación de la pieza dramática a la que pertenece, en el centro mismo de la intriga, la amplificación llega a cimas que aturden. El vértigo de la acción impide el menor distanciamiento.

Ahora bien, si mi secreto más protegido es lo que hice en el pasado, quizás el secreto se estaría revelando solo, en los hechos, ya que según la sana lógica el presente es el resultado del pasado, y en ese resultado tiene que revelársele, a una mente analítica, todo lo que pasó para producirlo. Pero quien pretenda desenmascararme con el clásico «por los frutos los conoceréis» quedará burlado porque lo que quiero ocultar es precisamente que en mi caso el proceso se dio al revés: los frutos quedaron en el pasado, y nadie podría deducirlos contemplando la flor abierta en el presente. Esta curiosa aberración puede deberse a la naturaleza de mi acción original, que consistió en una separación, en un «tomar distancia» respecto de mi propia persona. Creí estar enfermo de gravedad (no voy a entrar en detalles) y cometí la infamia de abandonar a mi esposa y mis hijos pequeños… Pasaron los años, cambié de personalidad, viví. Realicé el sueño de vivir. De joven yo no sabía nada de la vida, y después tampoco: nunca lo supe. Lo más que llegué a saber fue que la vida existía, y el amor, y la aventura: que había algo más allá de los libros. Y como siempre fui un optimista y siempre tuve fe en mi inteligencia, llegué a la alarmante conclusión de que yo también podía llegar a saber qué era la vida, y cómo vivirla.

De modo que, antes de que fuera tarde, en la desesperación, rompí con mi pasado. Cuando sube el telón, yo soy el doble del que fui, soy mi propio sosías, mi otro idéntico. Han pasado veinte años, y sigo en el mismo punto (a mí no puedo engañarme), aun siendo otro, mi propio otro. He aprendido computación, y el mismo brillo intelectual que antes puse en la literatura lo empleé en la política, en la traición, y ahora resulta que soy un agente doble, infiltrado tanto en el Alto Mando de las fuerzas de ocupación de la Argentina como en la coordinación secreta de la Resistencia. La acción tiene lugar en los salones palaciegos de la Quinta de Olivos, cerca de la medianoche, durante una recepción en honor de los embajadores de Atlantis. Estoy de smoking, elegantísimo, frío, competente, hipócrita como siempre. Lo más asombroso es que no he envejecido, los espejos me devuelven la imagen del que era a los treinta años, pero yo sé que la vejez está a un paso, atrás de una puerta. Siempre pensé que mi aire juvenil (que ya a los treinta años llamaba la atención) es un síntoma de mi falta de vida. No es más que una suspensión de condena, ¿hasta cuándo? El proceso biológico sigue su curso implacable, pero si después de un cambio de nombre, de personalidad, de ocupación, la suspensión persiste no sé realmente qué debería hacer.

Soy un galán, la suprema flor humana abierta en el presente, en el teatro del mundo. «Por mis frutos» no deberían poder conocerme, porque los he dejado en otra vida. Pero hete aquí que los frutos vuelven, del modo más inesperado. Vuelven esta noche, en este momento, tan puntuales que ya eso parece bastante increíble; pero es la ley del teatro del mundo. Si un hombre vive feliz y tranquilo con su familia durante décadas, y un día se introduce en la casa un psicópata que los toma de rehenes, los viola, los mata, ¿en qué día se ambientará la película que cuenta la historia? ¿En el día anterior?

La recepción tiene una invitada extra, para mí la más sorpresiva: Liliana, mi esposa (o debería decir: mi ex esposa, la esposa del que fui). Por supuesto que ignora que estoy aquí, que soy la eminencia gris del Alto Mando; a mí todos me dan por muerto, por desaparecido; por mi parte, en estos veinte años no he sabido nada de ella, tan radical ha sido mi ruptura con el pasado; podría haber estado muerta y enterrada; pero no: está viva, y está aquí... La he visto casualmente, de lejos, en el salón dorado; ella no me vio a mí. Mandé a un secretario a averiguar, y mientras tanto pasé a otros salones de este palacio laberíntico; no me faltaron excusas para hacerlo porque durante el «tiempo real» de la recepción se suceden las reuniones a puertas cerradas. La situación es incendiaria, se prevén cambios inminentes, reina un considerable nerviosismo.

Liliana se ha introducido para hacerse oír por los embajadores de Atlantis; no tendrá otra oportunidad porque ellos apenas si estarán unas horas en el país, han venido para la firma de un crédito puente y se marcharán a la medianoche; de la fiesta irán directo al aeropuerto en las limusinas cuyos motores ya están encendidos. La intención de Liliana es pedir por la aparición con vida de su hijo, que ha sido detenido (yo sólo ahora me entero). Su hijo es mío también, Tomasito, mi primogénito, al que dejé de ver cuando era una criatura, cuando me fui de casa, y del que me había olvidado. Un simple cálculo me indica que ya tendrá veintidós años. Mmm... Así que se hizo opositor, entró en la Resistencia, y lo agarraron. Si se metió en política, y en esos términos, seguro que fue por influencia de su madre; ahora recuerdo la aversión que Liliana le tenía a Menem, a Neustadt, a Cavallo, a Zulemita... Me explico también cómo ha podido entrar ella a la Quinta esta noche: el Comando de la Resistencia, al que pertenezco, le ha debido de dar la invitación: yo mismo les hice llegar un par de tarjetas, como hago siempre con los actos oficiales, por si quieren infiltrarse para poner una bomba o secuestrar a alguien. Y no ha venido sola (usaron las dos invitaciones que mandé): la acompaña un abogado de la sección local de Amnesty International, tolerado por inofensivo; pero yo sé que ha tenido, y tiene, contactos con la Coordinadora de la Resistencia.

Hay algo más, algo que desafía toda imaginación, de lo que me entero escuchando algunas conversaciones oculto detrás de puertas o cortinados: Liliana ha perdido la razón. Mi asombro tiene razón de ser. ¡Justamente ella, tan sensata, tan lógica! En nuestro matrimonio era la que ponía el contrapeso a mis desvaríos. Pero las mentes mejor organizadas son las que menos resisten al derrumbe en las grandes crisis, y la de ella no debe de haber soportado la angustia de la desaparición de su hijo. Desde mi escondite no tardo en tener una prueba irrefutable de su demencia, cuando le oigo decir que la han acompañado en esta gestión su abogado… ¡y su marido! ¿Acaso se habrá vuelto a casar? No, porque me menciona con nombre y apellido: César Aira, el famoso escritor (exagera). Dice que me demoré en el salón hablando con alguien, firmando un autógrafo, que ahora voy a venir… Está loca, alucina, pobrecita. Al instante tomo una decisión temeraria: hacer real su ilusión, reasumir mi vieja personalidad y presentarme a su lado ante los embajadores… Esto no es sólo un gesto piadoso sino que tiene un fin práctico: yo sé lo que hay que decir, exactamente, para mover a los embajadores de Atlantis a actuar, a presionar sobre las fuerzas de ocupación, para que aparezca Tomasito: sin mí la gestión no tiene ninguna esperanza. Y bien puedo hacerlo, porque aunque haya abandonado y renegado de mi familia, sigue siendo mi hijo, mi sangre.

Tengo una habitación en la Quinta de Olivos, que uso cuando debo pernoctar aquí en los períodos de crisis, que abundan, cuando se necesitan mis servicios en horario continuo. Corro a ella y me cambio, elijo ropa informal, lo más parecido a lo que recuerdo como mi estilo en mi vida anterior; me despeino, me pongo anteojos, ¡ya está! Aparezco en escena: «Buenas noches, perdonen la demora, soy César Aira, el padre del desaparecido». La loca me acepta con naturalidad, para eso está loca, veinte años de ausencia no significan nada para su cerebro perturbado. En un aparte me reta porque no me cambié el pulóver… tenés otro, ése está todo manchado… van a pensar que no me ocupo… podrías haberte puesto los otros pantalones, están planchados… ¡No cambia más! Todo mi matrimonio vuelve en oleadas, el matrimonio es una suma de pequeños detalles, uno cualquiera representa a todos los demás.

Las cosas no son tan fáciles. En medio de la exposición debo escabullirme con un pretexto, volver a ponerme el smoking, peinarme, atender a los jerarcas ocupantes que me necesitan para discutir cuestiones de la mayor urgencia: esta misma noche se prevé un estallido de las tensiones internas del Alto Mando, en los hechos es un autogolpe (me ofrecen la presidencia del Banco Central), habrá fusilamientos y degollinas entre ellos, que se le ocultarán a la opinión pública.

En un cuarto intermedio (todo está sucediendo muy rápido) vuelvo a ser «el escritor» César Aira, al lado de Liliana... Y después otra vez vuelvo al smoking... Todo es entradas y salidas muy de *vaudeville*, complicadas más aún por una misión que me impongo: transmitirle al abogado de Amnesty la noticia del autogolpe, junto con las instrucciones de un plan que se me ha ocurrido para que la Resistencia aproveche esta convulsión intestina y levante al pueblo en el momento justo en que las fuerzas de ocupación estarán virtualmente acéfalas. Tiene que ser esta misma noche... El golpe palaciego se hace confiando en la rapidez y el sigilo: calculan tenerlo hecho en unas pocas horas, antes del amanecer (han aprovechado la muy publicitada visita de los embajadores de Atlantis como fachada, y esta recepción para reunir sin despertar sospechas a todos los complotados y sus víctimas), jamás se les ocurriría que la Resistencia puede enterarse sobre la marcha, y actuar como el relámpago... ¡Y lo hará! Al menos, lo hará si yo puedo decírselo al supuesto abogado, que yo sé que tiene contactos con el Comité de Dirección de los resistentes... En los trámites anteriores me las he arreglado para tenerlo ocupado de modo que no pudiera sorprenderse de la aparición inopinada de «César Aira». Ahora, en mi otra cara, de smoking y engominado, lo llevo aparte... Tiene que ser «muy» aparte. Sé bien, sé mejor que nadie, que «las paredes oyen», sobre todo aquí, pero también sé que hay muchos saloncitos y oficinas a los que puedo conducirlo para hacer la revelación... Yo mismo dirigí la colocación de micrófonos, sé dónde están y cómo entrar en los «conos de silencio»... Y sin embargo me asalta la sospecha, completamente irracional para mi nueva personalidad de tecnócrata, de que nos oyen... Siento como si de pronto faltara la cuarta pared, y hubiera gente sentada en la oscuridad, muy atenta a todo lo que yo pueda decir. Es la típica clase de fantasía que se le habría ocurrido al escritor que fui, y que ahora vuelve. Me resisto a aceptarlo pero no me atrevo a descartarlo del todo; hay demasiado en juego. Así que le digo al abogado: «No, espere un momento, aquí no puedo hablar, venga a la oficina de al lado…». Pero cuando estamos allí, es lo mismo, y si volvemos a trasladarnos la sospecha lo hace con nosotros. El gasto en decorados inútiles es descomunal; sólo podría justificarlo una afluencia récord de público, pero ahí se crea un círculo vicioso, porque cuantos más espectadores hay más crece mi sospecha de ser espiado y más tengo que desplazarme en busca de una privacidad que sigue huyendo… Y además los minutos pasan, sin que la acción avance… Es la catástrofe, el hundimiento de la obra. No sé cómo remediarlo: en el fondo sé que a esta altura no tiene remedio. Mi error fue olvidar, en el entusiasmo de la acción, que esto era una representación teatral… Mejor dicho, no «olvidar» sino «ignorar», porque no puedo saberlo ni haberlo sabido nunca ya que para mí, en tanto personaje, todo esto es realidad. Debo aclarar que esta escena abortada por mis infinitos aplazamientos-desplazamientos era fundamental, porque hasta ahora los espectadores (ya no sé si hipotéticos o reales) no tenían modo de saber por qué un mismo actor estaba representando a dos personajes tan distintos, y la conversación con el abogado estaba pensada como una gran revelación y como la explicación general de la intriga.

Todo se derrumba… No se pierde gran cosa, porque la obra es ridícula, rocambolesca, basada en recursos fáciles. Quizás el planteo mismo no valía la pena, y el desarrollo fue más defectuoso. Mientras fui escritor creí ser de los buenos, pero nada lo confirmó en la realidad, ni el éxito ni mi satisfacción personal. Esos admiradores sueltos que siempre me estaban apareciendo no confirmaban nada, podían estar tan equivocados como yo. Pensé que la muerte sería una solución, un corte del nudo gordiano, pero desde mi desaparición, hace veinte años, las cosas han seguido igual que antes: unos pocos lectores, siempre universitarios, escribiendo tesis sobre mí, y nada más. Nunca hubo un verdadero público para mí. El público me habría hecho rico, y no habría necesitado volver a pensar en la literatura. ¿Habré sido un genio incomprendido, o apenas un talento a medias, extraviado en los meandros ambiguos del vanguardismo? Imposible decidir. Entre mi vida y mi muerte de escritor se establece la misma sospecha que me paraliza y me impide hablar en la superposición de espacios virtuales y reales del teatro.

*3 de julio de 1995*

# DUCHAMP EN MÉXICO

De turista en México, ¡otra vez! ¡No puedo creerlo, la repu-
tísima madre que lo parió! ¡Otra vez! ¡Otra vez la trampa…!
El cofre con la cabeza de payaso que salta, pero al revés: con
el resorte apuntado para adentro, y yo con él. Un palacio, ¡clac!
¡Adentro conmigo! Una iglesia, ¡clac! Un museo, ¡clac! Se
cerró la tapa, y yo la miro desde el fondo, atontado, incrédulo.
¿Cómo pude caer otra vez en la misma trampa? Es exactamente «la misma», y es exactamente «otra vez». Eso es lo que
más me duele. Si ya sabía de qué se trataba, ¿cómo pude dejarme convencer? ¿Y por quién? ¿Por mí mismo? No hay
otro. La única explicación que se me ocurre es que haya su-
frido una especie de desdoblamiento, y haya sido mi sosías
nuevo el que vino. Uno cree que la experiencia le va a aprovechar, que va a aprender algo de sus errores, y después la
conciencia queda atrás, en un avatar caduco de uno mismo, y
en el presente tropieza exactamente en la misma piedra. Que
México sea el presente, y yo esté en él, me escandaliza. ¡Cómo
pude ser tan imbécil, tan atolondrado! Ninguna recrimina-
ción es excesiva.

En fin. Queda lo práctico. Aprovechar mientras estoy aquí,
que no será por mucho tiempo. Me he puesto a escribir para
pasar el rato y encontrar por lo menos el consuelo de una
actividad habitual y mecánica, que puedo hacer sin pensar y
al mismo tiempo me absorbe. También podría buscar un provecho más tangible: hacer compras. El cambio nos beneficia a
los turistas argentinos, aquí han devaluado de modo salvaje y

hoy por hoy todo está increíblemente barato. Pero habría que tener las ganas y la energía de ponerse a buscar cosas que valgan la pena, y que sean baratísimas –porque uno se pone más y más exigente, la ventaja del ahorro automático no hace más que estimular a ir más lejos, como un avaro al revés que funcionara como un avaro de todos modos... Y el mero trabajo de ponerse a hacer compras es agotador, de nunca acabar. Y al fin no se disfruta del viaje, porque los locales o centros de compras en los que hay que pasarse el día son como los de cualquier otra parte del mundo.

Sin embargo, es inescapable. Es inescapable como una angustia, y en cierto modo se confunde con la angustia general de estar aquí, de turista, como un pelotudo, en lugar de haberme quedado en mi casa.

La cuestión se complica con lo precario de mi economía; si hace dos años que no me compro un par de zapatos, y ando con las suelas agujereadas, es bastante obvio que debo cuidar mi dinero argentino, para que mi familia no pase hambre. Y después de todo el dinero mexicano lo he comprado con el argentino; no importa que el de aquí sea una hojarasca devaluada. Aunque me dieran un millón por uno, no estoy en condiciones de tirar ese «uno», y por lo tanto tampoco ese «millón». Con todo, creo que aquí está la respuesta a la pregunta que me hacía antes. Si vine, fue por codicia, la codicia del pobre. Porque sabía que aquí todo estaba baratísimo. Para poder comprarme un millón de pares de zapatos. Alojada en lo más profundo del inconsciente, esa idea no tiene la menor posibilidad de hacerse real. Salir a comprar zapatos, o cualquier otra cosa de las que necesito, sería demasiado humillante y mi depresión se agravaría hasta límites intolerables.

Quedan los libros. Los libros, por supuesto, están en el primer plano de mis expectativas, o mejor dicho en el único plano posible. Lo demás lo compraría por obligación, llevado de la mano de un demonio perverso; con los libros en cambio me entiendo personalmente. Y aunque todas mis expectativas tengan el desengaño por destino, las literarias, sin estar excluídas, pueden señalar la vía de una superación. Los libros tienen una cualidad de universal que debería escapar a la maldición turística. Y yo soy un especialista en libros. Claro que soy especialista en tantas cosas… Ya el solo hecho de manifestarme especialista en lo universal debería ponerme en guardia.

Nadie se ha hecho rico comprando libros baratos. Si yo he deseado tan ardientemente ser rico, fue para salir de esta subjetividad malsana, donde caer en una trampa es lo normal. Desde la trampa, desde el fondo, es difícil evaluar los movimientos que nos sacarán de ella. Uno prueba un poco al azar, sin retroceder ante las maniobras más absurdas. No es cuestión de aprender, porque no hay tiempo; en el presente absoluto donde se lleva a cabo el combate, el error no conduce a una enseñanza (lo que por otra parte acentuaría la subjetividad) sino que ya es la materia misma de la acción, tal como queda registrada.

Pues bien, hubo un pase de magia, y me objetivé. Estoy acostumbrado a estos triunfos a lo Pirro. Me objetivé, pero no en el sentido correcto, como los mexicanos objetivados que veo fluir a mi alrededor todo el tiempo, sino al revés, como un sujeto abstracto bajo examen de una conciencia segunda. Trataré de mostrar cómo pasó en un relato brevísimo, o menos que un relato, su esquema. Si yo fuera capaz todavía de construir un relato encarnado, no estaría todo perdido, como lo está. Lo único que me queda es la anotación inconexa, la mención aproximada de los hechos.

El punto de partida es esta pregunta que sigo haciéndome: ¿qué hacer? ¿Qué hacer, Dios misericordioso?

Podría decirse, a modo de consuelo: la situación es adecuada (y hasta: es ideal) para reflexionar, ya que no queda otra cosa que hacer, y aprovechar para poner en claro las ideas sobre el mejor modo de encauzar mi vida… Pero sería un completo error. Porque no hay nada que pensar ni reflexionar. Hay que actuar. La meditación sólo sirve de algo cuando es su propia acción. O, dicho al revés, la acción no tiene un pensamiento preparatorio.

Quizás bastaría con hacer muy poco. Quizás poquísimo, un pequeño toque de acción, un detalle, y que con eso baste. Si es eficaz, debería bastar.

No hay acción pequeña. La eficacia se extiende y ramifica, positiva o negativa, a todo el resto.

En este momento se me ocurre la siguiente posibilidad: broncearme. Oscurecer con el concurso del sol la piel blanco-rosada que me cubre. Claro que eso implica todo un programa de vida…

Nada premeditado puede salir bien.

…Otra vez la trampa que se cierra sobre mí con un ¡clac! de tapa bromista. Palacios, iglesias, museos… Los edificios están inclinados, torcidos, acentuando esa ilusión de voltereta maligna… Si se pusiera una bala de cañón en el piso de cualquiera de las viejas iglesias, se lanzaría en una loca carrera para aquí y para allá, como en el pinball. Si se la mojara previamente en tinta china, o tinta de mole, haría un dibujo, o más bien una escritura, que tal como estoy viendo las cosas diría: «argentino pelotudo». El horror que me produce esta edificación no lo mitiga un pequeño descubrimiento que hice: en la ciudad han numerado cada piedra, cada sillar, cada moldura, de cada una de las innumerables viejas iglesias. Lo han hecho con unos discretos números rojos al esténcil, pequeños y colocados en los sitios menos visibles pero es imposible no notarlos a la larga. El propósito debe de ser volver a armar las iglesias si otro terremoto las echara abajo, como una especie de juego de armar y desarmar, cuyas piezas una Providencia juguetona se complaciera en revolver como desafío al ingenio de los hombres.

Querría escribir estas páginas sin estilo, sin empaque, como anotaciones improvisadas, casi sin frases… Y sin embargo, sin quererlo, todo se hace frases, todo se hace pomposo y académico. Si alguna vez yo pudiera escribir sin estilo, podría vivir. Pero bien sé que nunca voy a poder escribir como quiero. Estoy escribiendo en mi cuarto de hotel, en la calle Madero; aunque el cuarto no da a la calle, oigo el acordeón del mendigo que vi hace un rato en la vereda de enfrente; él toca (es un hombre joven, pequeñito), y una niña de cinco o seis años les acerca el platillo a los que pasan. Suena casi como un organito: siempre igual, sin más ritmo que el de la repetición, sin melodía perceptible. Sólo puede decirse: es un acordeón, y alguien lo toca. No vi que nadie le diera nada, y si es por lo que hace, yo diría que no se lo merece; pero él no se propone por lo que hace sino por lo que es: un mendigo. Me pregunto hasta qué hora seguirá.

Es un acordeón, y alguien lo toca. El mínimo de sentido. En la confusión universal inherente al mínimo, se produce un movimiento cualquiera, que puede ser el de desprenderse de unos centavos. Es un acordeón, hasta qué hora seguirá. Me pregunto, y alguien lo toca.

Pero el objeto de esta anotación, que será muy breve, es relatar la compra, única y múltiple, que hice. Antes, una explicación más, para que no caiga totalmente en el vacío.

Contra toda ilusión de estilo, tengo a mi favor la convicción de que no vale la pena contar lo que cuento. El tiempo está atestado de historias, y nadie se molesta en contarlas. Su única función es colmar los lapsos y sostenerse unas a otras como se sostiene un sistema por la interacción de sus piezas. Pero una historia sacada de su sistema, que es su procedimiento de objetivación, no le interesa a nadie y no es nada. El valor agregado del estilo se agrega a la nada, y debo cultivar esa nada como mi única ventaja en las actuales circunstancias.

No sé si ya lo anoté, pero esta historia se basa en la situación, que en los últimos tiempos ha venido dándose cada vez con mayor frecuencia, y más acentuada, de encontrarse uno en un lugar donde su dinero, antes de cambiarlo, vale muchísimo más de lo que vale en su patria. Es un efecto de los experimentos en macroeconomía a los que se entregan los gobiernos de nuestros países latinoamericanos. Las cosas resultan inconcebiblemente baratas, y se desencadena una necesidad psíquica de hacer compras, actividad desligada en este caso de la lógica que la acompaña habitualmente. La situación en sí tiene algo de abstracto, como para desmentir el valor de la historia que pueda suceder en ella. A esta abstracción, o esquematismo, contribuye el comportamiento del tiempo: por necesidad, uno está pocos días en esos lugares; pero su dinero le alcanzaría para seguir comprando y gastando indefinidamente. Para meter ese virtual infinito en una semana, el tiempo debe dilatarse por dentro, de modo asintótico. Y las historias en cuestión toman un tinte absurdo.

Yo puedo seguir comprando y leyendo libros indefinidamente. Aunque ahora tengo plata y puedo comprar todos los libros que quiero, me ha quedado de la juventud un reflejo de avidez que me hace imposible resistir a una pichincha. No bien hube llegado a México, y dejé mis cosas en el hotel y crucé a un Sanborn's a comprar una tarjeta telefónica, vi un libro… lo di vuelta para mirar el precio… una bicoca, como ya estaba preparado para esperar, un regalo… noventa y nueve pesos, lo que traducido a dólares era noventa y nueve veces nada… Había algo que no coincidía, un detalle que me hizo vacilar. La forma estaba bien, pero el contenido hacía un pequeño grumo en el verosímil. Porque se supone que al venir a México uno debe comprar libros mexicanos… Y éste era un libro importado, un libro de arte sobre Duchamp, grande y con tapas duras. No Rivera, ni Orozco, ni Frida Kahlo ni el Dr. Atl, sino Duchamp. Pero era un libro muy bueno, con fotos que yo no tenía, y sucede que Duchamp es mi artista favorito, por más motivos de los que podría enumerar aquí. Dudé apenas un instante, y me lo compré. El primer paso estaba dado. Lo demás se daría por sí solo, casi sin mi intervención. El primer paso tiene sus bemoles. Es un pequeño abismo sui generis, que hay que saltar o no saltar. Uno se puede quedar toda la vida ahí, lo salte o no. Es la válvula por la que se infla el tiempo.

Esta sed malsana de experiencia, ¿adónde nos puede llevar? A la aniquilación.

Habría que equilibrarla con períodos vacíos, de asimilación y elaboración.

Yo quería estar en el vacío, pero el vacío se volvía experiencia, y me acosaba. A partir de ese momento, mi estado de ánimo empezó a decaer precipitadamente.

Los pasos subsiguientes fueron sucediendo en una creciente depresión. Inútil extenderme. ¡Tantos lo han hecho ya! Además, la idea es hacer nada más un esquema, como dije. No podría hacer otra cosa; pero, haciendo de necesidad virtud, y además recuperando una intención que he venido alentando desde hace años, descubro en este momento que limitarme al esquema puede tener un propósito, que es el siguiente. En el futuro, puede haber un escritor, profesional o aficionado, que esté en el mismo predicamento que yo: solo, aburrido, deprimido, en una ciudad horrenda. La trampa seguirá existiendo, si no ésta otra equivalente. Y entonces mi esquema podrá servirle de guía, para hacer algo y llenar las horas muertas sin necesidad de exprimirse demasiado el cerebro. Un esquema de novela para llenar, como un libro para colorear. De modo que podrá encerrarse en su cuarto de hotel, con este delgado volumen (porque me ocuparé de hacerlo imprimir; esa decisión también la acabo de tomar) y un cuaderno, y tendrá un entretenimiento creativo asegurado, sin la incomodidad de tener que ponerse a inventar nada. No me preocupa lo remoto de la posibilidad de que se repita mi caso; todo lo contrario; a ese hermano en la desgracia puedo imaginármelo mejor lejano que cercano: dentro de diez siglos por ejemplo, cuando todo haya vuelto a ser igual que ahora, pero mi modesto esquema haya tomado el prestigio de una antigüedad. Quizás su prestigio radique en ser el primero de los esquemas de novela, género que después podría popularizarse. En realidad, es un género nuevo y promisorio: no las novelas, de las que ya no puede esperarse nada, sino su plano maestro, para que la escriba otro; y el que la escriba, no lo hará por vanidad o por negocio (porque la cosa quedará en privado) sino como arte del pasatiempo, como ejercicio literario o batalla ganada contra la melancolía. El beneficio está en que ya no habrá más novelas, al menos como las conocemos ahora: las publicadas serán los esquemas, y las novelas desarrolladas serán ejercicios privados que no verán la luz. Y la publicación tendrá un sentido; uno comprará los libros para hacer algo con ellos, no sólo leerlos o decir que los lee.

Volviendo a lo mío, diré que me sentía bastante feliz con mi compra, y con el trámite fluido entre impulso y acción que había llevado a ella. ¿No es maravillosamente elegante, comprarse un libro por capricho, porque sí, por un impulso momentáneo? Riéndose de la indiscutible verdad de que un libro es para siempre, hasta la muerte (y más allá) sobre todo por lo difícil que resulta sacárselos de encima.

Ese mismo día, a la tarde, volví a ver ese mismo libro sobre Duchamp en otro lado. Era mi primera jornada en la ciudad, y debería haber sido la mejor, en razón del declive que se iniciaba, pero el viaje me pesaba todavía, por la diferencia horaria y el aturdimiento de la mala noche en el avión. De cualquier modo, estaba explorando, con cierta curiosidad... Qué paradójico que en una exploración, en la percepción de lo nuevo y extraño, mi mirada fuera a descubrir algo tan habitual como un libro, y además un libro que había visto y comprado esa mañana. Seguramente fue por eso mismo. Me acerqué, lo di vuelta, y cuál no sería mi sorpresa al ver que el precio aquí era un poco inferior a donde lo había comprado: noventa y cinco. Si el precio en sí era insignificante para mi ilusoria opulencia de extranjero, la diferencia lo era más aun. De todos modos era una diferencia; no se me ocurría qué podía hacer con los cuatro pesos de «ganancia», pero eso no va al caso, porque al hablar de diferencia se habla de la suma ideal de todas las diferencias. De modo que sin pensarlo más, pero todavía un poco menos que antes, lo compré y salí con mi Duchamp bajo el brazo.

Mi ánimo desmejoraba. Y al mismo tiempo mejoraba. No me importaba nada. Era como si estuviera entrando al mundo mágico de la aritmética. Había gastado en las dos compras ciento noventa y cuatro pesos. Pero debía restar los cuatro pesos de la diferencia, lo que hacía ciento noventa y uno.

Además, la ganancia obtenida revertía sobre el segundo precio, que con ello disminuía a noventa y uno; y respecto del primer precio revertía doblemente, es decir cuatro más cuatro: noventa y nueve menos ocho también daba noventa y uno. El gasto total ascendía entonces a ciento ochenta y dos. Aunque ahí había una divergencia que me intrigaba: si había cuatro diferencias de cuatro pesos, sumaban dieciséis, y ciento noventa y cuatro menos dieciséis daba ciento setenta y ocho, no ciento ochenta y dos. Volví a hacer las cuentas. Advertí que antes no había incluido los primeros cuatro pesos, los originales, que se desprendían de la diferencia entre noventa y nueve y noventa y cinco. Pero por la índole misma de esta «acumulación negativa», debían incluirse, por lo que la segunda suma era la correcta. Incidentalmente: a lo que llamaba «suma» también podía llamarlo, con no menos derecho, «resta». Y es que ambas cosas son en realidad lo mismo.

El consumismo es una parte de nuestro destino. Y el destino se historiza a la larga, exactamente como cualquier otra cosa. ¡Por qué iba a sentir culpa! Con el libro bajo el brazo me sentía ligeramente mejor; y a la vez, por supuesto, un poco peor. «Historizar» es el lema de mi trabajo intelectual. Lo que nunca antes se me había ocurrido es que también podía aplicarlo a mis esfuerzos por organizar mi vida en vistas a la felicidad. Historizándolos, los ponía en otra esfera, separada, aun cuando se tratara del mismo asunto. Ponía el destino como barra de contención y pasaje a otro nivel heterogéneo. Por ejemplo en mis estudios sobre Duchamp, historizaba al artista y su obra… No. Advierto que es un mal ejemplo, como todos los ejemplos; simplemente porque no es un ejemplo: Duchamp es, en el sistema mental dentro del cual funciono, la historización misma, el proceso y el método por los que el trabajo mental se historiza. Sea como sea, al otro lado de la barra, si tomaba a Duchamp como modelo a imitar para la organización de mi vida… (y también éste es un mal ejemplo, porque todo lo que he pensado en términos de organización de mi vida ha estado en función de Duchamp) no se me ocurría que mi destino, organizado o no, estaba sujeto al mismo procedimiento de historización... Sólo ahora me doy cuenta de que en esa réplica estaba la solución de mis problemas; es decir, si me historizo, si historizo mi futuro y mi agenda, ya no tengo nada más que hacer ni de qué preocuparme.

Claro que no es tan fácil. Lo que pasa es que aquí ya no se trata de teorías o del esquema abstracto de los hechos, sino de la práctica en la realidad. Y la práctica, como lo sabe cualquier marxista, requiere salir de la autointerlocución. Es decir que debería ver por el otro lado, por la «espalda», a mi depresión, a mi pesimismo, como un bailarín obeso que se hiciera filmar para poder verse, con la inútil esperanza de mejorar su técnica.

El libro era de tamaño grande, con la tapa roja, visible desde lejos. Encontré el tercer ejemplar al día siguiente, en el sector libros de un centro de compras. Esta vez mi curiosidad se manifestó de modo más estructurado. Por aquello de «no hay dos sin tres», ya adivinaba que el precio sería distinto, pero lo que me preguntaba era si sería un precio menor que los dos anteriores. En los dos primeros casos la secuencia se había dado de mayor a menor y podría haber sido al revés: había tantas posibilidades en un sentido como en el otro. En el tercer caso... No sé hacer esos cálculos, que son bastante complicados; pero evidentemente las posibilidades de que se mantuviera la escala descendente disminuían. Y aun así, qué casualidad, descendía: eran ochenta y cinco pesos. Lo compré, sin pensarlo ya casi nada. Si algo ocupaba mi mente, cuando iba caminando con mi libro bajo el brazo, era la suma de las diferencias y cómo hacerla. La primera diferencia había sido de cuatro pesos (de noventa y nueve a noventa y cinco), la segunda de catorce (de noventa y nueve a ochenta y cinco); entre ambas, estaba la diferencia entre el segundo y el tercero (de noventa y cinco a ochenta y cinco): diez. El total era de veintiocho pesos. Las razones sucesivas del ahorro al comprar el segundo ejemplar me habían llevado a acumular tres veces más la diferencia original, es decir a multiplicar ésta por cuatro. Pero no debía caer en el error de multiplicar ahora por cuatro las nuevas diferencias que se establecían; es decir, sospechaba que sería un error, aunque más no fuera porque la operación debía hacerse sólo con sumas (sumas que eran restas), y el carácter mecánico de la multiplicación estaba fuera de lugar estéticamente. De modo que seguí calculando paso a paso. La diferencia entre el segundo precio y el tercero era de diez pesos. Por la reversión, el tercer precio disminuía diez pesos (a setenta y cinco), y el segundo dos veces diez, es decir también a setenta y cinco; hasta ahí, era la multiplicación por cuatro: cuarenta pesos. Pero antes estaba el primer ejemplar, sobre el cual esta segunda diferencia revertía tres veces, es decir que disminuía el precio de noventa y nueve a setenta y nueve. El total era de cuarenta más treinta, o sea setenta pesos, que se sumaban a los dieciséis del día anterior. Pero ahí no paraba la cosa, porque estaba la diferencia «máxima», entre el primero y el tercero, de noventa y nueve a ochenta y cinco: catorce pesos. Esa cifra revertía sobre el precio mínimo, haciéndolo bajar a setenta y uno. Y, como en el caso anterior, revertía doblemente (veintiocho pesos) sobre el segundo precio y triplemente (cuarenta y dos) sobre el primero, pero aquí no volvían automáticamente a setenta y uno, sino, respectivamente, a setenta y siete y cincuenta y siete. De modo que el total de ahorro generado por esta tercera compra debía incluir: los veintiocho pesos del ahorro bruto, más los setenta de las diferencias sumadas entre la segunda y la tercera compra, más los noventa y ocho de las sumadas entre la primera y la tercera (aquí se sumaba a veintiocho y cuarenta y dos, dos veces catorce, una vez por diferencia original y otra por reversión sobre el precio mínimo). La suma daba ciento noventa y seis pesos, más los dieciséis generados por la segunda compra: doscientos doce pesos. Y esto era parcial todavía, porque me faltaba lo más difícil: hacer los mismos cálculos sobre el total gastado, que era de noventa y nueve pesos más noventa y cinco más ochenta y cinco, es decir doscientos setenta y nueve. Por lo pronto, la diferencia daba un número positivo, porque el total gastado todavía era mayor que el total ahorrado.

Salí de la positividad esa misma noche, cuando en otro Sanborn's encontré el cuarto, y para mi inmensa sorpresa, que ya empezaba a no ser tan inmensa, el precio era ligeramente inferior, ochenta y dos pesos. Las chances debían ir multiplicándose de modo exponencial en mi contra; no de que el precio fuera distinto, porque ya se hacía evidente que en el sistema mexicano de comercialización de libros importados no regía el precio fijo, sino de que yo me los fuera encontrando en orden, en el orden sin orden de mis paseos melancólicos, de mis recriminaciones por haber cometido el error de haber venido. No voy a hacer el relato de mis andanzas, ni las descripciones de los lugares, y, a partir de ahora, ni siquiera de mis estados de ánimo. Mi único propósito es dejar anotada la serie, para que el día de mañana le sirva, como ya dije, de esquema de escritura a alguien que esté pasando lo que me pasa a mí o algo equivalente, adaptado a su época futurista. Justamente, si hiciera el relato completo y escribiera las circunstancias, estaría bloqueando la actividad de mi «cliente», adelantándome a ella. Este esquema aritmético se llenará de humanidad y patetismo, de color y de volumen, sólo cuando lo empiece a interpretar, escribiendo, ese desconocido del porvenir, dentro de mil años.

No me hago ilusiones con la posteridad. No creo que esta fábula del libro único y múltiple de Duchamp tenga un valor especial. Pero sí creo en el valor supremo de lo primero, del gesto original. El reverso de la Ley de los Rendimientos Decrecientes es la omnipotencia de la primera acción. Y, valga lo que valga este nuevo género de los Esquemas para Escribir Novelas, este esquema es el primero y por ello lo puede todo, lo tiene todo abierto frente a él. El destino natural de lo primero es volverse un mito; pero los mitos no se escriben, lo que le da a mi empresa un aspecto imposible, o por lo menos paradójico. Con todo, creo que es por eso que estoy escribiendo aquí, en el hotel, a medida que pasan las cosas, sin darme tiempo para reflexionar y estructurar artísticamente la experiencia. Lo estoy viviendo. Lo estoy improvisando… Aunque el aire de ceremonia neurótica que tiene el asunto lo aparte de la vida libre y repentista; es más bien el ritual de un mito extraño, que sin embargo está saliendo a la luz en el mismo proceso.

Pues bien. Basta de autobiografía. Vamos a los números, porque con ellos alcanza para hacer el esquema. Cada uno de los que escriban una novela a partir de este esquema se ocupará de poner la carne y la sangre y las lágrimas de la imaginación donde yo pongo la señal abstracta, el punto por el que se traza la curva o se apoya el volumen. Donde él vea un cinco, pondrá una sonrisa, donde un nueve un disparo en la tiniebla, donde un seis el amor… Él sabrá extraer todas las posibilidades. Un quince (el sonido de la lluvia) podrá ser la suma del ocho (el divorcio) y el siete (un corte de pelo). Etcétera. Debo aclarar que para mí los anteriores son ejemplos al azar y por completo absurdos.

Ochenta y dos. Ése fue el precio del cuarto ejemplar, el que compré anoche. La diferencia con el tercero, que me había costado ochenta y cinco pesos, era de tres. La secuencia de diferencias brutas ahora tenía tres términos: cuatro, diez, tres. Quiero mostrar una vez más, a manera de resumen parcial, cómo se acumulan las diferencias. Al comprar el segundo ejemplar había ahorrado cuatro pesos: al comprar el tercero, había ahorrado diez pesos respecto del segundo, catorce respecto del primero. Al comprar ahora el cuarto, ahorraba, en línea ascendente, tres pesos, trece pesos y diecisiete pesos. Sumando estos mínimos ya obtenía un ahorro de sesenta y un pesos. Pero esto sin acumular, y la acumulación era la clave. Por ejemplo, del cuarto al primero había ahorrado diecisiete pesos, ¡pero no sólo al comprar el cuarto! Porque ahora, teniendo toda la serie a la vista, podría decir que al comprar el segundo no sólo había ahorrado cuatro pesos, sino también diecisiete. Y lo mismo al comprar el tercero. Y, más sorprendente, al comprar el mismísimo primero; porque el primero me había costado noventa y nueve pesos, pero ahora, en el cuarto momento, me costaba diecisiete pesos menos: ochenta y dos; y como el libro seguía siendo el mismo, el ahorro valía para todos los ejemplares. Al tener cuatro en mi poder, yo podía multiplicar diecisiete por cuatro (y cuatro por cuatro, y diez por cuatro, y tres por cuatro, y catorce por cuatro, y trece por cuatro); claro que no multiplicaba, sino que simplemente sumaba: aunque se hacía un poco más lento me daba más seguridad. A esta altura la cuenta ya era difícil de hacer mentalmente, pero me absorbía en su placer y me distraía en mis paseos a pie, que tendían a hacerse interminables.

Es innecesario decirlo, pero lo diré de todos modos, que inicié una colección de tickets de compra. Ya tenía cuatro. Los metí en un sobre. No tomé notas: mi colección sería mi único registro, y lo demás se lo confiaría a la memoria. En otra época habría llenado cientos de páginas, y hasta me habría comprado lapiceras especialmente para la faena, y cuadernos en cantidad excesiva, porque siempre después de comprar uno veía otro que me gustaba más (o era más barato), y los habría emborronado sin cesar, del derecho y del revés. Sin darme cuenta, he cambiado. En este nuevo proyecto lo único escrito eran los tickets, la colección, y no lo escribía yo, ya venía impreso por una máquina. De hecho, el libro que me propongo publicar podría consistir únicamente de reproducciones facsimilares de los tickets, ampliadas al tamaño que tiene el libro en cuestión sobre Duchamp. Eso debería ser suficiente (más una breve explicación preliminar) para reconstruir toda la aventura: cada cual lo haría a su gusto, con sus rasgos personales y sus propios cálculos, que pese a la fama de impersonal de las matemáticas salen siempre distintos según quién los haga, es decir según quién decida qué operaciones hacer y con qué números. La «breve explicación preliminar» es esta que estoy haciendo, y si me extiendo más allá de la página o página y media que sería estéticamente aconsejable, es por afán de claridad. Pero a partir de aquí, como todas las explicaciones ya han sido dadas, acelero el paso.

El quinto libro saltó a mi vista con la aceitada presencia de un maître d'hôtel. Su precio, ochenta pesos. Seguíamos bajando. Compra. Ticket. Ya estaba en mi tercer día de estada en la ciudad, un sábado. Esa jornada produjo un solo libro. No es que yo anduviera a la caza, todo lo contrario. De hecho, creía que la serie había tocado a su fin, como lo había creído después de cada una de las compras anteriores. Que el libro siguiera apareciendo tenía para mí algo de prodigioso, aunque era lo más natural del mundo. Me sorprendía su identidad, que después de todo era lo que había que esperar, porque un ejemplar de los miles que componen una edición es exactamente igual a todos los otros. Cuando son nuevos, es imposible distinguirlos. La única diferencia para mí estaba en el tiempo, en la cronología con que se iban sucediendo. En eso sí eran diferentes; no podían serlo más. Y esta diferencia en el tiempo conllevaba otra: la del precio. Ahí sí había algo que merecía mi perplejidad: que la serie temporal coincidiera con la serie descendente de los precios. Pero una vez comprados, volvían a la identidad inicial. En mi cuarto del hotel, los apilaba sobre la mesa, y no importaba que se mezclaran, por ejemplo si las mucamas deshacían la pila y la volvían a hacer. ¡Si eran idénticos! Y la sucesión no podía mezclárseme por el curioso hecho que ya señalé de que en la sucesión, y conformando lo que para mí era sucesión, los precios iban disminuyendo. De modo que ordenando los tickets por las cantidades pagadas, de mayor a menor, tenía el orden de la historia. Este quinto establecía con el primero una diferencia de diecinueve pesos.

Como dije, hacía la cuenta de memoria, sin ayuda del papel, y la hacía cada vez toda entera, no sólo la parte correspondiente a la última compra; esto último era necesario, porque no había (no podía haber) resultados parciales: el último ahorro revertía sobre todos los anteriores, y los cálculos previos se hacían inútiles; aunque no era inútil hacerlos en cada tramo, porque de ellos dependía la continuación. En realidad, soy bastante torpe con las cuentas; aunque descubría capacidades insospechadas en mí, los errores menudeaban, y debía recomenzar mis monótonas columnas mentales. La menor distracción me hacía perder el hilo. Así que empecé a usar las distracciones como recursos mnemotécnicos. Me metía en alguna vieja iglesia torcida, me sentaba en un banco, y sumaba, con la mirada perdida, durante horas. Los numeritos rojos pintados en las piedras hacían eco a los míos, invisibles.

Con todo no se me escapaba que tenía que haber una fórmula. Con una fórmula la cuenta se haría automática, o, lo que es más pertinente aquí, no sería necesario hacerla. Sería algo así como el plan maestro de los números, así como los números son el plan maestro de la novela. Mi ignorancia de las matemáticas me veda el hallazgo de la fórmula (no sabría ni por dónde empezar), pero no me opongo a su uso; al contrario, la considero el paso siguiente lógico y natural de la operación, ya que si ésta consiste en hacer las cuentas para no escribir la novela, lo que viene después tiene que ser usar la fórmula para no hacer las cuentas. Y todavía tendría que haber un tercer paso, que hiciera innecesario usar la fórmula. Así se llegaría a no hacer nada, a no hacerse problemas por nada, y, por fin, a ser feliz.

No quiero extenderme en lo que sería un tema ajeno a este informe, pero dejo sentado el hecho de que, mediante estas maniobras, el libro sobre Duchamp se iba volviendo un objeto extraño… Todo libro lo es, por la conjunción de unidad y multiplicidad y por las actividades a las que uno se libra con ellos, pero en este caso la extrañeza se acentuaba casi hasta el límite de lo inconcebible y lo impensable.

Esta edificación barroca que hace el atractivo de la ciudad de México, que he calificado subjetivamente de «trampa», está en efecto en proceso de cerrarse. El derrumbe, que parece preocupar a los que han enumerado sus piezas, es secundario. Lo principal es el «cierre», que es el proceso constitutivo de sus volutas y estípites y demás tonterías. Es tan primordial que empezó antes de la construcción.

El secreto de la industria del turismo, a la que este país le da tanta importancia, está en miniaturizar los tesoros nacionales, para que el visitante pueda comprarlos y llevárselos en la valija. Eso es lo que hace funcionar al turismo en la sociedad de consumo. Los modos de miniaturizar son muy variados; entre todos ellos se establece un continuo, por el que se desliza el turista en tanto turista. Todas las ilusiones de la representación participan del conjunto. No importa que los atractivos sean demasiado grandes, porque se echa a andar un juego de mutaciones que siempre resulta eficaz, como el darwinismo. Con los paisajes se pueden hacer rompecabezas, con las montañas dijes. Ya mi venerado Duchamp, ese precursor, metió aire de París en una ampolla de vidrio. Y si lo que tiene para ofrecer un país es la vida regalada de sus playas, basta con hacer a escala reducida una representación del tiempo. Un cortocircuito sumamente práctico es miniaturizar el valor de la moneda. Con dinero de Liliput aun los turistas pobres como yo están en condiciones de comprar todas las miniaturas que se les antojen, y hasta algunas más para llevar de regalo.

No sé si será por deformación profesional, pero yo pienso que todo el continuo, tarde o temprano, pasa por el libro, que es la forma primitiva y original de la miniatura. El libro no sólo minituariza el mundo, sino que además de hacerlo lo dice y explica cómo se hace. Se me ha ocurrido en estos días la idea poética de hacer un catálogo de tesoros nacionales, naturales y artísticos, en forma de señaladores de libros (aquí los llaman, como si se me hubieran anticipado, «separadores»). Y no hablo de meras fotografías o dibujos, sino de miniaturas volumétricas. Son los libros los que deberían adaptarse a ellos, y estoy seguro de que, por la ley de la evolución, lo harían tan bien que la transformación afectaría no sólo a la forma sino también al contenido, y a partir de él a nuestra concepción del mundo y la vida. Un señalador o separador se mete entre las páginas de un libro cuando uno interrumpe la lectura antes de llegar al fin. Y se saca cuando uno retoma la lectura. Es decir que su utilidad es la de un lapso de tiempo de saca y pon. Y las formas del tiempo son imprevisibles porque se dan por la negativa, en un vaciado dentro del cual calzan los hechos. Hoy estuve rondando unos palacios extraños, bajo un día gris, entrando y saliendo. El «¡clac!» de las tapas de piedra fue marcando el paso de las horas hasta la noche. Creo que el diseño de los relojes tal como los conocemos es barroco: es una maqueta de implosión.

Cuando me torturo por las desorganizaciones que me afectan… cuando pienso que mi vida es una catástrofe por culpa mía, y me interno en complicados planes pueriles para remediarla, estoy actuando en vano, o mejor dicho estoy pensando, sólo pensando, sin actuar. Debería ser más práctico. Debería ser feliz. ¿Para qué preocuparse? ¡Si todo es tiempo! Y todo el tiempo es el mismo tiempo y vale lo mismo, las porciones grandes como las chicas.

Según el cálculo que fui haciendo por la calle Madero, con el libro de Duchamp número cinco bajo el brazo, la cantidad de pesos que llevaba acumulada con las sucesivas rebajas de precio (¡tan casuales y espontáneas!), era enorme, de varias decenas de miles. Pero era tal la devaluación del peso mexicano, que el monto real seguía siendo insignificante. Con todo, las cantidades también tienen sus umbrales de transmutación (o ellas lo tienen *par excellence*) y podía llegar el momento en que me encontrara rico… Rico en negativo, de acuerdo, pero ya no pobre. Los santos posados en sus arboletes de oro me miraban desde los altares; por momentos parecía que ellos me rezaban a mí.

Al día siguiente, domingo, hubo una aceleración, tan espontánea como todo lo anterior, o más si es posible. El siguiente ejemplar lo compré a setenta y nueve pesos, uno menos que el anterior, lo que no es mucho ni siquiera dentro de mi maqueta personal microeconómica, pero lo mucho o lo poco no contaban en los cálculos: sólo contaba lo inferior, así sea un centavo, o el centavo de un centavo. La situación tenía algo de *déjà vu* costumbrista: a quién no le ha pasado alguna vez, comprar algo a un precio que le parece adecuado, y después descubrir que en otro lado está más barato… En el caso del turista que trae una moneda que se cambia cuantiosamente, la cosa tiene menos consecuencias. Puede decirse que «de todos modos, no pierde nada», porque igual la primera vez le costó nada, o el equivalente a nada. Aunque siempre está el que va a decir: «No es por la plata, es por el hecho». Pues bien, el que se empeñe en tomar en consideración el hecho (es decir el realista, al fin de cuentas) será el sujeto ideal de mi pequeña parábola. Claro que esa clase de gente difícilmente tomaría por objeto un libro, y con otro objeto ya no sería lo mismo. Hasta diría que no sería lo mismo con otro libro que no fuera sobre Duchamp.

Mientras hacía las cuentas correspondientes a este nuevo avatar del precio, hice el descubrimiento de una operación extra que hasta ahora se me había escapado. Contribuyó el hecho casual de que aquí la diferencia fuera de un peso. Era lo siguiente: el ahorro más reciente, además de actuar por reversión sobre todos los precios anteriores (es decir, ahora, por este ahorro de un peso, el primer precio de la serie pasaba a ser de noventa y ocho pesos, así como en la quinta compra había pasado a ser de noventa y siete, al asimilar el ahorro de dos pesos), también actuaba, por reversión de la reversión, sobre los resultados de la reversión (o sea que el primer precio, después de bajar a noventa y ocho por reversión, bajaba también a noventa y siete por reversión de la reversión). Esto habría sido imposible de calcular, al menos mentalmente, pero por suerte había un modo fácil de hacerlo, ya que la cantidad de reversiones de segundo grado coincidía con la cantidad de operaciones que hubiera hecho. De modo que lateralmente debía llevar la cuenta de la cantidad de sumas y restas que fuera haciendo, y al final multiplicar el total por cada uno de los ahorros brutos hechos a lo largo de la serie. Aquí sí (pero fue la única vez) debí recurrir al expediente facilongo de multiplicar, porque si no me volvía loco

El séptimo, que encontré inesperadamente horas después, tenía un precio para el asombro: sesenta y dos pesos. Un salto hacia abajo de diecisiete. Respecto del primero, una diferencia de nada menos que treinta y siete pesos, más del tercio; ya de por sí era notable. Y resultaba de mi estada en la ciudad; me hacía ver la importancia que había tenido, a pesar de todo, a pesar de mis ganas de volver, que yo siguiera en México; aun una resistencia de unos pocos días había producido estos frutos sorprendentes. La «importancia» a la que me refiero es de todo punto de vista relativo, claro está. Estos nuevos diecisiete pesos llevaban las cuentas a una dimensión diferente. Una rápida suma preliminar de diferencias brutas y reversiones directas me dio un resultado de cuatrocientos cuarenta y cuatro mil pesos. Y, además de todas las sumas que faltaban, todavía tenía que multiplicar esa cifra por sí misma para empezar a hacerme cargo de las reversiones «por rebote» o *feedback*. El total *prima facie*, sin refinar, era de ciento noventa y siete mil ciento treinta y seis millones de pesos. Aun esta cifra astronómica era poca cosa, en moneda mexicana; era prácticamente nada. (Aunque el jornal de un obrero aquí es de veintitrés pesos.) Pero estaba el «hecho en sí», y por más que me resistiera a la evidencia, mi estada en el fondo de la trampa estaba hecha de «hechos en sí». Por eso la pregunta original («¿Cómo pude caer?») no tiene respuesta. Cada resorte de la trampa, cada implosión, es un hecho en sí. De paso diré que el poco valor de la moneda era lo que me permitía sobrellevar con desenvoltura los inevitables errores que se colaban en mis cuentas con frecuencia creciente. Cuando me daba cuenta, y cuando no me daba cuenta también, exclamaba para mis adentros: «¡Qué problema me voy a hacer, por unos pesos de más o de menos! ¡Si no valen nada!».

Como un vago recuerdo sin sustancia, como un recuerdo de otra vida, me llegaba el viejo anhelo, que tanto he cultivado, de tener muchísimo dinero, cantidades inagotables: una fuente que nunca dejara de manar. Es infantil, pero ¿quién no lo ha alentado, así sea como fantasía? Mis fantasías son barrocas, pero a la vez simples: se atienen a una línea central, que es el deseo en estado puro. Lo que se desvía, las volutas, son las acciones o hechos con los que invento la mecánica de la provisión infinita.

Pues bien, de tan lejos me llega eso en las actuales circunstancias, que la más reciente ocurrencia en ese sentido es casi irreconocible como fantasía diurna. La anoto aquí, haciendo la salvedad de que no tiene nada que ver con el esquema o plan maestro que estoy trazando. Alguien me da un pedacito de carne cruda, rosa y ocre, una lonja entera de unos diez centímetros de largo, que lleva adherida una fungosidad amarillenta, como de grasa. Es flácida y repugnante, pero no está podrida ni tiene mal olor ni es especialmente inmunda. Pues bien, resulta que es una víscera de la Virgen María. Nada menos. Eso me puede servir para hacer todo el dinero que yo quiera, toda mi vida. No vendiéndola, que sería lo más fácil, sino de algún otro modo, como quien saca las conclusiones correctas del cuento de la gallina de los huevos de oro. Hay que ponerla a producir, entre los creyentes. Mis sueños de disponer de una «fábrica de dinero», para siempre, se ven realizados. Sólo hay un problema, que se me aparece cuando recuerdo dónde estoy (en la trampa)… ¿Cómo pasar la aduana con eso? Puedo correr el riesgo de un contrabando hormiga, llevándola en el bolsillo por ejemplo, pero con la mala suerte que tengo, hasta en mis fantaseos, y sobre todo en ellos, estoy seguro de que la van a detectar. Hay una sola solución, y es la más difícil: cambiar la composición genética de las células de esa carne, y transformarla en una víscera de tortuga.

La pequeña víscera preciosa, con su productividad infinita, es el modelo original de todos los señaladores o separadores de libros. Si alguien me preguntara para qué quiero llevar la reliquia a mi patria, donde no hay creyentes, en lugar de ponerla a trabajar aquí en México, donde abundan, podría responderle: ¿y para qué quiero ser rico en México? ¿Para seguir comprando indefinidamente el mismo libro? Aquí ya soy rico, y sigo sin serlo.

Claro que una miserable víscera de tortuga, en la Argentina o en cualquier parte, sólo haría reír. Es la trampa de la trampa: adentro, no vale nada; afuera, menos. Si decido explotarla aquí, de todos modos, podría hacerla reproducir en piedra, del tamaño de una montaña, y comercializar en el exterior sus fotografías…

Pero no es con la piedra, ni con el papel, ni con la tijera, que quiero iniciar mi libro. Es con el arte. Sigo haciendo descubrimientos, y el de hoy es que no tiene importancia lo que yo crea, la sustancia en sí de mis creencias. Importa el arte. Y trato de descubrir qué es el arte estudiando a Duchamp. Aun aquí, aun en la depresión y la vergüenza en que me encuentro, sigo firme en mi busca de las raíces del arte. Insisto en que esta pequeña historieta intercalada no tiene nada que ver con el plan maestro que estoy exponiendo; el plan maestro, desnudo, puro números, puro tickets, es el esquema al que se atendrá el novelista entrampado en un futuro remoto (que no será novelista como lo definimos hoy, sino una especie nueva). Él se ocupará de la «carne» y las «vísceras» del relato, no yo. Pero justamente, mi trabajo es ver también las cosas desde el otro lado, desde el lado de la acción, para que la planificación resulte eficaz. Para él yo seré objeto de una profunda arqueología; tendrá que atravesar, si tiene el cerebro para hacerlo, las casi infinitas capas acumuladas de malentendidos, travesía en muchos aspectos equivalente a la mía en busca de la raíz del arte. Salvo que él contará con los beneficios del progreso, al que contribuyo modestamente con mis escritos, y no caerá en la trampa (entre otras cosas, porque aquí se lo estoy diciendo) de referirse a una sustancia psíquica supuesta, y hablar de creencias, sino que ya habrá aprendido a ver la indiferencia que lo preside todo en el arte, el rayo práctico, la historización… A eso contribuye la desnudez seca del esquema, manifiesta en mi colección de tickets. En resumen, lo que le estoy dando es el beneficio de lo mecánico, o automático.

«Sesenta y dos» parecía un récord difícil de batir. Después de todo, hay un mínimo… ¿o no? El mínimo es el precio de costo del libro, el costo unitario al que se realizó la importación. Pero ¿quién se acordaría a esta altura del precio de costo, en una economía hecha de devaluaciones e inflación galopante? La inflación es devastadora con la memoria, supongo que por un instinto de defensa, porque de otro modo habría una sobrecarga mental que terminaría mezclándolo todo. Además, es muy común que los libros, más que otros bienes, pasen a la categoría de «ofertas» y se vendan a precios cada vez menores, hasta irrisorios, muy por debajo del umbral del costo, inclusive en mercados con moneda de valor estable. ¿Hasta dónde se podría bajar en México entonces? No, no había mínimo. Aunque este lujoso libro de arte no parecía de los que van a las mesas de oferta; y de hecho no lo estaba. No se vendía en puestos de la calle ni en librerías de ocasión, sino en sitios elegantes, como los Sanborn's y las tiendas de los museos… Hay a quienes les podrá sorprender que esta aventura me sucediera justamente en México, ciudad renombrada por su falta de buenas librerías. Pero quizás es por esa falta que hay libros en todas partes, y los Duchamp me salían al paso donde menos los esperaba.

Entre paréntesis, es curioso pero no vi otro libro sobre Duchamp. Sólo ése. Y dada la ocupación intensiva que me daba, perdí todo interés en otros libros. No me importaba, porque ya tengo demasiados en casa, y muchos todavía esperando que los abra. A veces me pregunto de qué sirve leer «otros» libros. ¿Para qué hacerlo, si nunca podemos ganar una competencia de cultura o erudición? En cualquier situación que se plantee, sobre cualquier tema, nuestro interlocutor siempre habrá leído otros libros, que funcionarán como «otros más». Por la cortesía que rige las conversaciones, no se puede hacer un recuento y balance y demostrarle que a pesar de no haber leído precisamente esos libros que él nos está mencionando, hemos leído más libros que él. Es imposible demostrarlo porque habría que hacer listas larguísimas, de nunca acabar. Nunca se puede ganar. Así uno haya leído diez mil libros, y el otro haya leído cinco libros en toda su vida, ¡gana el otro! Porque de esos cinco libros, uno puede haber leído cuatro, pero no el quinto, y ese libro es el que el otro cita, y se pone a contarlo y describirlo y elogiarlo, y uno queda como un burro, ¡y hasta tiene que prometerle que lo va a leer!

El siguiente… Porque hubo un siguiente. La lotería seguía saliendo siempre en sentido descendente… la ruleta en línea recta… fue de cincuenta y nueve pesos. Lo compré y fui a ponerlo en la pila, y al ticket en el sobre: mis pequeños tesoros conceptuales. Como un avaro transtemporal, seguía acumulando. Después hubo otro, es decir el mismo, de cincuenta y seis pesos. Si me hubiera acompañado mi esposa, me habría dicho: ¿ves como hay que recorrer, y no comprar en el primer lugar? Postura muy sensata, a la que yo le he hecho *in pectore* graves objeciones. Porque los libros, aun siendo objetos industriales, tienen un régimen de aparición bastante caprichoso, y suele pasar que el libro que uno encuentra al principio del recorrido, y aunque intensamente deseado desdeña comprar pensando «No lo voy a cargar todo el tiempo, lo compro después en cualquier parte», no aparece más, y nos obliga a un penoso regreso al punto de partida. ¡Si lo sabré! Esta vez, por hallarme solo y entregado a mi arbitrio, había actuado de acuerdo con mis convicciones, y después había seguido actuando de acuerdo con el arte y las matemáticas.

Después, otro más, siempre el mismo: cincuenta y tres. Debo suponer que, en la anarquía de precios, también había sitios donde el libro de Duchamp estaba en venta a precios superiores, o zigzagueantes (quiero decir, superiores a algunos de los que yo había experimentado, e inferiores a otros), inclusive superiores a los noventa y nueve pesos del primero. Pero no tropecé con esos ejemplares y esos vendedores; lo que no tiene nada de extraño, con la dimensión de esta ciudad, y lo reducido de mi radio de acción a pie. Pero igual tiene algo de extraño y de hecho ésa fue la razón por la que me decidió inicialmente a escribir la historia: para racionalizarlo. Porque escribir algo, así sea en un borrador sin estilo ni forma, es todo un trabajo, y nadie lo emprende si no considera el argumento lo bastante extraño como para que valga la pena. Dicho a la inversa, cuando algo es demasiado extraño para que el pensamiento lo acepte y lo integre al resto de la experiencia, un modo simple de hacerlo entrar es volverlo argumento de un escrito. Es lo que hice (a medias, porque no escribí el relato sino que tracé las líneas maestras, el esqueleto matemático, para que otro lo hiciera).

Por la vía de esta inversión (no escribo sobre algo extraño, sino que es extraño porque lo escribo) llegué a una explicación de este detalle de los precios siempre descendentes, que me había parecido casi sobrenatural. No la desarrollaré, en parte por una cuestión de espacio, y en parte porque sería una intrusión en la tarea del novelista aficionado del futuro que tomará estas líneas como una guía de pasatiempo. Baste decir que los precios no se habían dado necesariamente en orden descendente: sólo el tiempo los había ordenado así, el tiempo miniaturizado de esta aventura, del cual el modelo en tamaño natural son los siglos que transcurrirán hasta que mi esquema se vuelva un mito operativo.

El próximo lo encontré, o se materializó ante mí, en… No importa dónde. Eso, junto con todos los demás detalles, lo dejo a cargo del que escriba la novela. Lo compré a cincuenta y tres pesos. Como fue el número diez, antes de seguir con el once, el doce, etcétera, voy a hacer una pausa para tratar de poner en claro los números correspondientes. Si he venido dejando en blanco ese aspecto durante las últimas compras, ha sido para avanzar más rápido, pero no significa que no hiciera los cálculos *in mente*. ¡Vaya si los hacía! Eran mi única ocupación, y una inmejorable terapia para el estado de ánimo calamitoso en el que me hallaba.

¿Estado de ánimo? Más bien estado a secas. Me preservaba, eso era todo. Mi idea fija era llegar a estar sentado en el avión con destino a Buenos Aires. Todo se subordinaba a eso. Cada minuto que pasaba era un minuto ganado. Aunque en el fondo no me hacía muchas ilusiones. Cuando lograra salir de la trampa iba a volver a sentirme insatisfecho e inadecuado, igual que en México, o peor. Pero trataba de no pensar en eso, para no deprimirme más. Me concentraba en el presente, y en todo caso me decía que lo que viniera después no podría ser tan malo porque de una trampa no se sale sin alguna enseñanza.

En fin. Los diez ejemplares habían sido comprados a diez precios distintos, en escala descendente: noventa y nueve, noventa y cinco, ochenta y cinco, ochenta y dos, ochenta, setenta y nueve, sesenta y dos, sesenta, cincuenta y seis, y cincuenta y tres. La serie de diferencias unitarias era de cuatro, diez, tres, dos, uno, diecisiete, tres, tres, tres. La suma daba cuarenta y seis, que era, por supuesto, la diferencia máxima alcanzada hasta ese momento, entre el primer precio (noventa y nueve) y el último (cincuenta y tres). La serie completa de estas diferencias máximas «de atrás para adelante», era: cuarenta y seis, cuarenta y dos, treinta y dos, veintinueve, veintisiete, veintiséis, nueve, seis y tres. Esas tres series constituían la trenza original sobre cuyas curvas recurrentes tenía lugar todo el sistema de metamorfosis numéricas. Ya sé que no parece muy racional, pero confío en que alguien, alguna vez, va a ponerse a hacer las cuentas, una por una, como las hice yo, y quizás para él, al contrario de lo que me pasó a mí, la realidad se vuelva real.

*México, 28 de noviembre de 1996*

# TAXOL

Lo que voy a contar es rigurosamente cierto, hasta el último detalle, transcripto tal cual según pasó… Ya sé que otras veces he proclamado lo mismo y en realidad el cuento era inventado, producto de mi imaginación. Pero en este caso es distinto, y de todos modos, si no me creen no me importa. No podría haberlo inventado porque, como se verá, no es mi estilo. (Justamente, he estado pensando en la necesidad, que se me hace urgente, de cambiar mi viejo y aburrido estilo.)

El título, o lo que ahora quedó como título, es una palabra que anoté esa tarde en letras mayúsculas en mi libreta (siempre la llevo encima), porque estaba seguro de que si no la anotaba poco después de que mi amigo me la dijera me la iba a olvidar. Tengo una memoria pésima para nombres y palabras sueltas. El taxol es algo que se usa contra el cáncer, no sé bien si un árbol o el remedio que se obtiene de él; es el principio activo de la quimioterapia a la que se somete mi amigo. Rato después anoté los puntos claves del monólogo del taxista que me había llevado, en la misma página. Y cuando volví a abrir la libreta, en mi casa, encontré que la disposición de esa página hacía pensar en un texto con un título, y se daba la curiosa circunstancia del parecido entre «taxi» y «taxol», por lo que así quedó.

Pues bien, vuelvo al texto. Lo que escribo es exactamente lo que me dijo el taxista, sin agregar ni modificar nada. No es literatura, es transcripción. Lo único que agrego es una breve introducción explicativa. Al día siguiente de mi regreso de

México, fui a visitar a un amigo enfermo de cáncer, que vive al otro lado de Buenos Aires (respecto de Flores), en un barrio elegante. Tuve que tomar el taxi porque estaba muy justo de tiempo y porque es muy difícil ir hasta allí en colectivo, y además, o sobre todo, porque la visita ya era un trámite bastante deprimente como para no permitirme alguna comodidad en el viaje.

Nunca le doy charla a los taxistas.

Éste se mantuvo en silencio casi hasta la mitad del trayecto. Después se lanzó a hablar, sin frenos, a pesar de que yo no le contestaba nada.

Estaba loco. Era cordobés. Flaco, de unos cincuenta años, muy estropeado, mala dentadura. Si debiera resumirlo, diría que me contó dos chistes y una historia. Pero no lo voy a resumir, sino a transcribir tal cual él lo dijo, con sus palabras. (Debo hacerlo hoy mismo, mientras lo tengo fresco.) No puedo recordar cuál de los dos chistes me contó primero, así que empiezo por cualquiera; no venían a propósito de nada. O mejor dicho, sí: el discurso había comenzado por algún comentario sobre el tema candente de la desocupación... Un momento. Ahora recuerdo toda la secuencia, y una historia más, la primera, así que lo voy a contar todo en su orden:

En una esquina, detenidos por el semáforo, se nos acercó un vendedor de guías de calles. El taxista, simulando interés, le dijo:

—Ah, sí, justamente necesitaba... ¿Cuál es? Ah, es la Guía T. No, ésa ya me la sé toda.

El vendedor se alejó, nosotros retomamos la marcha, y él me dijo:

—Siempre les digo lo mismo: «Esa ya me la sé toda». «La que ando buscando es otra, más completa.» ¡No me doy corte, casi! «Ya me la sé toda.» Ja, ja.

Lo cual le daba pie para contarme lo siguiente:

—Una vez, hace diez años, tomé unos pasajeros en Retiro: rosarinos. Una parejita de recién casados, que venían a Buenos Aires de luna de miel. ¿Viste cómo son de sobradores los rosarinos? Me dicen que van a San Justo, Reynoso, 434. —Imitando el acento—: «Reynoso, 434, San Justo». Sin decir una palabra, salgo echando putas. Sin hacer ningún comentario. Lo que ellos no sabían, y yo no les dije, es que yo había vivido diez años en San Justo con mi primera esposa, en Reynoso, 446, en la casa de al lado. Fui directo, sin abrir la boca en todo el viaje, zun, zun. Zun, zun, llegamos. Igual los cagué, aunque no tenía ninguna necesidad, porque bajé de la General Paz por X, en lugar de seguir hasta Y, o sea que entré antes a la provincia, ahí les mostré el medidor: «A partir de aquí es tarifa doble, ida y vuelta». «Muy bien.» Llegamos a Reynoso, 434. Paro en la puerta. «Es tanto.» La cara de sorpresa que tenían. Mientras me pagaba, él me dice: «Perdone, ¿pero usted se conoce todas las calles del Gran Buenos Aires?». «¿Cóóomo?», le digo. «Perdone, pero usted me está insultando. No se lo voy a permitir, aquí está su señora de testigo, yo no voy a aceptar lo que me está diciendo.» «No, no…» «¿Cómo voy a salir a trabajar si no conozco todas las calles de la ciudad y la provincia? No sé cómo será en Rosario, nunca he estado y no voy a decir nada, pero aquí un taxista tiene obligatoriamente que conocer todas las calles y numeraciones a la perfección, o se queda en su casa.» ¿Sabés cómo se quedaron? De una pieza. «Perdón, perdón.» Se lo habrán creído. Mirá que los taxistas van a conocer todas las calles de la provincia… ¡Ni en pedo! Fue la casualidad, de que yo había vivido ahí. «¿Cóóomo? ¿Qué me está diciendo?» «No, perdone, yo no sabía.» Ella no decía nada, me miraba nomás. Después le habrán dicho a sus parientes: «Pero che, acá los taxistas…». Y yo: «Discúlpeme, no le voy a permitir…». ¿Te imaginás, si a los taxistas nos obligaran a aprendernos todo el mapa de la provincia? No salimos más. ¡La cara que pusieron!

Siguió un rato en esa vena, y después una transición:

—Igual salí perdiendo porque ya que estaba en San Justo fui a ver a los amigos, a una pizzería, y perdí toda la tarde. «Tomate una cerveza, tomate otra.» «No, qué te vas a ir.» Ahí me pasó una cosa que no he podido explicarme hasta el día de hoy, aunque pasaron diez años. Y fue que mis amigos de San Justo estaban enterados de que mi esposa había fallecido. «Che, me enteré que tu esposa falleció. Pobre. Sentido pésame.» ¿Cómo carajo pudieron enterarse? Si ella había muerto acá. Nos habíamos mudado a la Capital hacía años. Murió en un hospital acá. Nunca pude explicarme cómo se enteraron. Es increíble.

A mí no me parecía tan raro, y habría querido decirle que había mil canales por los que una noticia así podía colarse. Pero él lo veía como algo sobrenatural, como si la Capital y San Justo (que están a media hora de taxi) fueran mundos incomunicados. De algún modo, este asombro le estaba dando peso a la anécdota anterior.

Ahora me acuerdo algo que me había dicho antes, y que fue el verdadero comienzo de su disertación. Hacia la mitad del viaje (estaríamos por el Once) hubo, como dije, algún comentario sobre la desocupación, o la pobreza, y entonces tomó el hilo de esta manera:

—Hace poco estuve en Córdoba, en Deán Funes, de donde soy yo, y estuve con mis amigos, ¡y no lo podía creer! Todos gente pobre, como yo, no vayas a pensar… Bueno, todos tienen auto, buenas casas, todos me invitaban a comer asados, cuando iba a verlos no me dejaban ir… Antes de comer una picada, queso, salamín, aceitunas, Cinzano… Pero ¡¿cómo hacen?! Cómo hacen, querría saber. En cambio mi esposa es peruana, el mes pasado fue al Perú a visitar a la familia, ¡y volvió con una tristeza! Todos flacos, que daban lástima. Me decía, llorando, que en la casa de la hija abría la heladera y no había nada, ¡pero nada! En la casa de la hermana, lo mismo: la heladera vacía. Y a ella la veían gorda, y le decían «¿Cómo haces?». La veían tan gorda… Claro, ellos todos flacos, muertos de hambre. Qué barbaridad. Habrán pensado: «Hay que irse a la Argentina, ése es el negocio».

Ahí fue donde apareció el vendedor de Guías T. y vino el cuento de los rosarinos. Como se ve, hasta ese punto se mantenía bastante razonable. Todo tenía su explicación. Más aún:

de lo razonable mismo se desprendía una buena cantidad de datos, con los que podía reconstruirse parte de su vida: su juventud en Córdoba, su primer matrimonio en San Justo y la Capital, la muerte de su esposa, su segundo matrimonio con una inmigrante peruana, veterana como él y en su segundo matrimonio como él (ella había dejado una hija en el Perú). En cambio de lo que siguió ya no pudo deducirse nada, como se verá.

–Hay un chiste... A ver si me acuerdo... Esperá... Sí. Dice que había un tipo, de mucha guita, que tenía una estancia y una esposa muy joven y linda, y él, muy celoso, la tenía encerrada en la estancia. Pero claro, ahí trabajaba una cantidad de peones. El tipo mismo elegía personalmente a los peones. ¿Viejos, maricas? ¡Para nada! Los elegía jóvenes, lindos, buen cuerpo, buen bulto. Un amigo le preguntó: «¿No tenés miedo que se cojan a tu esposa?». Y él: «¿Cóóómo? ¿Estás loco? A mi esposa no se la coje nadie más que yo. Lo que hago es castrarlos cuando entran a trabajar para mí. Está en el contrato por un año que les hago firmar». «¿Ah sí?», dice el amigo. «Sí, vení que te voy a mostrar cómo hacemos.» Y lo lleva a un lugar atrás de la casa donde había un pozo de un metro de hondo y a un costado un asiento de madera con un agujero. «¿Ves?», le dice, «el peón se baja los pantalones, se sienta aquí, y mete los huevos por este agujero, y entonces yo me meto en el pozo, agarro dos ladrillos, uno con cada mano, los pongo contra la madera del asiento, así, y golpeo con fuerza como si aplaudiera, ¡zac! Y listo.» «¡Uuuy!», dice el amigo frunciéndose todo, «¿pero eso no es muy doloroso?» «¿Cóóómo? ¡Dolorosísimo! Por eso hay que tomar precauciones. ¿Ves esta toalla? La tengo preparada aquí, para secarme bien las manos, porque si no con el sudor se te puede resbalar el ladrillo, y al dar el golpe te agarrás un dedo.» –Ésa era la *punch line*, pero se sintió obligado a extenderse en ella, a transmitirla en otras palabras, no tanto sustitutivas como complementarias–. «Agarrarse un dedito es muy doloroso. Por eso tomo mis precauciones. Me seco bien las manos para que no se me escape un ladrillo al dar el golpe.» —Me miraba por el espejo retrovisor para ver mi reacción. Yo me reía por compromiso. Había entendido perfectamente dónde estaba el chiste. Él siguió—: Seguro que era un oligarca hijo de puta. ¡A él qué le importaban los peones! Lo único que le importaba era él mismo… ¡El dedito! ¡Qué doloroso! Y el otro pobre con los huevos reventados… ¡A él qué carajo le importaba! ¿Doloroso? ¡Sí, el dedito! ¡Qué hijo de mil putas! ¡No se puede creer! —Una pausa—. ¿Sabés cómo les debían de quedar los huevos a esos tipos? Por unos cuantos meses no querrían ni ver a una mina. Y el contrato era por un año. Después los echaba a la mierda, que se las arreglaran como pudieran, él tomaba otros. ¡No querrían saber nada de minas! Capaz que ni hacerse la paja. Las minas les dirían «Vení, papito», y ellos «¡No, no!».

Siguió con eso un poco más, por inercia. Ahora que lo transcribo, veo que lo extraño es que empezó contando un chiste, y en los comentarios le dio tratamiento de historia de la vida real.

El chiste siguiente, más modesto, era un poco mejor, casi parecía un chiste, por ejemplo de los que se cuentan por televisión, de donde seguramente lo había tomado:

—Un tipo vuelve a la casa y le dice a la mujer: «Vieja, mañana no voy a trabajar. Ni mañana ni pasado. No vuelvo al trabajo hasta que el patrón se retracte de lo que me dijo». «Pero viejo», le dice la señora, «no vas a perder tu empleo sólo porque te ofendiste por algo que te dijo el patrón. ¿De qué vamos a vivir?» «¡Es que no sabés lo que me dijo! Mi honor me impide volver hasta que ese chupasangre hijo de mil putas se retracte.» «¡Pero cómo vas a perder el empleo por algo que te haya dicho! No puede ser tan grave.» «¿Cóóómo? ¡Gravísimo! No vuelvo hasta que no retire lo dicho.» «¡Pero qué fue lo que te dijo?» «"Está despedido."»

Mi risita debió de ser algo más sincera, aunque quizás menos divertida que en el caso anterior. Él:

—Ja, ja. ¿Te das cuenta? ¿Qué le había dicho? «Está despedido.» ¡Qué modo tan diplomático de decirle a la esposa que lo habían rajado. Le habían aplicado la «flexibilización laboral». Mejor que no cantara victoria, porque esa noche cuando se durmiera la señora iba a la cocina, agarraba el cuchillo más afilado y le cortaba la pija, para enseñarle a no venirle con chistes. −Mirada por el espejito−: Eso pasó, ¿te enteraste? Una norteamericana, aunque fue por otro motivo. Fue y le cortó la pija, así nomás. Y después el juez la declaró inocente. No se puede creer, ¡¿estamos todos locos?! Y ahora los dos son ricos y famosos. A esa mujer habría que haberla matado. Yo le habría aplicado la ley de «Ojo por ojo, diente por diente». La metía en un sótano, en bolas, atada a la pared, las gambas abiertas, bien ajustada con cadenas, y un tipo calentando un fierro de este grosor −haciendo un gesto con el pulgar y el índice− para metérselo hasta el mango en la concha cuando estuviera al rojo… Y ella observando todo, el tipo sin ningún apuro calentando el fierro… ¿Sabés lo que debe ser para una mina, la perspectiva de que le metan un fierro al rojo vivo? Capaz que no aguanta, de sólo ver ese fierro en el fuego se muere del corazón. Y el tipo tan tranquilo, dándole vuelta para que agarre bien el calor… Y por ahí lo prueba, con una gotita de agua, viste cómo hace el agua sobre un fierro al rojo: shhhh… La gotita… De sólo oír ese sonido la mina se muere. ¡No! ¡Esperá! Cuando está en eso entra al sótano otro tipo, un superior, y ve lo que está haciendo y le dice: «¿¡Pero qué hace!? ¡Animal! ¿Cómo va a meterle ese fierro a esta mujer? ¡Bárbaro! No… ¡Métale éste que es más grueso». Ja, ja. Y le da uno el doble de grueso. Ja, ja. Y entonces apaga el que había estado calentando, lo mete en un balde de agua: SHHHHH…. Y el vapor que sale. No, ahí definitivamente la mina se muere del corazón. La tienen que llevar directo del sótano a la Chacarita, y sin necesidad de tocarla siquiera. Si alguien les pregunta «¿Qué le hicieron?». «Nada. Háganle la autopsia si quieren. Murió del corazón.» ¿No es cierto? ¿A vos qué te parece? Murió de causas naturales, ¿no?

−Murió del susto −dije.

−¡Exacto!

Veo que me estoy dando la razón a medida que escribo: esto no podría haberlo inventado yo. Jamás se me habría ocurrido. Quiero decir: se me ocurren cosas así, como a cualquiera, pero no lo usaría como materia para escribir. Es exactamente la clase de temática que menos le conviene a mi estilo. A priori, es el tipo de proyecto en el que jamás me embarcaría. Y menos ahora, a mi edad, con mi experiencia, y con mi mejor amigo enfermo de cáncer… Esto último parece no tener nada que ver, pero tiene. Desde que la amenaza de la muerte hizo su aparición tan brutal en mi vida, hace unos meses, el tiempo ha tomado un peso distinto; el tiempo de escribir ha empezado a mostrarme su revés, que es el tiempo de vivir; ahora, antes de empezar, lo pienso dos veces… Es cierto que en el caso que estoy transcribiendo hubo una especie de ahorro que volvía inofensivas estas fantasías macabras: el tiempo del relato yo lo emplearía de todos modos en el viaje en taxi, y el discurso no lo hacía más corto ni más largo.

Ahora que lo pienso, hay otra cosa: «Esto yo no lo habría inventado»… De acuerdo. ¿Pero hay algo que sí podría haber inventado? ¿Hay algo que haya inventado, en mi larga y fecunda carrera de novelista? ¿O es todo como esto: una transcripción, una transferencia? Las fantasías ajenas y las propias se confunden en un único procedimiento. El ejercicio de escribir los pone en un mismo plano. Después de todo, ningún lector puede tener la certeza del origen de mis escritos, porque nunca puede terminar de creerme.

A todo esto, el taxista, después de repetir *verbatim* algunos de los puntos culminantes del espisodio anterior, se embarcaba en algo que ya no era un chiste sino una historia real, y bastante dramática.

—… cuando un violador cae preso. Vos sabés lo que le hacen a los violadores en la cárcel. Les dan por el culo. Y ahí hay unos negros con una verga así. —Gesto—. No, si es una cosa seria… A un amigo mío… Bah, «amigo»… Nos criamos juntos. Violó a una chica de ocho años, y después la mató.

Habría podido escaparse, estuvo a punto, lo agarraron en la estación de ómnibus. Cinco minutos más y ya se iba a Rosario, pero lo agarraron... El primer día en el patio de la cárcel, lo llevaron a un rincón, y le dieron. ¿Sabés cuántos? ¡Setenta y cinco! Uno tras otro. Y esos tipos no tienen piedad, porque a ellos les han hecho lo mismo. ¿Sabés cómo quedó? Mirá: ocho meses después, mi hermana fue a verlo, acompañando a la hermana de él. Estaba en la enfermería, todo vendado, desde las axilas hasta las rodillas. Ocho meses después. Y tenía para cuatro meses más antes de que le sacaran los vendajes. Estaba acostado boca abajo... Y vos sabés que en la enfermería de la cárcel los que trabajan son los mismos presos. Bueno, en los cuarenta minutos que estuvo de visita mi hermana, por lo menos cuatro veces los presos que pasaban cerca le daban una palmadita en el culo, que tenía para arriba, y le decían: «Andá preparándolo, porque cuando salgas de aquí: la segunda sesión». Te imaginás el estado de ánimo de ese hombre. ¡La perspectiva del primer día al salir de la enfermería! ¡Otra vez lo mismo! Ese hombre no podía querer vivir. —Lo repitió todo desde «por lo menos cuatro veces», y agregó en otro tono—: Años después me enteré de que no habían vuelto a tocarlo. ¡Ah! Y ojo, que están obligados a acabar, ¿eh? Ellos ponen a uno a vigilar, para asegurarse de que cada uno acabe adentro. Es fácil darse cuenta, porque cuando acabás te queda una gotita en la punta de la pija, ¿viste? Así que el que no acaba no la saca. Imaginate lo que deben de ser setenta y cinco tipos acabando al hilo... ¡Litros de leche!

Aquí bajábamos por la calle Austria, al costado de la Biblioteca Nacional. Ya estábamos cerca.

—Se vuelven putos, es infalible. Mirá lo que le pasó a Robledo Puch. Era machazo, y ahora está en el pabellón de homosexuales. ¿Te acordás de Robledo Puch? Dicen que lo van a soltar. Se cumplen veinticinco años. Fue en el 72. ¡Cómo lo van a soltar, digo yo, a un tipo así! Ahí yo creo que deberían hacer algo, total no es tan difícil, una pichicata, se muere, ¿quién los va a culpar? Dejar suelto a un asesino así es un peligro. Ése sale y vuelve a matar. Pero no hay nada que hacer. Se cumplen veinticinco años y hay que soltarlo. Así que cualquier día de éstos se me sube al taxi... A él lo metieron por ocho muertes nada más, las otras cuarenta no se las pudieron probar, ¡pero fue él! Porque tenían el orificio de entrada de la bala en la mejilla izquierda: ésa era su «firma». Legalmente, lo que importa es lo que se puede probar. Lo demás, no. Pero él cuando mataba, dejaba la firma: en la mejilla izquierda.

*Buenos Aires, 25 de diciembre de 1996*

# LA BROMA

Está la escena clásica, en el andén del subte, cuando viene el tren a toda velocidad por su tubo hondo y espantoso... la máquina de picar carne... bastaría un pequeño empujón en el momento justo, y ahí se va mi futuro... yo apenas si lo sentiría, un vértigo supercomprimido, después saldría en los diarios, mis hijos huérfanos, mis libros sin terminar: lo definitivo. Pero justamente por haberse exacerbado en ella la fantasía de varias generaciones, la escena tiene su revés en la realidad, en la real, la que sucede: en el «momento justo», que es el único que permanece inmutable con el paso por los distintos niveles de realidad e imaginación, alguien se me acerca desde atrás (yo estoy pensando en cualquier otra cosa) y me toma por los brazos, un poco abajo de los hombros, con el vigor sobrehumano que le da mi abandono, y me empuja y *me retiene* al mismo tiempo, como para *significar* el crimen horrendo pero no *cometerlo*... ¡porque es una broma! Una broma del peor gusto, y hasta peligrosa, la clase de bromas de las que, una vez hechas, sólo queda arrepentirse, y que sin embargo se hacen. ¡Vaya si se hacen! Todos los días, en todas partes... ¡Hay tanta gente con tan poca delicadeza, tan poco tacto, con un sentido del humor tan desubicado! ¡*Yo* conozco tantos...! Si me pongo a pensarlo, a hacer el recuento, creo que todos mis amigos y conocidos serían capaces de hacerlo, algunos en un momento de extravío, otros, los más, en pleno uso de sus facultades, casi como una expresión privilegiada de su carácter y de su concepto de la amistad. Creo que si se diera la ocasión, ninguno la dejaría escapar; es tan raro coincidir casualmente con un conocido en un andén de subte en la gran ciudad de las almas anónimas, y encontrarlo distraído, papando moscas, en el momento preciso en que sale del túnel la gran máquina arrolladora... ¡Seguro que lo harían! El pequeño empujón-retención, pequeño pero lo bastante brusco como para que signifique, y de todos modos, por discreto que fuera, la sorpresa lo multiplicaría millones de veces en mi sistema nervioso... Conociendo como conozco esas psicologías torcidas, sé que creerían estar haciéndome un favor, pensarían que en caso de que no lo hicieran yo después se lo reprocharía... ¿Cómo? ¿Me tuviste a tu merced, servido en bandeja de plata, en el lugar y momento justos, y no me hiciste esa broma formidable? ¡Vos no sos un amigo de verdad! ¡A otro se la habrías hecho! No... De la clase de amigos que he sabido hacerme no tengo que temer esas omisiones... Y yo flácido de terror en sus manos, con las que él seguiría aferrándome unos segundos más, mientras pasan ante mis ojos nublados las puertas y ventanas del convoy, a veinticuatro cuadritos por segundo (pero frenando), y la risa de él, tan satisfecha... ¡No se asuste, compañero! ¡Ja ja! Encima: soportar el viaje a su lado, sin poder leer (es el único motivo por el que viajo en subte), tener que enterarme de sus noticias recientes, porque a eso se reduciría toda su conversación, ya que no haría (nadie lo hace) el menor esfuerzo por saber nada de mí. Ya su primera pregunta sería el anuncio de ese rumbo. Algo del tipo de «¿Oíste el último disco de John McLaughlin?». Porque el malentendido le ha hecho creer que soy un entusiasta del jazz, que en la realidad es una de las cosas que más detesto en el mundo, una de las que más me deprimen... Y si es otra cosa, si él es otro, va a ser lo mismo con otro tema... Aunque acierte por pura casualidad con un tema que me interese, igual va a ser lo mismo... De todos modos estoy acostumbrado, y en esas circunstancias sería lo de menos... Yo estaría atontado por el shock, sin poder creer que alguna vez tuve la mala idea de trabar relación con semejante desubicado… Incredulidad totalmente injustificada porque, como dije, ese amigo es el prototipo de todos mis amigos, y la alternativa sería no tener ninguno.

Debo aclarar que nunca me pasó, todavía. Por suerte, porque es de esas cosas que parecen hechas a propósito para sugerir la vieja metáfora de la gota que hace desbordar el vaso. Y dadas sus características, da casi lo mismo que suceda o no en la realidad, porque es la posibilidad que la constituye lo que la hace terrible. Tampoco es obligatorio el escenario del subte: podría pasar de noche en una calle oscura… el bromista me pone un dedo en la espalda y dice: «Dame todo lo que tengas o te quemo», o mejor: «No grités, subí a ese auto, aquí se terminaron tus fechorías». O podría ser en cualquier lado, a la luz del día, bastaría con que se me acercara desde atrás… Hasta por teléfono… No tiene por qué haber nada truculento en la puesta en escena: basta con la mente retorcida. La mente retorcida está en todas partes, es patrimonio de la humanidad. De hecho, el que está haciendo estas suposiciones en este momento soy yo, así que se me podría acusar a mí del primer retorcimiento, el que pone en marcha todos los demás. A esa acusación yo podría responder que mi mente retorcida, con toda su iniciativa, es la que me impediría hacerle esa broma a nadie. Sentir sus consecuencias en mí como las siento, y deplorarlas como las deploro, me pone a cubierto de caer en semejante rasgo de mala educación.

Por extraño que suene, quiero detenerme en el momento mismo de la broma, para ver si puedo extraer alguna enseñanza, cuyo presentimiento muy vago fue lo que me llevó a emprender este escrito. Admito que tiene algo de contranatura, el empeño de detenerse justamente en ese momento penoso que se diría destinado a pasar pronto, a borrarse como un mal sueño. El movimiento del espíritu en su conjunto tiende a apurar el paso en ese trance, a saltar a lo que sigue, y hay una profunda repugnancia, que participa de la vergüenza ajena, la propia, y el mero instinto de preservación, en la delectación morosa de lo insoportable. Pero justamente por eso, porque tengo buenos motivos para pensar que nadie antes que yo se demoró con el pensamiento en ese punto, puedo creer que en él se esconde una lección que puede valer la pena elucidar.

Y es que en ese momento, y sólo en él, ni uno antes ni uno después, está la posibilidad de que *no sea una broma*, de que sea en serio. Una posibilidad remotísima, una en miles de billones, pero existe. Tiene que existir, porque eso es lo que la hace una broma.

Es difícil pensar, sin ser un paranoico grave, que alguien vaya a querer matarlo a uno de pronto, sin aviso, sin una explicación, sin un motivo visible... Y que le prepare una muerte tan horrenda como la de ser aplastado y triturado por el subte. Aunque podría ser, hay que reconocerlo. De hecho, un motivo puede haber. Eso nunca se sabe. Uno puede haber sembrado sin querer la semilla del odio en una mente predispuesta; o bien podría tratarse de un error. Uno se parece a tanta gente... A mí me están confundiendo todo el tiempo. O podría ser un gesto gratuito, el impulso irracional de un asesino compulsivo, que simplemente viera la ocasión...

¡Claro que podría ser de verdad! Uno siempre dice «A mí no me va a pasar», pero es lo que se dice también, y sobre todo, cuando pasa. Es en el instante vertiginoso donde asoma su cabezota horrible la realidad, la cabeza de payaso pintarrajeada, mecánica y chillona... No, no era una broma, ¡la cosa iba en serio! Los niveles se acumulan en una simultaneidad que nos pierde... Porque lo primero que pensamos es que era en serio, ésa es la esencia del sobresalto, y lo jugoso de la broma, pero después caemos en la cuenta de que es una broma de mal gusto... y después todavía, es decir al mismo tiempo, como resolución de este proceso dialéctico sui géneris, descubrimos que era en serio, que no era una broma...

Alto. Un momento. Estoy sintiendo una cosa extrañísima... Me parece que he encontrado, casi por casualidad, la lección que se encerraba en esta escena... Es tan rara que no se la puede creer, y sin embargo tiene una evidencia indiscutible. Me apresuro a resumirla, antes de que me la olvide. Después trataré de desarrollarla y explicarla, si puedo. Es esto: toda la irritación, realmente volcánica, que me producía descubrir que había sido objeto de una broma de mal gusto por parte de un necio maleducado, se disuelve al comprobar que *no* es una broma, que es en serio… Se disuelve, y me retracto y me disculpo de ella. No tenía motivo para ponerme furioso, porque no era una broma. Pero ¿cómo puede ser? ¿Cómo puede apaciguarme justamente este giro de los acontecimientos? Porque si no es una broma, ¡entonces es un asesinato! Y hay que reconocer que un asesinato es peor que una broma. ¿No debería ponerme mucho más furioso? ¿No tendría entonces una razón seria para mi furia? Porque la razón que me daba la broma era opinable; podría decirse que yo no tenía sentido del humor… Y en cambio aquí es mi vida la que está en juego, la que está en el más serio peligro.

Y, sin embargo, no. Qué curioso. Qué intrigante. Mi ira se anula. Si es en serio, me digo, no hay razón para enojarse. No hay ningún desubicado con el cual enojarse. Es cierto. Es real. No es una broma. Está todo bien. ¡Y no está todo bien, porque dentro de diez segundos voy a ser una bolsa reventada de vísceras y huesos rotos! Pero sí, está bien. Toda mi furia cósmica se ha disipado. No puedo comprenderlo, pero es así. Y es toda una lección sobre la realidad, deducida de la imaginación del modo más incontrovertible.

Releyendo lo anterior, veo que ha quedado una casilla en blanco, donde se cruzan las columnas de «broma» y «confusión de identidad». En efecto, podría darse que uno sea objeto de la broma, pero en el momento posterior, el de la risotada satisfecha, el bromista se percatara de que se ha confundido de persona, que nos ha tomado por un amigo suyo al que nos parecemos… En ese caso, es de imaginarse cómo va a deshacerse en disculpas (las mismas que debería haber prodigado si *no* se hubiera confundido), aunque el mal ya estaría hecho. Ahí se hace un blanco en mi fantasía respecto de mi reacción. ¿Me pondría más, o menos, furioso que si ese bromista desconocido fuera un amigo, y yo el destinatario genuino de la broma? Creo que menos, pero no puedo asegurarlo. Por algo esa casilla quedó vacía en mi exposición anterior.

Volviendo a la conclusión intelectual de todo el asunto, debería tener que reconocer que estoy más predispuesto a detestar a mis amigos que a mi asesino. Lo cual quizás no es tan paradójico como parece. Mi asesino es un ente hipotético, tan recluido en el laberinto de los posibles que a duras penas puedo vislumbrar su figura humana. Mientras que a mis amigos los conozco bien, puedo conjurar sus rostros, y es como si esta familiaridad me pusiera al borde del odio, que basta una inocente broma para desencadenar en toda su violencia. Ahí debe de estar al fin de cuentas la lección de todo el asunto: en la contigüidad que deben tener los factores en la imaginación para que se produzca la emoción. Aunque no sé por qué me empeño en buscar la lección. Quizás porque la lección expande lo que se ha contraído, y es un movimiento natural, expandir después de una contracción… y volver a contraer… creando un ritmo que mantiene el equilibrio del Universo… La emoción contrae, el análisis expande…

La expansión a su vez está relacionada con la atmósfera, en dos de los sentidos técnicos de esta palabra: como recurso literario y como medida de la presión que soporta un espacio cerrado. El primero está más bien ligado al tiempo, y hasta a un uso lujoso del tiempo, a su despliegue moroso y cortesano. Contra la atmósfera poética conspiran el apuro y el interés. Si las primeras páginas de este escrito hubieran tenido por objetivo su mérito literario, si no hubieran sido un grito del corazón, podría reprocharles su falta de atmósfera. Pero simplemente no tenía el tiempo, ni la disposición mental, para ponerme a sopesar las frases, y elegir las palabras, con las que sugerir ese vago clima de amenaza que reina en los andenes del subterráneo, o el malestar de lo siniestro que se ovilla en nosotros al reconocer a alguien donde no se lo esperaba. No sé si habría podido hacerlo, en caso de proponérmelo. Porque el tema mismo era la sorpresa, y lo que sucede en ella, es de-

cir la falta de atmósfera, la furia desesperada del asfixiado…
Aunque no la falta de atmósfera en el otro sentido, pues lo
que hacía a la sorpresa era la suma de atmósferas de presión
en un espacio psíquico muy reducido. Las catorce mil atmósferas de la salida del sol acumuladas en un segundo. De modo
que la expansión era obligada a pesar de todo.

Invirtiendo los términos, y a la vez remontándome al origen biográfico del «cuadro vivo» que he presentado, tendría
una atmósfera (física) cero, como absoluta falta de presión
temporal, sumada a un máximo de atmósfera literaria o realista: es decir tendría la historia de mis amistades. Por un lado,
el perfecto vacío mental de esas conversaciones de «narcisis-
mo en contra»; por otro, la oportunidad ideal para cargar de
costumbrismo, de descripciones fisiognómicas y de ambiente… No faltaría siquiera, para dar atmósfera, la música de
fondo, esa música de jazz como tema de conversación en la
que he llegado a ver el emblema del fracaso de mis amigos en
descubrir mis intereses reales. Fracaso que revierte sobre mí
por elegirlos como amigos… No debería engañarme: toda la
culpa es mía. No puede ser casualidad que todos mis amigos,
y hasta los conocidos casuales en los que se esboza el inicio
de una amistad, tengan esa incapacidad definitiva para percibir lo peculiar del prójimo que encarno. Tendría que pensar
que todo el género humano sufre de ese punto ciego, y me
niego a pensarlo.

Para explicarme, literariamente si se quiere, tengo que ir
en dirección contraria a la «atmósfera», e internarme en los
«detalles». Corro el peligro de ponerme a dar ejemplos, que
son lo contrario de los detalles, pero me arriesgo después de
hacer la advertencia de que no son ejemplos, sino la materia
misma que hace a la historia. El mecanismo por el que se crea
el malentendido es el siguiente: Conozco a alguien y, al azar
de la conversación en que uno busca puntos comunes de interés, menciono con toda sinceridad a Cecil Taylor, del que
tengo todos los discos que he podido conseguir y he estudiado sus procedimientos, su carrera, su filosofía de la composi-

ción… Mi interlocutor «abrocha» en ese punto, porque resulta que él es un fanático exclusivo del jazz, que constituye el leitmotiv de su vida, como en otros es el fútbol. «Éste es de los míos», piensa, y se lanza. En mi sinceridad, tan imprudente que es casi un suicidio social, no acierto a ocultarle mi admiración por algunos músicos que caen dentro de su campo: Ornette Coleman, Thelonius Monk, Albert Ayler, Sun Ra… Me cavo la fosa. Sin mentir, podría haber mencionado a Monteverdi, Hugo Wolf, Morrissey y P. J. Harvey. O mejor todavía, a Leibniz, Duchamp, Darwin y Krishnamurti. Pero no habría servido de nada porque la percepción del otro está cuadriculada, y ya me ha metido en sus casillas: a mí «me gusta el jazz», y en adelante, durante veinte años, va a hablarme de jazz, prestarme discos, asociarme a su manía de experto, de coleccionista, de descubridor de talentos… Nunca va a darse el minuto de respiro que necesitaría para advertir que a mí el jazz me tiene sin cuidado, y más aun, que he llegado, en parte gracias a él, a detestarlo. Lo mismo que digo del jazz vale (y aquí tendría que hacer la lista de todos mis amigos) de la poesía contemporánea, de la pintura abstracta, de la novela policial, de la historia argentina, del orientalismo, de los presocráticos, y de no sé cuántos temas más, todos los cuales encuentro aburridos, deprimentes, insoportables, y sin embargo soportarlos es el alfa y el omega de mi vida social. Para colmo, mi repugnancia por esos asuntos ha hecho que no les preste la debida atención, y lo ignoro (o lo olvido) casi todo sobre ellos, con lo que cada vez que me encuentro con el amigo correspondiente caemos del modo más natural en la posición del maestro y el alumno, y él me da clases, interminablemente, feliz de exponer su erudición y persuadido del bien que me hace al informarme. Vivimos en una era de especialistas, y no sé qué haríamos sin ellos. Quizás directamente sin ellos no habría temas de conversación, y el silencio melancólico en el que me hundo se haría mutuo, y cubriría el mundo.

Mi interés por la música en general siempre ha sido muy moderado. La falta de predisposición natural y de formación teórica me mantuvieron en un plano de distraído diletantismo en la materia. No obstante lo cual me mantengo al día en las innovaciones musicales, porque me resultan útiles para mantener la continuidad de mis ideas y observaciones. Por ejemplo, por dar un ejemplo cualquiera, al azar (pero que en realidad no es un ejemplo): he notado que si alguien va hablando solo por la calle, es un loco; pero si va cantando, no lo es: puede ser, como mucho, un extravagante, o sólo puede estar feliz… Socialmente se acepta que alguien vaya cantando o canturreando por la calle y no esté loco. Entonces, si la locura es el borde mismo de lo humano en la sociedad, esa diferencia entre cantar y hablar se revela muy significativa. Se comprenderá a partir de ahí con cuánto interés seguí el nacimiento y la expansión, a comienzos de la década de los ochenta, de la música rap, que tiende un puente entre la conversación y el canto. La experiencia me ha enseñado a guardarme esos intereses para mí solo, porque compartirlos únicamente serviría para aumentar el stock de malentendidos con el que me he cargado.

Este tipo de cosas es el que le pasa a los adolescentes, por no saber todavía cómo funcionan las relaciones con el prójimo, y su aprendizaje lo hacen precisamente gracias a estas desagradables lecciones. Yo la lección creo haberla aprovechado, pero eso no me ha librado de los inconvenientes, aunque ya no soy un adolescente: estoy en los umbrales de la vejez. Resignado a mi condición de incorregible, abandono toda esperanza de tener amistades normales y gratificantes, y busco refugio en la seguridad del hogar… Salvo que al escribir esta última frase en tiempo presente puedo dar la idea errónea de que he sacado al fin la enseñanza contenida en la lección, y me decido a actuar en consecuencia… Y no es así. El repliegue lo llevé a cabo muy joven, y no fue tanto parte de la enseñanza como de la elección. El hogar al que me replegaba no era el clásico puerto seguro, la burbuja de paz en medio de los tumultos del mundo… O sí lo era, pero en sus propios términos. Andrea y yo habíamos tenido un hijo a poco de casarnos, y pocos días después del parto el bebé estaba en casa de mis suegros, que lo criaron hasta que fue adulto y se casó a su vez; no hubo niños en nuestro hogar, nunca; fuimos un matrimonio sin hijos, que tenía un hijo, y a la vez no lo tenía. Aparte de ser injustificable, esto es inexplicable, y tan ajeno a la descripción corriente del «hogar» que debería usar otra palabra… Aunque no hay otra, y si la hubiera me negaría a usarla, por principio. El «hogar», con su concomitante de «familia», célula de la sociedad, pilar de la moral, etcétera, es el caballito de batalla de los conservadores, para los que toda decadencia es resultado de la desviación de la forma clásica del hogar, en realidad de su atmósfera, en cuya evocación son inagotables. La decadencia la dan por sentada, como que es la razón de ser de su prédica de moralistas conservadores. Y todo lo demás también lo dan por sentado: parten del consenso general, aceptado en realidad por todo el mundo, de que los males contemporáneos, drogas, delincuencia, ansiedad, corrupción, desorientación, tiene una causa fuerte en la disolución de la atmósfera familiar que era la única escuela de virtudes genuinas. Por generalizado que esté, este razonamiento es erróneo. El hogar feliz burgués, con todas las virtudes que prohijaba, es una formación histórica como cualquier otra, tan fechada como cualquier otra. Querer imponerlo ahora, en un contexto diferente, como un collage, es ilusorio. Es hacer como si la Historia no existiera, a la vez que se le pide prestado uno de sus frutos para disfrazarlo con atavíos de Naturaleza y Eternidad. A veces me pregunto cómo es que pueden insistir. Es como si no fueran a aprender nunca. Toda la moralidad conservadora es arrasada una y otra vez por la Historia, que sigue su marcha imperturbable… y ellos persisten en su discurso, imperturbables también… Es como si toda su ideología se redujera a sostener el mismo discurso en distintos argumentos, como un novelista perezoso, y muy hábil, que lograra meter el mismo texto en todos sus libros, sea cual fuera la trama y los personajes…

En el fondo, se trata de decidir qué es lo que da forma a las manifestaciones visibles de la Historia. Un conservador dirá que es el Hombre, cumpliendo la misión divina para la que ha sido puesto en el mundo. Yo, como marxista, diré que son las condiciones de producción. Son dos argumentos fuertes, que nos permiten plantarnos en ellos y no ceder un milímetro. Inclusive nos permiten circundar el argumento del otro y atacarlo por la espalda, disminuyéndolo a «parte» del «todo» que es nuestra postura. Para qué discutir. Sólo podría señalar que el marxismo es mi Procedimiento, el tema de mis temas, y quizás fue su cultivo asiduo el que le dio a mi mente la fuerza difusa que es mi debilidad frente a los especialistas.

No habría que excluir como razón subyacente a esta dificultad mía de relacionarme por medio de la conversación el hecho de que en mi vida privada haya habido algo como tener un hijo y sacárselo de encima de inmediato, algo tan difícil de incluir en el marco de una conversación social, un punto casi de locura. Que haya sido un punto aislado, fácil de separar del resto de mis temas de interés vitales e intelectuales, no quiere decir nada. Un solo punto puede irradiar sus consecuencias muy lejos y sembrar todo de tabúes. El relámpago de la extrañeza parece destinado a quedar por siempre solo y autónomo, pero por eso mismo colorea el paisaje de una urgencia inquietante... Ya no se trata de enlazar con relaciones de causa y efecto esta o aquella figura, sino de explicar hasta la más mínima brizna de hierba, hasta el último átomo, porque si quedara uno solo suelto, en él volvería a materializarse todo el horror de lo suelto... De esto hablo con conocimiento de causa porque lo viví. Durante años busqué inconscientemente los modos de verosimilizar el punto extraño, y no estaría lejos de la verdad si dijera que todo lo que hice, cada gesto, cada palabra, tuvo por objeto poner el relámpago en su contexto, o mejor dicho crear el contexto, el paisaje, que el relámpago viniera a iluminar y poner en su lugar. El desfasaje temporal no contaba, como no cuenta nunca en el inconsciente; al tiempo se lo puede manipular a voluntad en un relato.

De modo que irnos a vivir a Berlín pudo ser una maniobra de verosimilización... No importaba en ese sentido que

Octavio ya tuviera diez años y no lo hubiéramos visto casi nunca en esa década, viviendo en la misma ciudad… Seguramente mi inconsciente pensó: «Algún día podremos decir que nos separamos de nuestro hijo porque tuvimos que irnos al extranjero». Era una buena explicación, o lo sería con el concurso del tiempo actuando en contra de la cronología. Por eso debo de haber hecho tantos y tan prolijos esfuerzos, por una vez en la vida, hasta conseguir ese empleo en el Comisariado para Refugiados de las Naciones Unidas, con sede en Berlín. Nos quedamos ocho años. Al cuarto, en la mitad de la estada, sucedió algo imprevisto que lo cambió todo.

Si quiero reconstruir el clima interno en que transcurrieron aquellos primeros años en Berlín debo recurrir a la Historia, y a la cronología de la Historia y de mi historia, sin hacer trampas —aquí el inconsciente juega también en contra de sus propias bazas, como si fuera a la vez su contrincante, lo que es muy propio de él. Quiero decir: quizás fue por eso que elegí Berlín, y no cualquier otra ciudad extranjera, cualquier ciudad donde no hubiera ningún peligro de que la cronología de la Historia se hiciera precisa y fechada. Antes de la caída del Muro, Berlín era una ciudad aislada, en medio de un país hostil del que se sabía poco; o sabíamos poco nosotros dos, en razón de nuestra condición de extranjeros, del poco tiempo que llevábamos allí, y de otros factores: mi trabajo tenía que ver con cuestiones internacionales, casi nunca alemanas; y, por lo mismo y por moverme en un medio profesional cosmopolita en que el inglés era la lengua franca, nuestro conocimiento del idioma local siguió siendo muy precario. Andrea hizo algunos trabajos, más de pasatiempo que de sustento, durante el primer lapso; después se espaciaron. Vivíamos en un departamentito moderno sobre la Bergstrasse, que tenía el inconveniente de recibir muy poca luz natural, pero por lo demás bastante agradable, al menos hasta que se reveló como el molde de la pesadilla.

Aparte de algunos residentes argentinos y un par de colegas, españoles e ingleses, nuestros únicos visitantes eran un grupo de jóvenes berlineses amantes del jazz, con los que yo me había relacionado casualmente en una casa de discos. Debían de sentirse bastante solos, porque buscaban mi compañía casi tanto como yo temía la de ellos. Caían de improviso, por la tarde, sobre todo los fines de semana, y se quedaban hasta muy tarde; improvisábamos cenas de pizza o comida turca… No se iban hasta haberme hecho oír el último disco que habían traído, y además me los dejaban para que yo los escuchara tranquilo… El departamento resonaba de música de jazz días enteros, hasta la saturación y el hastío. El jazz era la lengua en la que nos comunicábamos porque ellos no hablaban castellano ni inglés, ni yo alemán. Me las arreglaba con una mímica que no podía ser sino en blanco y negro, y por cortesía tenía que ser mucho más en blanco que en negro: gestos de admiración, de curiosidad, de interés, que se me hicieron una segunda naturaleza, sólo porque eran más fáciles, eran lo que ellos esperaban… Empezaba a hacerlos no bien trasponían la puerta, y seguía haciéndolos hasta que se marchaban, y después también, con los músculos faciales duros por el automatismo. El malentendido era la única lengua que podíamos hablar: el jazz.

A pesar de la incomodidad, los consideraba un mal menor, y casi una ventaja. Me ilusionaba pensando que la inmensidad del malentendido que los atraía a mí podía hacer de «tapón» para otros malentendidos más onerosos con los que podría cargarme. Por momentos dejaba avanzar la ilusión al punto de empezar a creer que el jazz me gustaba, o que podía llegar a gustarme…

De cualquier modo, todo eso pasó a segundo plano el cuarto año, cuando Andrea sufrió un episodio psicótico. Antes hablé de «pesadilla». No sé si es la palabra adecuada. De la pesadilla uno se despierta. Y si hubo despertar en este caso, estuvo demasiado diluido en la mecánica misma de los hechos como para poder reconocerlo. Más que diluido: deshistorizado. Como tal, se volvió el resorte ubicuo de toda la acción, el verosimilizador universal. Si no me hubiera afectado personalmente, lo habría visto con alivio: eso lo explicaba todo, antes y después, ante todas las conciencias.

Pero eso no es lo importante. A tal punto que ya es difícil decir qué es lo importante. En este punto se invierten todos los valores, «atmósfera» y «detalles» se transfieren recíprocamente sus cargas positivas. El trabajo de narrarlo sería formidable, realmente a la medida de un marxista, con la venerable tradición de arduo y minucioso trabajo intelectual que el marxismo deriva de sus postulados de historización y totalización.

Llevábamos quince años de matrimonio. Hacía quince años… Qué increíble. Ahora también han pasado quince años… Son lapsos grandes, y aun el instante que los separa, como si se contaminara de ellos, se hace extenso, panorámico… Aquí todo el secreto está en construir una representación… Es el secreto de Polichinela. Y sin embargo exige una técnica que no tengo; sería como hacer cuadros vivos. La representación es un sistema cerrado, que se alimenta a sí mismo, se consume a sí mismo, y en su autonomía expulsa misericordiosamente al pensamiento que podría justificarla. Me aburre de antemano, me desalienta, y sin embargo me siento obligado, mal que me pese… La representación es la joya, el precipitado diamantino, el extracto de Chanel N.º 5… De esos días horrendos lo único que puede esperarse, al fin y al cabo, es que «quede algo», que no se vaya todo en el polvillo del viento. Que el sufrimiento sirva para algo… que deje alguna ganancia… ¿Y qué otra ganancia que la representación?

Claro que para nosotros los argentinos todo espacio de representación en el extranjero es ineficaz. La Argentina es el país de la representación, y en cualquier otra parte sale imperfecta y monstruosa como una caricatura. Aquel pequeño departamento de la Bergstrasse no tenía más remedio que volverse la Argentina entera, en toda su expansión-contracción, en su latido… Y a la vez estábamos tan lejos… Era como para volver loco a cualquiera. ¡Pobre Andrea! Estaba loca… Era el personaje cambiante de la representación, de nuestro pequeño teatro privado nacional. Era ella, y era otra… Ahora, a posteriori (¡qué fácil!) se me ocurren decenas de procedimientos distintos para volverse loco… Es como si mi mente, a despecho de mi inclinación nata por lo universal, hubiera encontrado pese a todo el modo de especializarse. Pensemos, por ejemplo (aunque no es un ejemplo, sino la representación misma) en un retrato pintado, digamos en óleo sobre tela, al que uno siempre ha visto colgado en la pared, en su marco, y ha terminado imaginándoselo tieso y duro… Hasta que un día lo ve sacado del marco y colgado sobre el respaldo de una silla como una servilleta… La perplejidad de ver los rasgos de la antepasada en esa blandura… Es algo parecido a los relojes blandos de Dalí, con la diferencia de que aquí no hay nada sobrenatural, porque la tela siempre fue blanda, sólo que estaba tensada: ésa es la esencia de la locura.

Ése puede ser uno de los tantos modos de volverse loco. Claro que no era mi caso; no era yo el que me estaba volviendo loco; era Andrea la que lo había hecho, y hubo un momento en que la odié. Odié su capacidad de penetrar en los pensamientos ajenos. Hice planes de urgencia, por ejemplo aguantar hasta la primera mejoría y después abandonarla para siempre. ¡Qué me importaba portarme como un miserable! Además, ¿quién lo decía? Había que estar ahí para poder juzgarme. Quería escapar, de cualquier modo, a cualquier precio. Hasta en asesinarla pensé. Pero ¿cómo escapar de la representación? ¿No es justamente aquello de lo que no se escapa, nunca? El tema del «castillo embrujado», al que va a parar un viajero extraviado una noche de tormenta, con todo lo que sigue, es la puesta en fábula, vale decir la puesta en términos sensibles inteligibles, de la fantasía profunda de «poder hacerlo todo con una mujer». Tenerla enteramente a merced de uno, poder hacer con ella lo que se haría con un objeto… Para eso está la forma de ficción, la representación general, y ahí participaba la locura. El elemento central de la locura era mi deseo de huir. Eso lo ocupaba todo. Y cuando lo que ocupa todo es el impulso de huir… Era en cierto modo como si estuviera expulsando a la representación. De ésta debo decir, para poner fin a este largo paréntesis, que se constituye en una equivalencia profunda entre su nivel y su técnica. O sea que se puede decir: «¡Qué horror!», o bien: «Se hallaba transido de horror». Y empiezo a ver que la huida que tanto fantaseé, y que tan poco pude poner en práctica, era el pasaje de un nivel al otro, ida y vuelta, de modo que el grito se extendiera en relato, y el relato se atorbellinara en grito. Por algo fue imposible huir, y el famoso momento se extendió a treinta años (quince antes y quince después).

Debí arreglármelas solo, en un medio extraño. Los conocidos, al enterarse de la desgracia, decían: «Él al menos tiene el jazz… Su válvula de escape… Sin eso se volvería loco él también… No podría soportarlo…». Todos podían decir lo mismo, variando el objeto en cuestión: «la novela policial», «el budismo», «la política», «el ajedrez», esto, lo otro, lo de más allá, cada cual el suyo, haciendo colectivamente el catálogo de los temas que más me aburren y deprimen, de las últimas cosas que elegiría como refugio en la desgracia… Y era como si no quedara refugio alguno, porque el catálogo era exhaustivo, cubría toda mi historia intelectual y mi ocupación del tiempo a lo largo de toda mi vida…

Y aquí llega el momento de preguntarse: ¿Qué es Berlín? O más bien: ¿Qué intenciones tengo? ¿Cómo hacer las cosas sin intención? ¿Cómo puede haber intenciones en el punto donde se dice «Ya nada volverá a ser igual»? Ahí se abre un abismo. Si ya nada volverá a ser igual, no hay propósitos que subsistan.

El problema era que Andrea no me reconocía. «¿Quién es este tipo gordo y barbudo que hay en mi casa?», la oía murmurar. No podía responderle porque ese desconocido era yo. Y estábamos encerrados los dos en el castillo en ruinas, sujetos a sus fabulaciones de loca. Quería que le comprara un auto… De haber tenido la plata se lo habría comprado, tan persuasiva era. O le habría comprado un auto de juguete, un modelo a escala, porque bien podía estar refiriéndose a eso, pobre infeliz. A ella sí que se le mezclaban las representaciones. O bien me trataba de editor, ceremoniosa, tímida, anhelante como si se estuviera jugando la vida: quería que le publicara sus obras, como lo han querido tantos escritores en ciernes antes que ella, y ser escritora, famosa, independiente (de mí)... En su locura, advertía la identidad entre el editor y el marido, casi se reía de ella... Después de todo, con mis contactos profesionales a mí no me habría sido tan difícil hacer que le publicaran un libro... Pero lo demás ya no dependía de mí: se necesita talento, vocación, dedicación... Y yo la conocía a Andrea, la conocía «de antes». Sus «textos de la locura» no eran esencialmente distintos de los que había tratado de escribir antes (y éstos también se quedaban en esbozos). De todos modos, la literatura moderna es un coqueteo con el desequilibrio. Recuerdo uno: «La primera uva de la temporada». Se ponía ella misma de protagonista, lavando unas uvas importadas de Turquía, y llevándose una a la boca distraídamente... Era como la magdalena de Proust, pero con explosiones de aurora boreal gustativa, con aullidos de sabor, casi un veneno psíquico: la primera uva de la temporada. Así eran todos: ensayos sobre sus preferencias o reminiscencias, monumentos a su extraña personalidad. De más está decir que yo oscilaba entre la desesperación y los proyectos más insólitos, entre la parálisis y la acción. Por momentos no reconocía a esta Andrea trastornada que ahora tenía a mi cargo. En la indignación algo demencial que me provocaba, no encontraba nada más sensato que lamentar haberme dejado ganar de mano... Porque yo podría haberme vuelto loco antes que ella –un segundo antes, con eso bastaba. Y entonces la habría dejado a cargo, de mí y de todo, y yo estaría libre de responsabilidad, libre de actuar. La locura casi se me presentaba como una metáfora de la acción.

Para seguir viviendo, o al menos para que valga la pena –o más todavía, para que encontremos una razón de persistir en el futuro inmediato, es preciso que en ese futuro haya un relato. Sin él, se crea un desierto imposible de superar. Imposible completamente, porque la vida no lo atraviesa, y la vida es la que nos transporta. De modo que la estrategia es disponer siempre de un relato más, para lo que viene.

La imaginación es poco creadora. Se ocupa de revestir de formas, de organizar las formas y los contenidos, de un acto creador previo y único, desinteresada de su reproducción. Pero la creación, tan cercana a la potencia imaginativa, es pura reproducción de seres, y deja la forma, el contenido y su administración, librados al azar.

De pronto veía lo aislado que estaba, en un país extranjero, sin haberme adaptado (¡ni mucho menos!), sin saber bien de qué se trataba nada, ni siquiera los carteles de la calle, mucho menos las contrariedades mentales a las que debía hacer frente. Tuve que pedir licencia en el trabajo: mi trabajo ahora era vigilar las veinticuatro horas a la loca. Las únicas salidas que hacíamos eran para ir a la psiquiatra, todos los días a la misma hora. Debíamos cruzar la ciudad, en taxi, y ésa era mi única distracción de la tragedia. El trayecto se me volvió una especie de talismán, y me aferraba a él. Berlín se desplegaba al otro lado de la ventanilla del auto, con esa indiferencia cruel de la realidad. Andrea, sentada a mi lado, no miraba nada: iba rumiando su locura. Por no mirarla a ella, yo miraba todo, miraba casi más de lo que había. Y ahí era donde me daba cuenta de lo solo que estaba, en un mundo que lo tenía todo para ser autónomo… Las autopistas elevadas que atravesaban la ciudad también bajaban, por tramos, para internarse en lo hondo de los parques, y dejar atrás avenidas con fuentes, rotondas y monumentos. Los árboles, imposibles de tan altos y frondosos, lucían sus pimientos rojo fuego, o sus blancas flores estrelladas… Los cedros sobrenaturalmente quietos, mientras las palmeras cabeceaban… Hay que haber vivido allí, en aquella época, para saber hasta qué punto en Berlín había un trópico hiperbóreo, cerrado sobre sí mismo y hostil al extranjero. Y el extranjero, por supuesto, era yo.

Contra lo que pudiera creerse en el exterior, eran años malos para el país. El famoso «milagro» había pasado, sin dejar rastros. Ahora, al revés, era casi milagroso que la sociedad siguiera funcionando. Todos lo veían como algo natural, salvo yo, en la hiperestesia que me producía mi situación conyugal. La única explicación que encontraba para la persistencia de la mecánica social era la siguiente: el gobierno, o los sucesivos gobiernos, agotados todos los planes económicos, se habían confiado en que el ingenio individual de cada ciudadano, su codicia, su instinto de supervivencia, lo harían prosperar a pesar de todo, o al menos arreglárselas... Y así, multiplicado ese individuo por los millones de la colectividad, el país seguiría andando. Era una simple cuestión estadística; podía haber un porcentaje de incapaces, inútiles, soñadores... Pero no serían todos. La experiencia histórica había demostrado que existen personas capaces de enfrentarse a la realidad, y de moldearla según sus designios. Y en realidad esas personas eran la mayoría; quizás podía decirse que eran todos. Eso no era pasado, era presente. Y por ser presente funcionaba.

La sesión de Andrea con la psiquiatra duraba una hora. Yo la esperaba en un café, al principio, simulando leer un diario... Me habría dado lo mismo sostenerlo al revés, para lo que entendía del alemán... si es que aquello era alemán... Para justificar mi larga permanencia en la mesa debía pedir comida... salchichas, chicharrones, porciones de torta de color rosa... y hasta las «criadillas» o testículos de toro, en salsa picante, con que ellos solían acompañar el café con leche... Era inmundo. Si no lo terminaba me hacían planteos, en su lengua incomprensible. De modo que fue una suerte que la angustia por la situación de Andrea me cerrara el estómago, y tuviera que renunciar a las mesas... Ahí cerca había un parque, y empecé a pasar la hora de sesión sentado en un banco, bajo los árboles, mirando como un idiota las estatuas, y los buitres negros dando vueltas en el aire. Una parte de mi cerebro me decía que al menos debería percibir lo que tenía a mi alrededor, porque después de todo estaba en el extranjero, y la función de una persona en el extranjero es acumular experiencias, que siempre pueden ser útiles después... Pero útiles ¿cómo? Eso ya no era tan fácil de decidir, aparte de que yo no encontraba el modo de percibir realmente nada. Aunque siempre está la posibilidad de que una imposibilidad desbloquee otra. Lo que se ve en el extranjero puede aplicarse por equivalencias… Se puede aprender algo tan poco práctico (en su lugar de origen) como hacer un agujero en el mantel de papel con un escarbadientes, y eso puede servir, en la patria a la que se regresa, para nada menos que construir un acueducto, con toda la increíblemente complicada tecnología que se necesita para ello. Sea como sea, yo no estaba de ánimo para aprender nada, y además, ¿para qué habría querido aprender a hacer un acueducto, o cualquier otra cosa? Yo estaba más bien en ánimo de destruir, y de haberme sido posible, habría aplicado una gran máquina de aniquilación a todo, a partir de ese centro de mi totalidad personal que era Berlín.

Lo de la representación no quedó del todo claro. Voy a hacer un esfuerzo definitivo para explicarme, echando mano a un recurso que no me agrada: el ejemplo —aunque éste revelará no serlo, sin ser tampoco la cosa de la que es ejemplo…

Por ejemplo, entonces: uno tiene un sueño. Pase lo que pase en él, nos llena de admiración la intensa sensación de realidad que ha logrado dar el sueño, es decir que hemos logrado dar, porque el sueño lo produjimos nosotros mismos. Sin ser real, lo parecía. Mientras estaba sucediendo, era real para nosotros, y necesitamos todo el distanciamiento de la vigilia, y a veces un esfuerzo extra de la conciencia, para convencernos de que *no* era real. Ni el mejor director de cine, ni el más hábil pintor de *trompe-l'oeil*, logran algo tan parecido a la realidad. Ahora bien, para hacer esta evaluación del realismo de la escena onírica, debemos tener un paradigma, un modelo, y éste no es otro que la realidad misma, cuyo efecto sobre nosotros estamos constatando todo el día, todos los días. ¿Y cómo lo hace la realidad? ¿Cómo logra *ella* dar ese efecto de real? Hagamos como si la pregunta no estuviera mal planteada (por cierto, ¿qué otro efecto que el de realidad iba a producir *la realidad*?), hagamos en beneficio de la demostración como si la realidad fuera un agente más en procura de una ilusión de realidad, al mismo nivel que las novelas, los cuadros, el teatro, el cine, la escultura hiperrealista, el sueño, la alucinación inducida con drogas, etcétera. ¿Con qué elementos cuenta la realidad para lograr este efecto, y para lograrlo mejor que cualquiera de sus sucedáneos? Bueno, una vez más, cuenta con la ventaja de *ser* el paradigma con el que se mide el éxito de los sucedáneos. ¿Pero si no fuera el paradigma? ¿Si todavía tuviera que ganarse ese privilegio? Aun así, sería incomparablemente más eficaz en virtud de la cantidad innumerable de detalles que puede poner en juego y hacer coincidir en la creación de realismo. Nadie puede hacerlo tan bien como ella porque nadie dispone de tantos detalles. Pero en el sueño hemos logrado un efecto casi equivalente, y el sueño lo hemos fabricado nosotros mismos, no la realidad. ¿Quiere decir que nos ponemos a la altura de la realidad, en el arte de la representación? Se diría que sí. ¡Y sin embargo al hacerlo estamos a mil leguas de preocuparnos por acumular detalles, y de conjugarlos y ordenarlos y ponerlos en la debida perspectiva! Hay que reconocer que no lo hacemos como lo hace la realidad, inclusive que lo hacemos al revés de ella, sin atender en lo más mínimo a los detalles. La más elemental psicología indica que lo hacemos *empezando por el otro extremo*, por el sentimiento profundo que nos produce la realidad, es decir por su efecto, para crear como por la proyección de una sombra, en masa, la miríada de detalles que constituyen la realidad, o sea la causa…

El párrafo que precede a éste, inoportuno y farragoso como resultó, debería servir para explicar por qué no hago una narración detallada de los sucesos de Berlín. Sobre todo, no serviría de nada, o peor aun sería contraproducente, en tanto cada dato aportado sería un paso más en dirección a lo increíble o inverosímil. No hay que olvidar que la Alemania de aquellos años estaba bajo el cono de un «milagro»; lo sobrenatural de éste, manejado con firmeza wagneriana desde Bonn, afectaba a la ciudad isla que era Berlín como una transmisión telepática de primitivismo. Doy un solo ejemplo, y lo hago sólo para no tener que ponerme a dar ejemplos:

Todas las noches, o mejor dicho todos los días del año, los berlineses celebraban la caída de la noche con fuegos artificiales y redoble de tambores; no es que lo «celebraran»; más bien al revés: con los ruidos y luces pretendían darse ánimos contra la inminente catástrofe de la extinción de la luz, y la accesoria del mundo y la vida. Era algo que les venía a los alemanes de la más remota antigüedad, en ellos tan cercana… La carga de Historia, y la precisión con que habían venido registrándola, con la escrupulosa minucia de su raza, les ponía la antigüedad, y hasta la prehistoria, al alcance de la mano, no tenían más que remontarse paso a paso, casi automáticamente… En los tiempos antiguos, en los más antiguos de todos, evidentemente el ser humano había tenido motivos para temer que el día que se iba no volviera nunca más, y había que reconfortarse de algún modo, indicar con el ruido y la explosión que uno estaba activo, que se merecía otro día como el anterior, un segundo día como el primero… Pero después de tantos centenares de miles de días, ¿cómo dudar en la realidad que había otro? ¿Cómo ignorar que el día no es más que un módulo indefinidamente repetible…? La ceremonia se había vuelto una fábula hueca, sin contenido real.

Salvo que por ese entonces la fábula hueca tomó un sentido, siquiera paródico… Esto me obliga a una pequeña explicación lateral, y no sé si vale la pena… Se trata de los indios mesoamericanos, o más bien de la investigación de su cultura. Como es bien sabido, el alfabeto maya se ha resistido mucho al desciframiento, inclusive durante largo tiempo se lo tuvo por impenetrable, y se propusieron teorías según las cuales no sería un alfabeto en realidad sino algo así como garabatos… Hasta que de pronto un equipo soviético realizó una secuencia acelerada de descubrimientos y revelaciones, de las que suelen darse cuando se descubre la clave en un campo determinado y se produce una cascada, que en ese momento parece lo más natural del mundo, y realmente lo es, aunque con el paso del tiempo se la ve como prodigiosa y legendaria. En este caso la idea que originó todo no era nueva, como que venía de la época de Champollion: era la concepción fonoideográfica de la escritura, la combinación en forma de rebus de ideas visuales y signos fónicos… Casi podría decirse: en forma de chiste. En unos pocos meses los rusos lograron más que los norteamericanos en casi un siglo de trabajo ininterrumpido y con equipos más numerosos y mejor pagados… A posteriori, sonaba bastante idiota de parte de los norteamericanos, que a ninguno de ellos se le hubiera ocurrido algo tan obvio, pero así era, a veces pasa y nadie debería tirar la primera piedra… Pero de todos modos el sentimiento de triunfo de los rusos fue arrollador y vocinglero, impiadoso. Los diarios y revistas se llenaron de las disparatadas interpretaciones norteamericanas, condenadas al absurdo por la premisa de una lectura puramente ideográfica, y tanto más absurdas cuanto más ingenio hubieran puesto en ellas. Puede parecer extraño que yo, con mi desconocimiento del idioma, me haya enterado de todo esto, pero es que los artículos en los diarios estaban ilustrados con las figuras de los jeroglíficos (sin ilustraciones, la historia habría sido bastante difícil de seguir, y desprovista de interés)… Hubo una escalada, y la cima del escarnio llegó cuando, desde el lado oriental de la ciudad, los habituales fuegos artificiales vespertinos empezaron a mostrar los jeroglíficos mayas… no todos, sólo los más conocidos, o los que el público se había acostumbrado a ver reproducidos en los artículos, por ser los que más palmaria mostraban la diferencia entre las interpretaciones delirantes del método ideográfico puro, y las interpretaciones correctas del método fonoideográfico. Con Andrea los veíamos desde el balcón de nuestro departamento, los veíamos subir hacia el cielo desde el otro lado del Muro… Todos los veían, todo Berlín se iluminaba de «letras» mayas en magenta o amarillo… Yo para entonces había renunciado a saber qué pasaba en la mente perturbada de mi esposa, para mí era un misterio impenetrable… Y este espectáculo cotidiano, con su resonancia de combate tribal por la supremacía hermenéutica, era una adecuada representación de la escena interior.

Del interior de la psiquis de Andrea yo tenía unos atisbos casuales, muy discretos y tan enigmáticos que en realidad nunca pude sacar nada en limpio. Una vez me dijo, continuando de pronto en voz alta el hilo de razones de su soliloquio, que había encontrado una objeción seria a la omnipresencia de Dios. Le manifesté un interés que no era simulado, aunque mi curiosidad habría sido mayor si se hubiera propuesto demostrarme no una ausencia excepcional de Dios, sino lo excepcional de Su presencia. Andrea mencionó esas puertas automáticas, que en aquel entonces sólo habíamos visto en los aeropuertos (después se popularizaron tanto que hoy cualquier supermercado de barrio las tiene) que se abren solas cuando alguien se aproxima. «Muy bien —decía—, si Dios está en todas partes, también debería estar en un punto lo bastante cerca de una de esas puertas como para que se abra. ¿Y entonces cómo es posible que a veces estén cerradas?» Era una objeción fácil de refutar, aun en los términos en que estaba planteada: en virtud de Su omnipotencia, Dios podía anular momentáneamente el efecto de la masa de Su presencia, «engañando» de ese modo a los sensores de la puerta. Pero, en el estado de hiperestesia intelectual en que me encontraba, yo iba más allá… Me perdía en conjeturas sobre el significado de la omnipresencia (de Dios o de cualquier otra cosa) en un cerebro alterado, sobre el simbolismo de una puerta que se abre sola, y hasta sobre los aeropuertos, que en el discurso de Andrea podían estar aludiendo a un deseo de volver a la Argentina…

Volver a la Argentina… Volver a la representación… No le asombrará a nadie saber que en aquellas circunstancias mi preocupación principal era volver… Puede parecer fácil: sacar un pasaje (o más bien: dos), tomar el avión… Pero en el estado en que me encontraba, el problema era crear las circunstancias en que el regreso pudiera hacerse real. No se trataba tanto de volver, como de volver en la realidad. Cada movida se me aparecía muy amenazada por peligros oscuros. Mi vida misma podía estar en peligro. Me volvía a la mente una vieja cautela ·de la sabiduría popular: es preciso tomar cuidados muy especiales cuando uno tiene un amigo o pariente enfermo de gravedad, desahuciado. Porque cuando todo indica que uno lo va a sobrevivir, es posible que él nos sobreviva a nosotros... Es muy posible, para hacer del asunto una de esas anécdotas que se cuentan, y que vale la pena contar por lo sorprendentes e inesperadas... por la ley del relato... «Quién lo habría pensado...» Y entonces, cuanto más grave está, cuanto más inminente es su muerte, más inminente puede ser la nuestra, puede estar, en contra de todas las leyes del pensamiento (oponerse a esas leyes es la ley del relato), dentro de esta hora que comienza... Hay que extremar los cuidados...

Claro que Andrea no estaba en peligro de muerte. No estaba enferma siquiera. Salvo en el alma. Pero todo se había vuelto alma... Ésa es la ley del matrimonio. Hoy día, rememorando aquella época, sólo puedo aplicar la palabra «locura» a una cosa: a mi ansiedad desesperada por abandonar a Andrea, por sacarme a la loca de encima. Eso sí que era «locura»; comparado con ella, el trastorno mental propiamente dicho de mi esposa parecía apenas una elegante distracción. A la luz de lo que fue mi vida posterior, la palabra «locura» se aplica perfectamente a esa idea de huida y abandono; y sin embargo, puedo reconstruir perfectamente los pasos que me llevaban a ella, el cimiento conceptual en que se asienta... ¿Qué marido con treinta años de matrimonio no puede hacerlo? Es muy distinto ver un matrimonio en la perspectiva histórica, a posteriori, como un monumento de líneas armoniosas, y verlo en el presente, donde siempre está a punto de disolverse, y, lo que es más, lo tiene todo para disolverse. A la locura de Andrea, en el presente en que tenía lugar, yo tenía motivos para verla como una causa del dolor que me estaba produciendo. Pero al mismo tiempo se revelaba como nada, o casi nada, un accidente trivial... Porque bastaba con escaparse para volverlo nada. El verdadero dolor, el insoportable, el invisible, sería que a uno se le volviera loco un hijo, o la madre... Pero ¿la esposa? ¿Qué es una esposa? Una completa desconocida, sin ninguna relación de parentesco, a la que uno se ha acercado por azar, y con la que no tiene por qué tener ningún escrúpulo en sacudírsela de encima y olvidarla como un mal (o buen) chiste… ¿Para qué existe el divorcio si no? Si el divorcio existe y está en el mundo, lo admitamos o no, por algo será…

Hay otra cosa además, específica de nuestra historia, que debo mencionar. Y es que estábamos en el extranjero, que es el lugar donde lo inexplicable puede suceder con la mayor naturalidad. Uno sólo puede presumir de un buen conocimiento deductivo o por interpolación de la vida de los demás en su propia patria. En el extranjero, es un enigma. De ahí que en el extranjero la vida de las mujeres, de las extranjeras, es, como mínimo, dudosa. Luego, todas las mujeres (todas, sin excepción, por principio) que uno ve en el extranjero han sido putas en una etapa anterior de sus vidas… Y después, por un golpe de suerte o por una dedicación heroica, han podido pasar a ejercer otros oficios o profesiones, hasta pueden llegar a presidir las Cámaras Legislativas, o ser taxistas… La degradación queda atrás, pero no la experiencia: ya lo han visto todo y lo han hecho todo, hasta lo inimaginable, y nada puede espantarlas. Aun bajo las apariencias de la mayor respetabilidad, ellas en su fuero interior siguen sabiéndolo todo de la intimidad más secreta, desengañadas y realistas.

Vuelvo a mi relato en el punto donde lo había dejado. Lo que estábamos acariciando era la idea de irnos. Salir del milagro… Volver a la representación… A la larga lo hicimos. No podría decir cómo. O bien: podría decirlo, pero no serviría de nada. Ya dije que mi propósito en esta narración no era, no podía ser, el detalle de la acción, el detalle que a su vez crea la atmósfera… Me limito a poner en el papel las explicaciones mínimas, una tras otra… Y hay hechos que necesitan un sin fin de explicaciones, así como hay otros, quizás los mismos, que quedan intocados por las explicaciones… Se los suele llamar «milagros», como el «milagro alemán»: los milagros económicos son los más comunes, vivimos en ellos de modo permanente. También en el plano personal, donde, contra todas las chances, uno sigue procurándose la plata necesaria para sobrevivir. Aunque el verdadero milagro fue que nuestro matrimonio haya seguido adelante… Seguimos juntos, a pesar de todo. Y eso es algo de veras incomprensible. Por encima de la locura, igual que por encima del milagro, las explicaciones más obstinadas resbalan. ¿Cómo pudo ser, que siguiéramos casados, Andrea y yo, con la locura de por medio?

Ya sé que no hay explicación, pero de todos modos voy a intentar una. No importa que después me desdiga; aun así puede ser útil. La experiencia me ha enseñado que un matrimonio no es una sola realidad lisa sino muchas distintas e inconexas que se van yuxtaponiendo en el tiempo. Para el cónyuge, es una transmutación de la realidad. Lo que para otros es la «realidad», para él es el «matrimonio». De modo que la realidad de la locura, o de cualquier otra cosa, incluido lo monstruoso, se funde en el continuo. Es otra cosa, pero sigue siendo «matrimonio».

Sobre el telón de fondo de este concepto se fueron desenvolviendo los avatares de mi conciencia. Con el paso de los años empecé a darme cuenta de una cosa: el cambio de circunstancias no significaba mucho; al menos no tanto como para que no pudiéramos seguir como antes, exactamente. Era casi como para cuestionar que hubiera habido un «antes». ¡Hay tantos hombres que se casan con una loca sin saberlo, y tardan años en darse cuenta del error que han cometido! Yo había vivido en Berlín un sismo mental, una sacudida de proporciones fenomenales… Pero el episodio quedaba fijo en la historia, en las coordenadas espaciotemporales que lo habían producido, y nosotros seguíamos adelante. Es asombroso lo que puede hacer el hábito. El poder de disolución que tiene. Toma un episodio cualquiera, y lo extiende en un lapso de tiempo, como el guión de una comedia y su puesta en escena, o la partitura de una sinfonía y su ejecución. El lapso puede ser largo o corto; siempre es tiempo; en nuestro caso fue dos veces quince años, quince para atrás, quince para adelante. La locura, el estallido de la razón, no es un caso más de este mecanismo, sino su modelo; el hábito siempre es la traducción a la lengua del tiempo de la explosión cruenta de la racionalidad. Un símil puede hacer más clara esta idea. Tómese una novela, o una tragedia, o un poema épico, producto de una cultura lejana en el tiempo y el espacio, tan exótica como se quiera; y supongamos que se lo quiere leer como si hubiera sido escrito hoy y aquí. Con cierta sorpresa, uno encontrará que no se necesita mucho esfuerzo, porque las mismas palabras sirven en un contexto histórico como en otro: «hijo», «madre», «marido», «viaje», «herencia», «ladrón», «palacio», «árbol», «pie», «puntualidad», «muerto»… ¡No es necesario traducir! ¡Se traduce solo! Por supuesto que alguien más exigente encontrará que sí es necesario traducir, y más de lo que podría parecer a primera vista; hay que traducirlo todo, simplemente; hasta la palabra más aparentemente universal, como «hijo», tiene un sentido por completo distinto, dependiente de la forma que adopte la familia, la sociedad, la cosmovisión… Pero la lectura, esa práctica irresponsable, no se fija en lindezas: va directa a la reconstrucción, pasando por encima de todos los detalles. Mi poema épico babilónico fue el brote en Berlín; mi lectura, el matrimonio.

Una cosa que advierto que quedó suelta, y a la que debo dedicarle un breve párrafo, es la cuestión de mi integridad moral. Porque después de todo, de eso se trata; quiero decir, de eso se trata, estructuralmente; si fuera sólo por restaurar mi honor, no me molestaría en mencionarlo, pero es lo que le da coherencia a mi historia. Sí, soy culpable de haber pensado en patear a la pobre Andrea no bien se presentara la oportunidad, o mejor dicho la excusa; no sólo no me desdigo, sino que tendría que entrar en los detalles de mi pragmatismo cínico, de mi egoísmo criminal. O bien podría justificarme en base a la irradiación de la locura, al contagio: ser loco entre los locos es una reacción instintiva de autodefensa. Pero hay un modo más fácil de salir del paso, y es recordar que sólo fueron fantasías, que no llegaron al acto, y lo que importa son los actos. Se me dirá que el pensamiento también es un acto. De acuerdo, pero lo es en la realidad, y aquí no estamos en el plano de la realidad sino en el plano del relato. En estas páginas lo único que cuenta son los hechos desnudos, los hechos realizados: lo que pasó, no lo que pudo pasar.

Dicho lo cual, me veo en el aprieto de transmitir como un hecho desnudo el desenlace sobrecogedor de mi historia, todavía en proceso. Para hacerlo ordenadamente, debo volver al comienzo, a aquella escena horrenda en el andén del subterráneo: la disolución del cuerpo bajo las sucesivas toneladas de metal en marcha, el corazón que se congela del susto, las manos que me empujan-retienen desde atrás, la carcajada sobradora, la charla insoportable sobre jazz, la tortura psicológica perenne... Esta enumeración constituye un buen resumen, para nada abstracto. Ahora, hay que tratar de ver la transmutación. Lo mismo, pero en la realidad, fuera del relato... Eso lo hace tan difícil de contar... No sé si podré, realmente...

Hace unos días tuve un sueño. Uno de esos sueños que marcan la vida, que dejan una huella inmensa... pero no profunda, porque el sueño nunca se marca de verdad en la vida real: por conmovedor o fantástico que haya sido, es inevitable olvidarlo no bien empieza a pasar el tiempo. Uno se despierta extasiado, transformado, embebido en cada célula con la emoción casi sobrehumana de la visión, y siente que ya nada volverá a ser igual... Pero en unos pocos días, a veces en unas pocas horas, todo se ha disuelto, sin dejar huella. Y sin embargo la huella existe; habría que volver a definir «huella», a partir de su transparencia... Eso nos llevaría a volver a definir todo, la vida misma... En fin. Lo que soñé fue que se me aparecía Andrea, de pie al lado de la cama... Yo abría los ojos y la veía... Ella fijaba en los míos sus ojos tristes, y su mirada me llegaba al fondo del alma, o más allá, porque venía de tan lejos que sólo el milagro del amor podía haber salvado la distancia. El amor, nadie más. No Andrea, ni yo. Porque la que había venido a mi cabecera en el sueño era la Andrea cuerda, la

Andrea de antes, o de más allá, de la locura. Un fantasma…
¿En qué extraño repliegue de la irrealidad había estado escondiéndose todo este tiempo (dos veces quince años) para venir a materializarse de pronto, sin aviso?

El sueño no tenía más incidentes, era sólo eso. No podría describir mi emoción: era demasiado amplia; era la emoción de una contradicción insalvable: Andrea estaba ahí, casi al alcance de mi mano, y al mismo tiempo estaba tan lejos que no la alcanzaría nunca, ni siquiera en términos hipotéticos. Marginalmente, dentro y fuera del sueño, a la vez que me dejaba traspasar por esa mirada sobrehumana, yo sabía que acostada a mi lado en la cama estaba la otra Andrea, la loca…

Me desperté transportado por la visitación. Estaba transido. No quedaba espacio alguno en mi cerebro o mi sistema nervioso que no estuviera ocupado por la sensación del sueño. Y sin embargo sabía que se disiparía, que ya se estaba borrando… El anhelo de retenerlo era tan grande, que ese mismo día, esa misma mañana, me puse a escribir. Era inevitable que la emoción me abandonara, sin dejar huella… Pero sin dejar huella dentro de mí. Podía dejarla *fuera* de mí, en el papel, podía impregnar el relato de mi historia… Más que eso: podía transformar mi historia, transformando mi conciencia de ella.

Desde hace una semana estoy escribiendo. No sé cómo he podido seguir haciéndolo, con las cosas atroces que han pasado. No sé cómo he podido conservar la calma, dentro del maremoto psíquico que he estado sobrellevando estos días. Trataré de describirlo como un anticlímax, con la calma desesperada del que tiene que explicar un chiste que no hizo reír a nadie.

Un hombre pasa toda su vida adulta casado con una mujer, y esa mujer está loca. ¿No es el equivalente en el tiempo de lo que en el instante es caer bajo un tren? Pero, ya sea en el tiempo, ya en el instante, ese hombre ha sobrevivido… Un momento. Detengámonos ahí. ¿Cómo sabe que ha sobrevivido? Porque lo puede contar. O sea que no lo sabe hasta que se pone a contarlo. Y entonces lo sabe con toda la meridiana claridad con que se lo puede saber. Ha sobrevivido, realmente. Pero ¿cómo se puede sobrevivir a un tren pasándole por encima con todos sus vagones? ¡Imposible! Y sin embargo…

Pues bien, hay una sola respuesta: el tren no le pasó por encima. Estaba dando por hecho lo que sólo debía pasar un instante después, y en la realidad seguía en el instante anterior, aun cuando estuviera pasando… Es que el instante, por definición, se hace sentir como único, y la mera idea de «otros» instantes suena inconcebible. En eso, justamente, el instante se parece al matrimonio… La abigarrada población del instante, por ese motivo, se revela pasible de error. Y el error lo capitaliza otro: el siniestro bromista… Aunque (creo que esto quedó claro, y si no, lo lamento) no es necesario que sea un bromista. Puede ser cualquiera, y más que cualquiera: todos. Ya dije que el catálogo era exhaustivo… Claro que, sin proponérmelo realmente, había excluido a Andrea. No sé bien por qué… No tenía motivos concluyentes para hacerlo. Ella nunca compartió mis preferencias profundas, ni mis intereses… Más de una vez la oí decir que el jazz «le gustaba». No sé… Lo habré tomado como una ironía. O no le habré dado importancia. Después de todo, podía ponerlo en la cuenta de mi idea general del matrimonio. No estoy de acuerdo con esas comunidades proclamadamente perfectas de gustos e intereses. A ésos los veo más bien como «matrimonios de conveniencia»: a sus miembros les conviene estar casados, por la buena sociedad que hacen. El problema es que cuando deja de convenirles se separan, ya que la conveniencia era lo único que los mantenía unidos. Cosa que no pasa con los verdaderos matrimonios, como el mío. Aun así, yo ponía a Andrea de mi lado, por instinto o por costumbre, enfrentada al «catálogo»…

Pero estaba equivocado. Era igual a todos los demás. El malentendido, y la correspondiente idea de broma, le caían tan a medida a ella como a cualquiera. La ocasión en el andén, el matrimonio… Ya lo he venido sugiriendo, desde el comienzo, en los comentarios sobre la atmósfera y los detalles, o al decir que no era necesario pensar literalmente en una escena dramática de terror... En efecto, bastaba con el mecanismo en abstracto, que puede tener su equivalente en cualquier parte. La intervención del tiempo puede crear la ilusión de que hay un cambio de naturaleza en la broma, que no es lo mismo... Es difícil establecer una correspondencia término a término con el modelo de la broma (en el andén) cuando una esposa, al cabo de toda una vida de matrimonio, nos retiene al borde de la muerte arrolladora y exclama, risueña: «No, yo no estoy loca, nunca lo estuve... ¡Fue una broma!».

Quizás exista alguna prueba cuasi científica para demostrar que son lo mismo. Aunque debo hacer una aclaración: no creo que haya una «esencia Broma», de la cual las distintas bromas que pueden hacerse, y que se hacen, serían las actualizaciones en la realidad. Pensar en esos términos es tranquilizador, y por ese motivo la «lógica del ejemplo» se ha vuelto el operador universal del sentido común. Siguiendo ese modelo, cada broma, por distinta que sea, se delata por su remisión a un esquema trascendente, y el reconocimiento es infalible (si no para nosotros, para Dios) cualesquiera sean los rasgos reales que toma la broma, más allá de todas sus diferencias. Lo que he querido demostrar aquí es lo contrario. Cada broma conforma su propio mundo, con su propio centro gravitacional de verosímil. Para pasar de una a otra, hay que cambiar de vida. De modo que ante la enormidad de mi consternación presente, no es pertinente preguntarme si me casé con un monstruo. Porque en el salto de una vida a otra siempre vamos a encontrarnos con un monstruo, pero no hay por qué asustarse: además de establecer el continuo entre las distintas vidas, el matrimonio asegura el pasaje de humano a monstruo, y viceversa.

*Guadalajara, Monterrey, Buenos Aires,*
*26 de diciembre de 1996*

# PROVENIENCIA DE ALGUNOS DE LOS RELATOS

«Picasso», «El perro» y «En el café» fueron publicados en las ediciones Belleza y Felicidad. «El Cerebro Musical», «Mil gotas» y «El Todo que surca la Nada», en las ediciones de Eloísa Cartonera.

«El Té de Dios» apareció originalmente en la revista *Playboy* de México. La versión que se reproduce aquí es la del libro publicado por Mata Mata, Guatemala, 2010.

«El hornero» y «Pobreza» aparecieron en la revista *La Muela de Juicio*, de La Plata.

«Los osos topiarios del Parque Arauco», revista *Paula*, Santiago, Chile, 13 de septiembre de 2008.

«El criminal y el dibujante», Spiral Jetty, Buenos Aires, 2010.

«El infinito», Vanagloria Ediciones, 1994.

«El espía» es una de las narraciones del libro *La trompeta de mimbre*, Beatriz Viterbo, Rosario, 1998.

*El cerebro musical* de Cesar Aira
se terminó de imprimir en agosto de 2017
en los talleres de
Litográfica Ingramex, S.A. de C.V.
Centeno 162-1, Col. Granjas Esmeralda, C.P. 09810,
Ciudad de México.